宋代笔记小说与戏剧影视

Notes Novel in Song Dynasty and Drama, Film and Television

张智华 ◎ 著

中国电影出版社
2018 · 北京

目录

Contents

绪论

Introduction

我国笔记小说源远流长，萌芽于先秦两汉，形成于魏晋南北朝。唐代笔记小说出现较多。宋代笔记小说创作比较繁荣，许多文人都写有笔记小说。宋代小说的地位有所提高，如司马光在《资治通鉴》里采用了不少小说的材料，他在《进〈资治通鉴〉表》中说："遍阅旧史，旁采小说。"罗烨《醉翁谈录》"小说开辟"说："夫小说者，虽为末学，尤务多闻。非庸常浅识之流，有博览该通之理。"宋代笔记小说数量很多，内容丰富，现存一百四十多种。

本研究具有较大的科学意义与学术价值。学术界对宋代笔记小说的研究虽然取得了一些成果，但仍是一个薄弱环节，一些问题尚未解决，如：宋代笔记小说中的文士形象、海商形象、商人形象、精灵形象、妇女形象；宋代笔记小说的结构艺术、虚实艺术、语言特征；宋代笔记小说对元明清戏曲、小说的影响；宋代笔记小说的成就与不足；宋代笔记小说与戏剧影视的关系，等等。本研究在这些方面进行了一些探讨。对宋代笔记小说进行系统的整理和钻研，对于研究我国古代小说、戏曲等具有重要作用。

笔者结合两宋政治、经济、军事、外交、文化、教育、艺术、民俗等各方面情况，努力探讨宋代笔记小说的时代特征、艺术形象、审美价值、文化内涵、语言特色及其与戏剧影视的关系等。

笔者在进行此课题研究时，主要采用了两种方法。第一，采取文献与理论相结合的方法。文献方面，采用竭泽而渔的方式，努力搜集所有宋代笔记小说及其资料。三百多种宋代笔记可以一分为三，即笔记散文、笔记小说与史料笔记，约各有一百多种。笔者把有关史料笔记作为背景材料，把有关笔记散文作为印证材料，重点研究笔记小说。理论分析方面，注意点与面的结合，把对一些代表作品的分析与同类作品的总体把握相结合，以揭示宋代笔记小说的精神与魅力。

第二，采取比较的方法。把宋代笔记小说与六朝及唐代小说进行比较，以突出宋代笔记小说的主要特征。把宋代笔记小说与元明清有关小说、戏曲进行比较，以说明宋代笔记小说对后代小说、戏曲的影响。

一

中国文坛深受史官文化的影响，许多文人有做笔记的习惯，因而出现大量的笔记。笔记具有非纯文学文体性质，属于边缘文学，可以分为笔记散文、笔记小说与史料笔记。笔记散文与笔记小说属于文学的范畴，笔记散文具有随意性的特点，笔记小说具有边缘性的特点。史料笔记属于历史的范畴，具有纪实性特点。笔记对后代戏曲、影视、小说以及散文产生了很大的影响。

（一）

中国文坛深受史官文化的影响，许多文人有做笔记的习惯，因而出现大量的笔记，达数千种之多。[1]很多文人和官员在闲暇之际随手做笔记，如张齐贤《洛阳缙绅旧闻记》自序云："追思曩昔缙绅所说及余亲所见闻，得二十余事，因编次之分为五卷。"王阙之《渑水燕谈录》自序云："贤士大夫谭议有可取者辄记之，久而得三百六十余事，私编之为十卷。"

笔记源远流长，可以远溯至先秦，唐宋时笔记有较大发展。用“笔记”两个字作书名，则大约始于北宋宋祁的《笔记》三卷。稍后，罗志仁作《姑苏笔记》，刘昌诗作《芦浦笔记》，龚颐正作《芥隐笔记》。宋代笔记数量大增，形式多样，流派纷呈，许多人用“录”“记”“记谈”“笔谈”“杂记”“杂说”“野语”“燕语”“夜话”“别志”“略志”“志异”“事略”“遗事”“谈录”“谈苑”“闲谈”“偶谈”“余话”“旧话”“对问”“常言”“丛说”“记事”“纪闻”“漫录”“漫钞”“漫笔”“笔志”等作为笔记的名称，可以说达到了第一个高潮。元代笔记较少，虽有一些名篇如陶宗仪《辍耕录》、王恽《玉堂嘉话》等，但总体成就比不上宋代，暂时处于低潮。明清笔记很多，佳作不断出现，可以说是第二个高潮。

笔记具有非纯文学文体性质，属于边缘文学。笔记很杂，不拘类别，目有所见、耳有所闻、心有所感，则随手记录，皆可成为笔记。笔记大致可以划分为笔记散文、笔记小说与史料笔记，它们各占1/3左右。

笔记散文多公余琐记、林下闲谈，有的叙事，有的抒情，大都信笔直书、短小精悍，于朴实自然之中显示文采。如彭乘《墨客挥犀》、陆游《入蜀记》、范成大《桂海虞衡志》、释惠洪《冷斋夜话》、江休复《江邻几杂志》、张邦基《墨庄漫录》、洪迈《容斋随笔》、曾敏行《独醒杂志》、陆容《菽园杂记》、陈继儒《珍船录》、顾炎武《日知录》等。

笔记小说以塑造人物形象为主，注重故事情节和虚构。如吴淑《江淮异人录》、张师正《括异志》、洪迈《夷坚志》、鲁应龙《闲窗括异志》、何光《异闻》、无名氏《鬼董》、元好问《续夷坚志》、宋梅洞《娇红记》、闽文振《涉异志》、葆光子《物妖志》、蒲松龄《聊斋志异》、纪昀《阅微草堂笔记》、王晫《今世说》等。

笔记散文与笔记小说之间有些容易区分，有些较难区分。一些记人叙事的笔记，它到底是笔记散文，还是笔记小说，应该根据具体情况而定。如果所写人物和事情真实性占主要成分，那么可以看作笔记散文。如果所写人物和事情虚幻性占主要成分，那么可以看作笔记小说。

史料笔记侧重于记载重大历史事件和中上层社会的逸闻轶事，多就亲见、亲历和亲闻来记叙，内容较为切实，有许多第一手材料。如方勺《青溪寇轨》记方腊起义，曹熏《北狩见闻录》写宋徽宗、钦宗被金人掳去，邵伯温《闻见前录》、邵博《闻见后录》主要写士大夫言行，王巩《闻见近录》记叙政坛、社会、文坛等各种杂事，其中宫廷事最多。叶绍翁《四朝闻见录》记南宋高宗、孝宗、光宗、宁宗四朝轶事，基本上属于实录。再如，沈德符《万历野获编》、王士禛《池北偶谈》、褚人获《坚瓠集》、钱大昕《十驾斋养心录》等皆是记明清时期野史，谈各种掌故，绝大部分真实可信。无名氏《八国联军秘录》《俄罗斯进呈书籍记》记载了中国人民遭受外国侵略者之掠夺与残害，确凿感人，催人泪下，可以作为近代史中的一个铁证。

有一种比较复杂的情况，即在一本笔记中有些是笔记散文，有些是笔记小说，有些是史料笔记。判断某本书是笔记散文还是笔记小说还是史料笔记，主要看其所占比例多少以及该书主导倾向是什么来确定。如沈括《梦溪笔谈》大部分属于史料笔记，小部分属于笔记散文，也有极少的笔记小说，那么应该把它看作史料笔记。罗大经《鹤林玉露》大部分属于笔记散文，也有很少的笔记小说，那么应该把它看作笔记散文。当然，有些书中笔记散文与笔记小说，或者笔记散文与史料笔记各占1/2，或者笔记散文、笔记小说与史料笔记各占1/3，那么很难把它截然划归为哪一类，这正是笔记具有杂的特点的表现。

（二）

笔记散文具有随意性的特点，往往是兴之所至，随心所欲，任意而为，随笔而记，大多具有灵气。许多笔记名为“漫录”“漫笔”“闲谈”“偶谈”，正是此意。宋代王巩称其所作为《随手杂录》，充分表现出笔记散文随意性的特点。如王楙《野客丛书》自序云：“仆间以管见，随意而书，积数年间卷衷俱满旅寓高沙，始命笔吏，不暇诠次，总而录之为三十卷。”再如，周去非《岭外代答》自序云：“耳目所治与得诸学士大夫之绪谈者，亦云广矣。盖尝随事笔记，得四百余条。”

又如，洪迈《容斋随笔》李瀚序云：“积二十余年率皆成书，名曰‘随笔’，谦言顺笔录之云耳。加以续笔、三笔、四笔，绝于五笔，莫非随之之意。”又如，罗大经《鹤林玉露》自序云：“余闲居无营日，与客清谈鹤林之下，或欣然会心，或慨然兴怀，辄命童子笔之，久而成编，目曰《鹤林玉露》。盖‘清谈玉露蕃’，杜少陵之句云耳。”作家写笔记散文时思想束缚较少，创作态度比较通脱，文笔也随之自由轻松，常常娓娓而谈，没有多少经院气和道学气，他们的喜怒哀乐、胸襟气质、才学见识、生活情趣和个性特色往往随笔流出。

笔记小说具有边缘性的特点。关于小说的分类，众说纷纭，各有其理。这是一个十分复杂的问题，难以一概而论。就其主导倾向概而言之，笔记小说、章回小说主要是从形式体裁来划分的，长、中、短篇小说及微型小说主要是从篇幅来划分的，文言小说与白话小说主要是从语言来划分的，传奇、志怪、言情、公案、乡土等小说主要是从内容来划分的。笔记小说大多是中、短篇小说与微型小说，章回小说大多是长篇小说。笔记小说与章回小说是并列关系，笔记小说与志怪、传奇小说是交叉关系，而不是并列关系。历史演义小说往往是在重大历史事件的基础上进行艺术加工，笔记小说有少量在重大历史事件上进行艺术加工，大多写的是日常生活和逸闻趣事。笔记小说大多在写实基础上进行虚构，作家自觉地虚构各种人物和故事情节，如洪迈《夷坚志序》：“夷坚志初成，士大夫或传之。今镂板于闽、于婺、于临安，盖家有其书。人以予好奇尚异也，每得一说或千里寄声。于是五六年间所得卷帙益觉繁多，天下之怪怪奇奇尽策于是矣。……若予是书，远不过一甲子耳目相接，皆表表有据依者。谓予不信，其往见乌有先生而问之。”其《夷坚志后序》：“但谈鬼神之事足矣，毋庸及其他。”

史料笔记具有纪实性特点，具有一定的历史价值，可补正史之不足。有些作者做史料笔记，具有明确的意图，力求真实感人，给人们提供借鉴。如李纲《靖康传信录》自序云：“故余于此录记其实而无隐，庶几后之览者有感于斯文。”再如，黄冀之《南烬纪闻》自序云：“余亦有感而作书曰《南烬纪闻》者，盖二帝北徙实录与石晋颇相类。呜呼！

淑恨家属被诛而扬其辱，其忠也，非义也，余敢尤而效之哉。但愿此书南播，使宋之子孙目其事动其心，卧薪尝胆，誓灭凶丑、雪冤涤耻，廓清中原，使吾父子复视汉官威仪不终沦于左衽也。”

有些作者做史料笔记，往往不是为了谋利求名，也没有预料到能够流传至今，因此所记见闻大都可信。人们在阅读这些笔记时可以了解当时社会有关情况，达到研究史学的目的。如孟元老《东京梦华录》、耐得翁《都城记胜》、西湖老人《繁胜录》、吴自牧《梦粱录》、周密《武林旧事》等，主要记载当时都市生活和风俗习惯，有的出于作者自己以及亲友的见闻，有的采自地方志，比较真实，这些书具有较高的史料价值。鲁迅在《华盖集》“忽然想到（四）”中说：史官记载“涂饰太厚，废话太多，所以很不容易察出底细来……但如看野史和杂记，可更容易了然了，因为他们究竟不必太摆史官的架子”(2)。他在《华盖集》“这个与那个”中说：“野史和杂说自然也免不了有讹传，夹恩怨，但看往事却可以较分明，因为它究竟不像正史那样装腔作势。”(3)所言确有道理。

当然，使用史料笔记应该采用谨慎的态度，其中一些史料笔记带有个人的偏见或记载失实之处，如魏泰《东轩笔录》因为个人恩怨而对苏轼等有一些微词。

（三）

笔记内容广泛，对各个时期的政治、经济、军事、外交、文化、教育、科学以及典章制度、人情风俗、宗教信仰等均有反映，为后人提供了许多借鉴。例如，沈括《梦溪笔谈》在经济、文化尤其是科学方面的价值，得到越来越多的人的重视，它的材料被各种中国科技史所采用。再如，曾敏行《独醒杂志》杨万里序云：“盖人物之淑慝、议论之予夺、事功之成败，其载之无谀笔也。下之谑浪之语、细琐之汇，可喜可笑、可骇可悲，咸在焉。是近世贤士大夫之言，或州里故老之所传也。盖有予之所见闻者矣，亦有予之所不知者矣。以予所见闻者无不信，知予之所不知者无不信也。后之览者，岂无取于此书乎？”诚然。又如，洪迈《容斋随笔》李瀚序云：“聚天下之书而遍阅之，搜悉异闻，考核经史，捃拾典故。值言之最者必札之，遇事之奇者必摘之。虽诗词文翰、历谶卜医，钩纂不遗。从而评之，参订品藻，论议雌黄，或加以辩证，或系以赞繇，天下事为寓以正理，殆将毕载……可劝，可戒，可喜，可愕，可以广见闻，可以证讹谬，可以祛疑贰。其于世教未尝无所裨补。予得而览之，大豁襟抱，洞归正理，如跻明堂，而胸中楼阁四通八达也。”所言切中肯綮。这部书涉及经史典故、诸子百家、诗文词语，深受毛泽东喜爱。鲁迅对历代笔记也是相当重视的，他在写《中国小说史略》时参考了大量的笔记。

笔记对后代戏曲、小说、影视产生了很大的影响。笔记散文和史料笔记为有关戏曲、小说、影视提供了背景材料，笔记小说为有关戏曲、小说、影视提供了故事情节、人物形象，笔记作家的创作倾向对有关戏曲、小说、影视作家也产生了潜移默化的作用。例如，电视连续剧《贞观长歌》《贞观之治》《武则天》《狄仁杰》系列戏剧、电影、电视（如《狄仁杰之通天帝国》等）在新、旧《唐书》有关部分的基础上，参考了李肇《唐国史补》《翰林志》、郑处诲《明皇杂录》、封演《封氏闻见记》、姚汝能《安禄山事迹》、白行简《开国夫人传》、郭是《高力士外传》、高彦休《唐阙史》、无名氏《李林甫外传》、王仁裕《开元天宝遗事》、王定保《唐摭言》、王谠《唐语林》、孙甫《唐史论断》、无名氏《杨太真外传》《梅妃传》等大量的唐宋笔记。再如，杨家将系列电影在《宋史》有关部分的基础上，参考了李攸《宋朝事实》、王称《西夏事略》、王明清《挥尘录》等有关宋代笔记。又如，包公系列电影在《宋史》有关部分的基础上，参考了王咏《宋朝燕翼诒谋录》、王懋《野老纪闻》、王君玉《国老谈苑》、司马光《涑水记闻》、宋祁《宋景文公笔记》、宋敏求《春明退朝录》、邵伯温《闻见前录》、邵博《闻见后录》等大量宋代笔记。又如，《水浒传》系列戏曲、小说、影视在《宋史》有关部分的基础上，参考了张昊《岳记》、方勺《青溪寇轨》、洪迈《夷坚志》、孟元老《东京梦华录》、龚开《宋江三十六人赞》、张端义《贵耳集》、无名氏《大宋宣和遗事》《李师师外传》等大量宋元笔记。又如，岳飞传系列戏曲、小说、影视在《宋史》有关部分的基础上，参考了丁特起《靖康纪闻》、李纲《靖康传信录》、黄朝英《靖康缃素杂记》、王称《张邦昌事略》、赵鼎《建炎笔记》、李心传《建炎以来朝野杂记》、叶绍翁《四朝闻见录》等大量的宋代笔记。又如，电影《红楼梦》在曹雪芹、高鹗《红楼梦》的基础上，参考了顾为明《读〈红楼梦〉杂记》、无名氏《红楼梦人物论》等有关清代笔记。又如，电视连续剧《雍正王朝》《戏说乾隆》《慈禧太后》等在《清史稿》有关部分的基础上，参考了卞尔《清宫见闻杂记》，以及于敏中、王际华、裘日修《国朝宫史》、清宫档案《乾隆八字》、潘荣陆《帝京岁时记胜》、德龄《慈禧太后私生活实录》等大量的清代笔记。[4]

笔记散文对后代散文具有熏陶和启示作用。笔记散文给小品文提供了直接的借鉴，笔记散文和小品文都具有随意性的特点，长短不拘，潇洒自由，便于抒写性灵。

笔记至今仍具有较强的生命力，如余秋雨《山居笔记》、叶利钦《总统笔记》等均以笔记命名。

二

宋代笔记小说取得了令人可喜的成就，但也有一些不足之处。

（一）

宋代笔记小说在我国古代短篇及微型小说由故事型向生活型转变中，起了重要作用。六朝和唐代小说中，志怪、传奇所占比例较大，《世说新语》侧重于士大夫生活。宋代笔记小说侧重于平常人生活，出现了许多生活型小说。马振方在《小说艺术论》中说："成书于明初的《水浒传》，少数章节描写细腻，情事平常，显出由故事型向生活型转变的迹象。明后期成书的《金瓶梅》完成了这一转变。它是我国第一部纯属文人创作的长篇小说，也是第一部成熟的生活小说，是小说艺术发展史上划时代的作品。”就长篇小说而言，这有一定的道理。但就中、短篇小说及微型小说而言，却未必如此。

宋代笔记小说大部分内容属于现实生活题材，作家善于把成千上万的生活细节织入网中，表现了各种各样的生活之网，有双线生活之网，有多线生活之网，五彩缤纷、应有尽有，从而大大增加了作品的真实性和亲切感，深刻地揭示了人的精神和社会的某些本质特征，反映生活细致入微，对人与人生具有烛微显隐的艺术功能。

宋代笔记小说大量平实的生活情节自有它的生动性。构成那些情节的事体，往往不是惊天动地的伟业、世间罕有的奇闻，而是日常生活。这与传奇情节相比，也许不很令人惊奇，却更逼似生活中事，真切传神，更耐读者咀嚼寻味。这些日常生活情节常常平中见奇，奇中有平，奇而能真，平而不淡，平奇互济，相反相成。

一些看似平常的情节都是平中见奇的突出之事，都能使人产生某种惊奇感。因此可以说既平常又不平常，各有其独特出奇之处。

有些情节可以说极其平常，是地地道道的日常琐事，但这些日常琐事之中包含着触目惊心的悲剧。

日常琐事之中有时还出现令人捧腹的喜剧和闹剧。这些小说中的人物具有风趣或者可笑的性格素质。

宋代笔记小说扩大了小说的题材，所反映的生活面比六朝和唐人小说要广泛得多，也增强了作品的社会意义，在某些方面提高了小说创作的艺术水平。某些题材和艺术手法，虽然是继承六朝和唐人小说而来的，但富于创新精神。即使是类似的题材，也经过作者的再创造，注入了新的艺术血液，从而创造出新的艺术作品。

宋代笔记小说塑造出多种多样、血肉丰满的艺术形象，丰富了我国古代小说的人物画廊。宋代笔记小说在艺术上、语言上也取得了一些硕果。宋代笔记小说在生活情节、人物形象、艺术、语言等方面，为后代小说、戏曲、影视的发展提供了丰富的滋养。

（二）

宋代笔记小说存在许多缺点，相当一部分是封建糟粕或艺术次品，读宋代笔记小说常有沙里淘金之感。一些小说有意宣传神怪迷信、生死轮回、因果报应思想，一些小说着意宣传三从四德、愚忠愚孝等封建思想。一些作者从个人恩怨出发，把小说当作攻击他人的工具，常常在小说中含沙射影，从而损害了艺术形象。一些小说情节太简单，人物形象不鲜明，语言不生动甚至枯燥乏味，因而缺少艺术魅力。

宋代笔记小说良莠混杂，良者约占60%，莠者约占40%，因此应该编一本《宋代笔记小说精选》。

三

宋代小说研究出现了一些令人欣喜的成果，如程毅中《宋元小说研究》（江苏古籍出版社，1998年版）、李剑国《宋代志怪传奇叙录》（南开大学出版社，1997年版）、萧相恺《宋元小说史》（浙江古籍出版社，1997年版）、张晖《宋代笔记研究》（华中师范大学出版社，1993年版）、苗壮《笔记小说史》（浙江古籍出版社，1998年版）等等。他们从各自不同的角度对宋代小说进行了探索。概而言之，主要有以下特色：

（一）拓宽了研究面

袁行霈、侯忠义《中国文言小说书目》（北京大学出版社，1981年版）著录宋代文言小说近四百种，为宋代小说研究提供了重要的文献基础和有关线索。程毅中《宋元小说研究》对宋元传记体、传奇、志怪、杂事、话本、平话、讲史、说经等各种小说展开研究，涉猎广泛，内容翔实。对各个时期、各种类型小说的代表作进行了阐述，条分缕析，纵横交错，点、线、面的结合达到了一个较高的程度，揭示出宋元小说的一些特征。他对宋元小说的写实手法与时代特征进行了比较透彻的阐述，认为宋元小说的艺术成就突出表现在细节描写上的逼真与传神，用写实的手法再现了特定时代、特定环境中的社会风貌和生活气息。张晖《宋代笔记研究》对宋代笔记进行了综合性探索，阐述了宋代笔记的地位和特点、南北宋笔记的不同、宋代笔记的史学价值和文学价值以及宋代笔记的缺点。由于受到篇幅的限制，宋代笔记的文学性和艺术成就还有待于进一步展开论述。

（二）志怪传奇研究深入细致

志怪传奇是宋代小说的一个重要组成部分，学界一直把志怪传奇作为重要突破口。李剑国《宋代志怪传奇叙录》从文献方面对宋代一百多种志怪传奇进行研究，探索源流，辨别真伪，发明得失，取得了一些成果。他对每部小说的作者、年代、版本、篇目等均做了考辨。书后附有《存目辨证》，考辨了各类出于伪托、改题的篇目。材料相当充分，考证比较周密。这部书为宋代志怪传奇的理论研究奠定了比较扎实的文献基础。不过，有些小说不属于志怪传奇，也被作者当作志怪传奇。程毅中《宋元小说研究》、萧相恺《宋元小说史》等皆把宋代志怪传奇作为研究重点，用了大量的篇幅详细论述，有一些新见。

（三）梳理小说史

宋代小说史也是学者十分关注的一个课题。萧相恺《宋元小说史》把宋元小说主要划分为两大类，一类为市人小说，另一类为文言小说。他用“市人小说”一词取代自鲁迅先生以来学术界习用的“话本”这一概念，作为对所有直接由“说话”伎艺而来、以说话为主体的书面文学的专门名称。他把宋元市人小说的演变分为四个时期：北宋仁宗以前为复苏期；仁宗至徽宗之间为发展期；南宋为高峰期；元代为降落期。他认为宋元文言小说的发展大致可以分成三个阶段：北宋为由复苏到发展的阶段；两宋之交历经短暂的回落，至南宋中后期进入高峰；尔后渐次下降，至元代而趋于衰微。苗壮《笔记小说史》第四章“延续第二高峰的两宋笔记小说”，认为宋代笔记小说在中国古代笔记小说发展史上处于第二高峰期，这一时期笔记小说的特点是重纪实，尚平易，少文采，多议论，多说教，他把宋代笔记小说主要分成志怪小说与志人小说两类。吴礼全《中国笔记小说史》（商务印书馆国际有限公司，1997年版）认为唐宋时代在中国笔记小说发展史上达到了鼎盛时期，第五章“把酒临风话沧桑：宋代的笔记小说创作”，把宋代笔记小说分成志怪派、杂俎派、国史派等来讨论。

此外，侯忠义、刘世林《中国文言小说史稿》（北京大学出版社，1993年版）、吴志达《中国文言小说史》（齐鲁书社，1994年版）、杨义《中国古典小说史论》（中国社会科学出版社，1995年版）等皆从整个中国古代小说发展史的角度对宋代小说的演变进行了论述，显示出各自的小说史观，做出了各有千秋的贡献。

以上仅是笔者耳目所及，可能遗漏了部分有关论著，希望谅解，以后找机会弥补。

四

网络时代IP升级途径与手段多种多样，其中之一是把有关优秀的中国笔记改编为戏剧、电影、电视，从内容上挖掘中国文化元素。中国的笔记很多，唐宋元明清至近现代，有大量的笔记。其中有些笔记拥有大量的受众，可以称之为IP。笔记改编为戏剧、电影、电视，不仅是原著改编，而且是再创造，要运用网络思维，充分满足当今戏剧、电影、电视受众与市场的需求。网络时代IP升级应该不断加强精品意识，积极追求品牌，不能急功近利、粗制滥造。既要追求经济效益，又要追求文化内涵。要重视编剧，重视创意，重视故事。笔记为有关戏剧、电影、电视提供了背景材料、故事情节、人物形象，笔记作家的创作倾向对有关戏剧、电影、电视创作团队产生了潜移默化的作用。笔记可以从一个方面提高戏剧、电影、电视的文化内涵与价值。从情节内容来看，部分戏剧、电影、电视并非对同名笔记小说进行严格意义上的改编，而更接近一种全新创作。然而它们在题材风格上却有着特殊的联系，这种联系不仅仅体现在作品名称上，也深刻地体现在题材选取与文化传承上。笔记在题材、思想、手法等方面为戏剧、电影、电视提供了丰富的滋养。笔记可以重现和还原历史的真实面貌，可以丰富和纠正在以往意识形态观念下形成的对历史人物及其作品评价的偏差，为相关戏剧、电影、电视的创作产生有益的影响，避免戏剧、电影、电视创作中的硬伤，提供坚实的史料支撑。网络时代可以适当考虑网民的需求，在笔记的基础上根据戏剧、电影、电视的视听特性进行再创造，从而实现IP升级，促进中国戏剧、电影、电视产业发展。

（一）

中国的笔记很多，唐宋元明清至近现代，有大量的笔记，大约两千种，如洪迈《容斋随笔》《夷坚志》、沈德符《万历野获编》、刘若愚《酌中志》、纪昀《阅微草堂笔记》、邓拓《燕山夜话》、梁思成《梁思成工作笔记》、季羡林《清华园笔记》《病榻笔记》等。

笔记改编为戏剧、电影、电视，不仅是原著改编，而且是再创造，要运用网络思维，剔除其糟粕，保留并发扬其精华，充分满足当今戏剧、电影、电视受众与市场的需求。网络时代IP升级应该不断加强精品意识，积极追求品牌，不能急功近利、粗制滥造。既要追求经济效益，又要追求文化内涵。要重视编剧，重视创意，重视故事，追求戏剧、电影、电视的视听效果。

中国笔记包括笔记小说、笔记散文与史料笔记。笔记小说以塑造人物形象为主，注重故事情节和虚构。笔记小说改编成戏剧、电影、电视比较容易，笔记小说的人物形象、故事情节可以直接用在戏剧、电影、电视中。

笔记散文与笔记小说之间有些容易区分，有些较难区分。一些记人叙事的笔记，它到底是笔记散文，还是笔记小说，应该根据具体情况而定。如果所写人物和事情真实性占主要成分，那么可以看作笔记散文。如果所写人物和事情虚幻性占主要成分，那么可以看作笔记小说。

史料笔记侧重于记载重大历史事件和中上层社会的逸闻轶事，多就亲见、亲历和亲闻来记叙，内容较为切实，有许多第一手材料。由于种种原因，一些正史没有或者缺少对一些重要史实的记载，或者封在档案馆中普通人看不到，史料笔记可以弥补这方面的缺陷与不足，让普通人了解更多的历史真相，为有关戏剧、电影、电视拍摄提供真实的历史背景与文化内涵，从而增加戏剧、电影、电视的震撼力，为现实提供更多的警示，让更多的人警醒。

笔记对戏剧、电影、电视创作产生了很大的影响。笔记为有关戏剧、电影、电视提供了背景材料、故事情节、人物形象，笔记作家的创作倾向对有关电影创作团队产生了潜移默化的作用。

内容相近的几部笔记可能各有所长，各有所短。某部笔记可能由于作者身份、位置、家庭等原因记载有所侧重、有一些倾向性，甚至有一些偏见。戏剧、电影、电视创作团队参考几部有关的笔记，可以吸收这几部笔记的长处，兼听则明，偏听则暗，从而塑造出立体的、具有多侧面性的人物形象，表现出深刻的思想与丰富的内涵，启发人们多角度思考有关问题。

（二）

笔记可以从一个方面提高戏剧、电影、电视的文化内涵与价值。部分笔记被改编成戏剧、电影、电视，受到人们的好评，如《龙门客栈》《新龙门客栈》等。

从情节内容来看，部分戏剧、电影、电视并非对同名笔记小说进行严格意义上的改编，而更接近一种全新创作。然而它们在题材风格上却有着特殊的联系，这种联系不仅仅体现在作品名称上，也深刻地体现在题材选取与文化传承上。例如，蒲松龄《聊斋志异》是笔记小说，根据《聊斋志异》“画皮”改编的电影《画皮1》《画皮2》引起了人们的关注。电影《画皮1》表现了人的欲望与现实的矛盾，展示了人与狐狸精之间复杂多变的关系。《画皮2》探讨了人的容貌与心灵的关系，表现了人物复杂的心理。奇人奇物、鬼狐仙怪的故事在纪昀《阅微草堂笔记》等一大批笔记中广泛存在，并成为中国文化的重要组成部分，融入国人的血脉之中，是对人生一种曲折的反映，具有较高的艺术性。这些笔记改编成电影，新颖、独到，让人耳目一新，异想天开，会让广大观众积极观赏、产生强烈的共鸣。

笔记在题材、思想、手法等方面为戏剧、电影、电视提供了丰富的滋养。《万历野获编》《酌中志》等明代笔记为有关明代题材电影提供了丰富多彩的素材与深刻的思想以及富有个性的人物形象。1992年电影《新龙门客栈》中，李立群饰演魏忠贤。2014年电影《白发魔女传之明月天国》中，倪大红饰演魏忠贤。2014年电影《绣春刀》中，金士杰饰演魏忠贤。电影《十全九美》中，立威廉饰演朱笑天，历史原型为明朝皇帝朱由校。关于明朝皇帝朱由榔的电影主要有谢震伟主演的《长河东流》等。

朱苏进参考了有关明清笔记，创作了《鸦片战争》《江山风雨情》《郑和下西洋》《嘎达梅林》等电影剧本。朱苏进当过兵，军人基因显现在朱苏进的电影剧本创作中，《鸦片战争》《嘎达梅林》《江山风雨情》等充满了铁与血的较量、谋与略的比拼。在朱苏进的电影剧本创作中，显示着一种力度和英雄壮志，他赞美强者的竞争，崇尚阳刚之气，歌颂胆略和勇敢。在他的电影故事中没有温、良、恭、俭、让，场景常常是斗兽场般的暗藏杀机。那些有着超人智慧的主角们在险山恶水中斗智斗勇，披荆斩棘最终走向失去对手的孤独。他的电影以新颖的情节构思、大气的内涵气度、大胆的创新、幽默诙谐的语言风格带给观众耳目一新之感。在《江山风雨情》中，朱苏进塑造了三个性格迥异的帝王形象：励精图治、渴望中兴的明朝末世帝王崇祯；厉兵秣马、雄心勃勃的清朝开国之君皇太极；雄才大略、几度沉浮的乱世枭雄李自成，这三个人物形成剧中错综复杂的矛盾主体，具有很强的表现力，令人深思。

饶曙光说：“电影创作的同质化现象是中国电影长期存在的一个问题，也是观众对电影不满意度最高的一个问题。对于这个问题，众多理论家和批评家都从创作角度进行了详尽的分析，但收效甚微。其根本原因在于，在市场化、产业化、国际化、专业化的新的语境条件下，电影创作的面貌、格局乃至具体过程都与计划经济体制条件下相比发生了根本性的变化。因此，必须结合电影市场结构和体系分析和阐释。”(5)所言精辟，一针见血。多种多样、丰富多彩的笔记改编为电影，可以作为解决中国电影同质化问题的方法之一。

（三）

笔记可以重现和还原历史的真实面貌，可以丰富和纠正以往在意识形态观念下形成的对历史人物及其作品评价的偏差，为相关戏剧、电影、电视的创作产生有益的影响，避免戏剧、电影、电视创作中的硬伤，提供坚实的史料支撑。笔记可以帮助电影在影片叙事、主题、人物、情节、镜头语言、武打等方面不断开掘，向文化艺术表现的深度与广度不断延伸，例如《狄仁杰之通天帝国》《叶问1》《叶问2》《精武门》《黄飞鸿》等。

笔记为有关纪录片与故事片的创作提供了良好的素材、明确的线索与正确的价值取向。笔记改编的纪录片与故事片较多，取得了一些成就，如纪录片《长安街》《鲁迅先生》《梅兰芳的世界》等，故事片《末代皇帝》《梅兰芳》等，都在海内外广泛传播，产生了较大影响。

丁亚平说：“在文化传播手段越来越现代化的今天，作为重要的文化创意产业，影视剧已成为所有艺术中与公众联系最为广泛的一种经典样式，构建科学健康的影视评价标准，引导人们树立正确的价值观、审美观、道德观，及时地反映着社会和时代脉搏，发展繁荣文艺，成为当前的重要任务。”(6)笔记能够真实地记录一些人与事，真实地表现有关历史与现实，帮助人们提高文化品位、思想境界与审美情趣。例如溥仪《我的前半生》、梅兰芳《舞台生活四十年》、邓拓《燕山夜话》、季羡林《清华园日记》《朗润园随笔》《牛棚杂忆》《病榻笔记》、张中行《负暄琐话》、王世襄《北京鸽哨》等。1986年李翰祥执导的电影《火龙》是根据溥仪的《我的前半生》、溥仪夫人李淑贤的《他的后半生》和《我和溥仪》等书叙述的内容加以改编的。1987年贝纳尔多·贝托鲁奇执导的电影《末代皇帝》主要根据溥仪《我的前半生》改编，进行了适当的艺术加工，该片讲述了溥仪六十年的跌宕一生，1987年10月上映。这是第一部得到中国政府许可在紫禁城内拍摄的故事片，也是1949年以来第一部得到中国政府全力配合的关于中国的西方电影。溥仪的弟弟溥杰和帮助溥仪完成自传的李文达都被聘为本片顾问。《末代皇帝》是一部气势宏大、色彩浓郁、场面壮观、技巧精湛的史诗巨片。影片的叙事手法与《美国往事》有着异曲同工之妙，用闪回的手法，在2小时40分钟内讲述了溥仪六十年的跌宕人生。华裔男星尊龙在片中饰演溥仪，陈冲、邬君梅两位女星分饰婉容和文绣。影片将个人还原到历史中，展示了历史碾压下人性的复杂形态，有扭曲，也有挣扎。这部影片的史诗价值远远超越了一般的人物传记片，历史在个人身上的压榨和侵蚀，几乎是一个时代的心理缩影，与其说它讲的是溥仪，不如说它讲的是溥仪那个时代及那个时代笼罩下的人。该片获1988年第六十届奥斯卡金像奖最佳影片、最佳导演、最佳改编剧本、最佳摄影、最佳美工、最佳服装设计、最佳剪辑、最佳音响效果、最佳原始音乐九项大奖。这给我们很大的刺激与启示。

《舞台生活四十年》是京剧表演艺术家梅兰芳的回忆录。这部回忆录虽然未能按照原来设想的规模完成，但仍能反映出梅兰芳的成长过程和艺术经历，对于提高戏曲演员的艺术修养和指导创作实践，有重要的参考价值，同时也为中国戏曲表演体系和近代戏曲史的研究，提供了比较丰富的资料。根据梅兰芳《舞台生活四十年》改编的有彩色戏曲片《梅兰芳的舞台艺术（上下集）》（1955年、1956年）、纪录片《梅兰芳的世界》（2000年）、故事片《梅兰芳》（2008年）等，受到人们喜爱，产生了较大影响。《梅兰芳的世界》是陈玫君导演在20世纪90年代花了前后四年时间拍摄完成的纪录片，是她从事纪录片创作后的首部作品，2000年2月正式播出，受到人们的重视与喜爱。陈玫君导演花了两年多的时间收集梅兰芳演出的录像带，经过整理、剪辑完成了这部《梅兰芳的世界》。这部全长74分钟的片子翔实地记录了京剧大师梅兰芳的一生。全片分成梅兰芳生平事迹、演出的京剧介绍、大师家庭生活及西方人如何看待“花旦”角色等几部分，并增加了50分钟的花絮，其中包括梅兰芳的生前朋友、好莱坞著名导演范彭客拍摄的《在中国》，费穆的《生死恨》，俄国著名导演爱森斯坦的《虹霓关》以及周龙章对京剧中“花旦”的“情色”评说，等等。《梅兰芳的世界》保存了大量第一手资料，真实感人、准确生动、中肯深刻。随着时间的流逝，《梅兰芳的世界》更加弥足珍贵。陈凯歌导演的故事片《梅兰芳》（2008年）参考了梅兰芳《舞台生活四十年》，表现了梅兰芳传奇的一生、高超的京剧表演艺术与高尚的人格魅力。充分展示了梅兰芳男扮女装、饰演花旦的美感，舞台生活与艺术人生水乳交融。矛盾冲突尖锐，具有国际视野，视觉与听觉冲击力强，取得了较好的口碑。

（四）

网络时代可以适当考虑网民的需求，在笔记的基础上根据电影的视听特性进行再创造，从而实现IP升级，促进中国戏剧、电影、电视产业发展。据2017年1月中国互联网络信息中心发布的《第39次中国互联网发展状况统计报告》显示，中国网民规模达7.31亿，网络普及率达到53.2%，网民规模已经相当于欧洲人口总量。[7]

网络时代IP升级主要指知识产权的合理、有效使用，包括戏剧、戏曲、小说、笔记、动画、电视剧、网络小说、游戏等改编为电影。网络时代IP升级对策主要有网影联动，网台联动，跨界开发，规模化运营，平台化运营，分众化传播，尽量打通文化产业链的各个环节。网络时代IP升级强调素材优秀，故事精彩，艺术形象生动感人。网络时代IP升级与中国笔记改编成戏剧、电影、电视，注重互动叙事，积极追求创意，与网民的网感密切相关，也带动了粉丝经济的发展，从而使中国戏剧、电影、电视在一些方面升级换代。

网络时代IP有广义、狭义之分，因此升级的方式方法不同。网络时代IP与明星不同。网络时代IP升级不是指炒作，囤积居奇，故意涨价。中国文化底蕴深厚，网络时代IP升级为把中国丰富多彩的笔记资源转化成电影找到了一条切实可行的道路，为中国戏剧、电影、电视产业发展增添了新鲜血液，增加了强大的动力，拓展了广阔的市场。

中国有7.3亿网民，“一带一路”沿线国家有十几亿网民，全球有43.5亿网民，在网络上看戏剧、电影、电视，成为现在很多网民的一种习惯。 网络传播中国戏剧、电影、电视的广度与深度让人耳目一新。网络广泛并且反复传播中国部分优秀戏剧、电影、电视，与“一带一路”精神形成了强烈的呼应。

网络传播中国电影的广度引人注目，在故事片、纪录片、动画片等方面都进行有效传播。部分中国笔记被改编成戏剧、故事片、纪录片、动画片，适合于不同的受众群。

部分中国笔记被改编成丰富多彩的戏剧、电影、电视，展示出多民族国家如何走向强盛、如何发展辉煌，塑造出众多个性鲜明的人物形象，气势恢弘，波澜壮阔。如《丝路花雨》《大敦煌》《大唐玄奘》等。

有些中国戏剧、电影、电视在网络上广泛传播，受到网民的称赞，部分网络评论表现了网络传播中国戏剧、电影、电视的深度，对戏剧、电影、电视精神进行了深化，使戏剧、电影、电视精神向纵深处发展。如《大唐玄奘》等。网络电影评论特点在于，这种批评最先也最集中地出现在网络平台上。媒介的性质决定了批评的主体转变为了一般观众，而评论追求的则是短、平、快，观众主要是为了第一时间表达自己多样化的感受，创作者也可以第一时间接收到最为及时的反馈。在网络戏剧、电影、电视评论中，更多是碎片化的观点和思想创造出来的一种所谓的“狂欢化”的氛围，带有极强的娱乐性和消费主义色彩，这种戏剧、电影、电视批评突出年轻人自己的表达方式、文化氛围，甚至这种戏剧、电影、电视批评很容易制造出具有话题性的网络电影。“中国网络电影是当代中国民众个体生命诗意的表达、独立人格的自由表述，每个生命个体都能从网络电影的创作和传播中获得价值认同和精神支持。”(8)

受众在收看过程中与中国笔记改编的戏剧、电影、电视的互动可以通过几种形式。第一种是“弹幕”，其呈现效果是在中国笔记改编的戏剧、电影、电视的播放界面出现大量文字性评论。弹幕不同于观看后的评论性话语或文章，它往往非常短小，表达的是受众在观看中国笔记改编的戏剧、电影、电视时的瞬时心理感受。弹幕已经在形式上成为了众多戏剧影视艺术的一部分，甚至可以说直接践行了接受美学关于艺术作品内涵的定义。第二种交互形式是通过中国笔记改编的戏剧、电影、电视播放平台观看评论。各大中国笔记改编的戏剧、电影、电视播放平台每一期剧集播放界面都有评论区，受众可以在这里发表或长或短的观看评论。这种互动平台与环境，真切地使受众感到观看的不仅仅是电影，而且是可以进行及时互动的影剧。第三种交互方式则是通过有关中国笔记改编的戏剧、电影、电视的官网微博、微信平台。当今戏剧、电影、电视的习惯做法是在每一集结尾都会提供官方微博、微信的接入地址或二维码，并定期举办各种互动活动，目的都是及时、大量获取受众反馈信息，并扩大知名度。通过以上三种方式，中国笔记改编的戏剧、电影、电视的受众可以和戏剧、电影、电视的创作者进行直接、实时的信息交流与反馈。除此之外，大量网络社区、门户网站、用户自媒体等平台对中国笔记改编的电影的话题讨论、病毒营销也不断丰富着受众与电影创作者的交互过程。

部分中国笔记改编的戏剧作品和影视作品在网络上广泛传播，但是口碑不一致，各种评点都有，鲜花与砖头齐飞，诸种争鸣有利于中国笔记改编的戏剧、电影、电视质量的提高。如电影《秦颂》《画皮1》《画皮2》《武则天》等。《武则天》引起人们很大的争议，没有充分展示在思想感情与价值取向方面的矛盾，性爱戏所占比例太大，喧宾夺主，主次不分。

最近几年有几部笔记改编为戏剧、电影、电视，有得有失，如《盗墓笔记》《死亡笔记》《恐怖笔记》等。《盗墓笔记》社会内涵丰富，人物关系复杂，视听冲击力较强，但是部分镜头比较粗糙，与观众的期待值有一段距离。《死亡笔记》构思比较新颖，但是阴森诡异。《恐怖笔记》故事错综复杂，几条叙事线索相互交织，“后视镜”“宾馆浴室”“公交车”“可视门禁”等营造出恐怖的气氛，深刻地表现了主要人物复杂而变化的心理。

《盗墓笔记》《死亡笔记》《恐怖笔记》在唐宋元明清至近现代大量的笔记中微不足道。唐宋元明清至近现代大量的笔记是一个富矿，应该分步骤、多方面地进行开掘，拍出文化内涵丰富、价值高的戏剧、电影、电视剧。

五

宋代笔记小说作者大多是儒生，受到儒家思想与文化的熏陶，仁、义、礼、智、信等思想贯穿在他们的作品之中，对笔记小说及其改编的戏剧影视产生了较大而深远的影响。

仁、义、礼、智、信为中国戏剧影视发展带来了良好的机遇。多元化的媒介带来了多元化的价值取向，仁、义、礼、智、信是重要价值取向。网络促使艺术创作内容与形式不断变化。以吸收中国传统文化精华为主，适当借鉴外国文化精华。中国传统文化丰富多彩，我们应该吸取其精华，如道法自然、自强不息、厚德载物等等。尊崇天、地、君、亲、师，以人为本，重视人与大自然的关系，等等。

仁、义、礼、智、信是中国传统文化精华的一部分，也是艺术创作的重要组成部分，会促进戏剧影视创新。仁爱是艺术创作的核心内容之一。仁者爱人，民众是国家的根本。孔子、孟子提倡民本思想，影响深远。了解民情，尊重民意，为人民做一些善事，得到民心，长治久安。儒家仁爱与墨家兼爱的共同点与不同点比较明显，与基督教博爱的共同点与不同点也比较明显。中南海重要的建筑是怀仁堂，为人民服务是重要内容。三国戏如《单刀会》等表现了关羽的仁、义、礼、智、信。水浒戏如《李逵负荆》等表现了李逵的仁、义、礼、智、信。电视剧《大宅门》取材于百年老店同仁堂，表现了仁、义、礼、智、信思想。美国动画片《功夫熊猫》用了中国两个国宝——功夫、熊猫，表现了仁、义、礼、智、信，在全球传播，取得了良好的口碑与巨大的经济效益。《战狼1》打击贩毒集团、打击黑社会，《战狼2》打击海盗、打击恐怖分子、打击国际雇佣军，保护百姓，保护平民，表现出爱民的思想，这正是仁、义的体现。电视剧《人民的名义》保护人民利益，打击腐败分子，表现了仁、义、礼、智、信，因此好评如潮。

（一）

仁爱是戏剧影视创作的核心内容之一。韩国电视剧《大长今》表现了仁爱思想，大长今想当医生，不仅考医药方面的知识与能力，还要考孟子见梁惠王说了什么？说了仁政。《大长今》编剧是金英贤，导演是李炳勋，主演是李英爱、池珍熙、洪莉娜、任豪。徐长今与闵政浩能否谈恋爱？编剧与导演观点不一致，由观众来决定。主要人物有徐长今、闵政浩、中宗、皇太后、皇后、崔尚宫、崔今英、令路、韩尚宫、朴明伊、连生。崔尚宫、崔今英、令路为一个系统，徐长今、闵政浩、韩尚宫、朴明伊、连生为一个系统，中宗、皇太后、皇后为一个系统，这三个系统贯穿始终，形成错综复杂的网络。主角新颖，长今只是一个平民，不是帝王将相或后妃公主。第二十四集徐长今给明朝大使做饭，表现了徐长今与人为善、坚持自己的主见。第六十二集崔尚宫等被捕，徐长今获胜。该剧有四个层次：第一个层次是饮食；第二个层次是医药，主要是中医；第三个层次是政治；第四个层次是文化，主要是儒家文化。该剧表现了政治冲突、工作冲突、爱情冲突，表现了长今自强不息、坚忍不拔的精神，半实半虚，带有传奇色彩，耐人寻味，表现了皇权、大臣与爱情、男女平等、平民生活的复杂关系。音乐与服装恰当。所配音乐《希望》鼓舞人心。该剧以表现徐长今奋斗为主，兼顾爱情与婚姻问题。该剧市场运作较好，不仅受到韩国、中国观众的喜爱，而且在欧美受到欢迎。韩剧给我们的刺激与启发较大：如何运用中国文化元素？我们如何不断提高文化修养？如何把中国文化资源转化成文化产业？

（二）

义气是戏剧影视创作的重要内容之一。网络对公众生活实现全面渗透，提供了全新的生活方式和交际平台。戏剧、小说、电视剧《三国演义》刘备、关羽、张飞桃园三结义，表现得比较充分，感人至深。礼是戏剧影视创作的关键内容之一，《礼经》是十三经之一。礼的内容比较复杂，包括礼节、礼堂、礼貌、等级等等，有利有弊、有得有失。我们应该吸取其精华，剔除其糟粕。今天更多表现文明礼貌等积极的内容。强调立德、立功、立言。穷则独善其身，达则兼济天下。

电视剧《大宅门》取材于百年老店同仁堂，表现了仁、义、礼、智、信思想。《大宅门》编剧、导演是郭宝昌。主要人物有白景琦、白文氏、季先生、白荫堂、白颖宇、白玉婷、白敬业、黄春、杨九红、槐花、香秀、万筱菊、詹府大格格、武贝勒、王喜光、山东孙家、石园祥、西安沈家、田木。该剧入戏较快，第一集表现了白家与詹王府的矛盾以及白景琦的出生就笑、与众不同，这是贯穿全剧的重要内容，因而很快把观众带入主要矛盾与富有个性的人物面前。白颖宇在青年时当了汉奸，晚年坚决不当汉奸，他说道：1.秘方不能给日本人；2.不要拿别人拐子打自己腿；3.不能做亡国奴。《大宅门》故事核心是保护医药秘方。《大宅门》的故事连绵五辈，从全剧主要人物白景琦出生拍到他的晚年，展示了“百草厅”和白氏家族的兴衰，而且反映出时代变迁与政权更迭，将家族的命运与国家民族的命运紧密地联系在一起，由血肉贯穿筋骨直至魂魄，因此具有民族史诗的特点。 白景琦的母亲白文氏让他有了家族的观念，他的老师季先生让他懂得了做人、做事的道理，教了他热爱民族与国家的思想。白景琦胆识过人，具有叛逆精神。他看见白三爷进房偷药方，便批评他，也敢与他动刀。长大后桀骜不驯，在官府当差，戏弄进京贿赂的地方官员。他被赶出家门之后，来到济南，吃苦耐劳，最后也成了气候。回到北京后，掌管全家，用自己的能力使“百草厅”立于不败之地。不管是清朝末年还是抗战时期，即使处境艰难，他也不曾低头，始终保持一个商人所应有的诚信，始终保持一个中国人所应有的民族气节。白景琦铁骨铮铮，有闯劲。白家老号发展脉络比较清晰，不顺利，时常处于风口浪尖，跌宕起伏，给人厚重之感。白文氏隐忍，等待时机。白文氏精明强干，在艰难困苦中盘回了“百草厅”，撑起了白府，但晚年固执己见、思想僵化，害得杨九红非常痛苦。该剧以“百草厅”尤其是白景琦的创业线索为主，以白景琦与黄春、杨九红、槐花、李香秀等的情感线索为辅，创业线索与情感线索相互交织，形成一系列矛盾冲突。在《大宅门》中，白家与詹王府的矛盾冲突、白家内部的矛盾冲突、中国人与外国侵略者的斗争，这些就是“戏眼”。该剧编导郭宝昌就是大宅门中的李天意，而真正的“百草厅”是百年老店同仁堂。郭宝昌牢牢把握住中医中药行业的传统，把这一行业演绎得出神入化，有声有色。郭宝昌写的是肺腑之言，拍的是真情实感。 白玉婷追求理想的爱情，与心仪之人照片结婚，是一个美丽的梦想者。黄春贤惠善良，忍辱负重。杨九红聪慧、果敢，但自私、狭隘。槐花温柔软弱，遭人排挤。香秀富有心计，敢作敢为。她们个性鲜明，与白景琦的恩恩怨怨，形成了《大宅门》的一系列“戏眼”。该剧跨越半个世纪，倾诉四代纠葛，通过一些人物悲欢离合的故事及不同的命运，展示了大家族的变化，表现出社会的某些本质方面。该剧主演陈宝国、斯琴高娃、刘佩琦、蒋雯丽，友情出演陈凯歌、张艺谋、葛优、宁静、姜文、李雪健、田壮壮等，表演用心、用力，非常精彩。

智慧是戏剧影视创作的强大动力之一。中央电视台《舌尖上的中国》表现美食与美食文化，表现食品安全与社会稳定，烹小鲜而治大国，通过网络在全球传播，取得了良好的效果。《舌尖上的中国》总制片人是刘文，总编导是陈晓卿，执行制片人是朱乐贤，执行总编导是任长箴、张铭欢、闫大众，编导是任长箴、程工、胡迎迎、马羽洁、张铭欢、刘艺乐、郇虹、杨晓清，摄像是闫大众、白波、李继松、徐兵、刘睿、谢卓良、李滨、董向阳、张华，前期调研是龚瑜，解说是李立宏，作曲是阿鲲。第一集《自然的馈赠》，重点表现了云南香格里拉松茸、浙江冬笋与春笋、广西柳州竹林大头竹笋、云南大理诺邓美味——火腿、水乡莲藕、东北查干湖捕鱼等。第二集《主食的故事》，第三集《转化的灵感》，第四集《时间的味道》，第五集《厨房的秘密》，第六集《五味的调和》，第七集《我们的田野》。一方水土出产一方美食，一方水土养一方人。该片选取了中国东西南北中六十多个地方，涵盖了包括港澳台在内的中国各个地域。该片采用高清设备多机拍摄，恰当使用中景、近景、特写镜头，表现了一个个具体生动的故事，表现了百姓日常饮食流变与千差万别的饮食习惯以及独特的味觉审美，展示了中华美食的多个侧面与博大精深的中华美食文化。表现了百姓积极乐观的生活态度，表现了他们的生存与发展智慧以及明确的价值观。该片把中国传统节日、各地风俗民情、团圆、亲情等融会贯通在美食之中，具有很强的感染力。用杜甫的两句诗来表达：随风潜入夜，润物细无声。该片采用恰当的方法，表现了强大的文化凝聚力。

信主要指诚信与信仰，是戏剧影视创作的重要力量之一。中国人有信仰，主要是文化信仰。《大染坊》是陈杰根据他的父亲母亲真人真事改编，发展民族工商业，强调诚信。《大染坊》编剧是陈杰，导演是王文杰，总摄像是王滨，主演是侯勇（饰陈寿亭）、萨日娜（饰周采芹）、罗钢（饰卢家驹）、孙俪（饰沈远宜）、王思懿（饰贾思雅）、周野芒（饰林祥荣）、刘岷（饰赵东初）等。侯勇在2002年获得“华表奖”最佳男演员与长春电影节最佳男主角奖。孙俪在《玉观音》中脱颖而出，被媒体誉为2003年“四小名旦”之一。《大染坊》叙述的是经商的故事，一系列的商战成为该剧的主要故事，其剧情发展的脉络始终与国家的兴衰息息相关。 陈寿亭从小父母双亡，以讨饭为生，后来被周村通和染坊的周掌柜收为义子，学会了染布手艺，十年便将通和经营成为周村最大的染坊。曾在周村印染业排名第一的大亨染坊王掌柜，在拉拢陈寿亭失败后授意内弟勾结土匪，将陈寿亭劫持逼其就范。面对酷刑，陈寿亭假装认输，自己接过筒子香摁在胸口上，土匪大惊，为其情义感动敬佩不已而把他放了。从此通和染坊更为兴隆。陈寿亭的经营才华得到张店大户、受过新思想影响的卢老爷的赏识与信任。卢老爷以极其优越的条件邀请陈寿亭在青岛共同创办大华染厂，并安排留学德国学习染织归来的长子卢家驹担任董事长。陈寿亭告别了染布作坊，在青岛与卢家驹共同创办大华染厂，自此走上了工业印染之路。陈寿亭的人生可以按地域分为三个时期，在周村通和染坊为成长期，在青岛大华染厂为发展期，后来随着时局的恶化，西迁济南开办宏巨染厂，预示了从中兴到末路的衰亡期。 该剧矛盾最为集中的情节是陈寿亭在这三个阶段与同行之间斗智斗勇，即在青岛与元亨染厂的孙明祖以及日本商人滕井斗，在上海与六合染厂的林祥荣斗，在济南与模范染厂的訾文海以及日本商人滕井斗。 有一场戏是陈寿亭设计了一个圈套让訾家父子去钻的商战，用计十分周详和具体，策划得相当周密。一个假的日本皇族骗倒了号称当时最狡诈的訾家父子，对于这样的汉奸就是应该用这样的计策。陈寿亭的人格魅力来自于他机智敏锐的头脑与犀利诙谐的语言，他大字不识却爱谈古论今，并且见解独到、言简意赅，说出的话掷地有声。陈寿亭敏捷的思维更多的来自于听评书得到的智慧与现实斗争的历练，他对“三十六计”、《三国演义》以及武松、朱元璋、常遇春、徐达等比较了解、敬佩，对山东民族资本家苗瀚东非常敬重，苗瀚东成为他做人的榜样。该剧通过陈寿亭的奋斗历程与荣辱兴衰，展现了我国民族工业在20世纪初发生、发展的艰难道路，表现了民族资本家强国梦的诞生与毁灭，揭示了“如果国家不强大，个人再强大也不行”的普遍真理。 陈寿亭有狠的一面，也有善的一面。他对竞争对手毫不含糊，敢作敢为，常常以铁的手腕与正确的策略击败对方。他懂得知恩图报，对曾经救过、帮助过他的锁子叔始终尊敬孝顺、亲如父母，其滴水之恩涌泉相报的情义传为佳话。他对手下人与工厂工人一向以仁义相待。他为人正派宽厚，处事多行善举，甚至对待商界的对手，也常常用点到为止的方式留他人一条生路。陈寿亭与采芹的爱情婚姻是次要故事。陈寿亭与采芹是青梅竹马，患难夫妻，相亲相爱，同甘共苦，他对采芹忠贞不渝。

《大染坊》对于陈寿亭的性格塑造，让我们见识了一个具有残缺美的另一种商人。我们可以看到剧中陈寿亭最大的缺陷就是不识字，性子急，但是也就是他的这两点残缺，让我们见识了真正的残缺美，也让我们看到了一个真正的草根商人的成长历程，感受到商战中的惊险刺激。

（三）

仁、义、礼、智、信是戏剧影视创作者应该重视的，是传播者应该遵从的，也是受众应该遵从的。仁、义、礼、智、信是戏剧影视创新的基础，也是戏剧影视创新的动力与重要内容。《闯关东》表现温、良、恭、俭、让，仁、义、礼、智、信的人生准则；扶危济困、宽容大度、和睦共处的人文精神。《闯关东》编剧是高满堂、孙建业，导演是张新建，与《大染坊》原班底联袂制作。主演是李幼斌、宋佳、萨日娜、牛莉、马恩然、高明。

朱开山性格坚忍不拔，具有开拓精神，还有貌似隐忍中的大局狡黠和细密机智。他的性格决定了他顽强奋斗、决不屈服的意志——其实也是中国人在磨难中不屈精神的汇聚。韩老海个性倔强、爱女深切。森田阴险狡诈、笑里藏刀。朱传武鲁莽英武、憨厚执着。文他娘温厚大气、不乏坚韧，宽容晚辈。鲜儿命运坎坷，舍弃自身心系亲人。秀儿命运不公。该剧从一个角度展示了“家族史”与“社会史”，表现了闯关东精神：敢于也善于和磨难进行抗争的进取精神；不怕任何阻力，为实现美好的人生追求、置之死地而后生的拼搏精神；积极倡导温、良、恭、俭、让，仁、义、礼、智、信的人生准则；扶危济困、宽容大度、和睦共处的人文精神。该剧结构严谨、情节紧凑、首尾呼应。层层推进，步步惊魂：朱开山在老金沟与黑恶势力的一连串冲突，环环相扣，步步垫高。奇峰突起，平地惊雷：朱传武与大熊的生死决斗扣人心弦。波澜起伏，结尾有力：合力杀森田。

戏剧影视创作为公众利益服务，才会取得更大的社会公信力。仁、义、礼、智、信有助于戏剧影视创作，有助于国家文化建设，有利于网络时代新的知识产权的建立与完善，也有利于戏剧影视创作者不断提高经济收入与社会地位。

部分戏剧影视对仁、义、礼、智、信有所表现，但是不够充分，观众不满足，应该适当加强。

2015年9月11日中央政治局召开会议，审议通过了《关于繁荣发展社会主义文艺的意见》。会议指出，文艺是民族精神的火炬，是时代前进的号角。实现中华民族伟大复兴，离不开中华文化繁荣兴盛，离不开文艺事业繁荣发展。举精神旗帜、立精神支柱、建精神家园，是当代中国文艺的崇高使命。弘扬中国精神、传播中国价值、凝聚中国力量，是文艺工作者的神圣职责。这为中国文艺发展进行了很好的顶层设计，在政策层面为中国网络文艺发展提供了良好的机会与坚强的基础。

（四）

当然我们同时应该注重戏剧影视创作自身的特点，积极创新。

网络自制影视作品，顾名思义就是由网络媒体自己投资拍摄，专门针对网络平台制作并播放的网络电影、网络剧、网络节目。从这个概念中，我们可以看到网络自制影视定义范畴中的几个要点：一是网络自制影视作品应该是由网络媒体作为创作者参与投拍、制作的；二是网络影视作品首要播放平台应该是投拍的网络媒体；三是网络影视作品从制作到内容应该符合网络影视的要求和特征。

网络自制影视作品从一个新的方面体现了“一带一路”精神，具有强烈的当代性与开拓性，表现出积极的探索精神与创新意识。中国网络自制影视发展较快，取得了比较丰硕的成果，当然也存在一些问题。

网络自制电影发展较好、较快，稳步前进。如《索玛海子》《赢家》《父亲》《勇敢爱》等，表现了明确的价值观与比较深刻的文化内涵。

互联网使电影观众的角色发生转变，使其成为用户。用户的评论、分享以及观看的数据，都是参与创作的表现方式，是电影编导所需要的反馈与互动。例如，筷子兄弟的《老男孩》等。《老男孩之猛龙过江》

是通过收集、整理大量用户的评论和数据反馈而拍摄的，因而胸有成竹，取得了成功。

娱乐圈的话题能够满足人们八卦心理。在每日高强度的工作之下，人们需要有关渠道来排解自己心中的压力，通过娱乐圈的八卦可以舒缓工作压力，通过八卦满足内心的窥视欲。但是，娱乐圈的有些话题半真半假，有些人故意炒作，成为一种变相的广告。在网络电影发展过程中，难免鱼龙混杂、泥沙俱下。我们对此应该进行辨析。

中国网络自制作品发展有得有失，有喜有忧。

网络自制作品特点鲜明，影响较大，如《名侦探狄仁杰》《盗墓笔记》等。这些网络剧以精致的制作，缜密严谨连续的情节，较为深刻的思想内涵以及几乎和电视剧相等的时长改变了很多人对网络剧制作粗糙、内涵浅白、短小碎片的认识。与《纸牌屋》相比，《名侦探狄仁杰》在叙事、拍摄、制作等方面都有较大的提升空间。

《盗墓笔记》等极具影响力的网络文学作品也已纳入网络剧的拍摄之中，并引领了网络剧题材内容的发展潮流。《盗墓笔记》在形象塑造、叙事、制作等方面存在一些问题，比较粗糙，因此一些网民尤其是《盗墓笔记》小说粉丝们纷纷“扔砖头”，他们批评得有道理，网络剧《盗墓笔记》制作团队应该善于听取他们的意见，不断提高水平。

中国网络自制节目取得了一定的成果，发展潜力较大。网络节目与网络本身存在一个共生的空间，它们是一种根源接轨。网络是网络节目赖以生存的根基、发展的基础性平台。

网络利用自身优越性平台为网络节目的发展提供了良好的发展空间，大量的客户群，快速的传播效率，多样化的媒介平台整合传播方式，优越的、直接与市场接轨的营销渠道。

网络节目的优势在于其控制权牢牢掌握在网络媒体自己手里，多数属于自办节目，往往针对当前社会的热点问题做出点评与调侃，例如《大鹏嘚吧嘚》《奇葩说》等，往往能够体现网友们关心的热点话题，时效性强，且贴近生活，因此受到广大网友的喜爱，引发他们的思考。

现在艺术作品的受众，网民所占比例很大。很多艺术作品在网络上传播。

据2017年8月4日中国互联网络信息中心（CNNIC）在北京发布的《第40次中国互联网发展状况统计报告》显示，截至2017年6月，中国网民规模达7.51亿，占全球网民总数的1/5。同时我国互联网普及率达到54.3%，超过全球平均水平4.6个百分点，网民规模已经相当于欧洲人口总量。[9]

网民年龄包括老年、中年、青年、少年。网民职业包括教师、学生、工人、农民、军人、商人、公务员，等等。网民地域包括全国各地，全球各地，东、西、南、北、中。

网络传播路径与方法多种多样。第一，在网络论坛进行评点、辩论。第二，在有关网站上评分，例如《人民的名义》豆瓣评分8.6。第三，在弹幕上发表评点，进行互动。第四，在朋友圈发表短论，进行互动。

现在到影院看电影的主体观众是青年人，这个主体是互联网观众，因此影院传播与网络传播是十分重要的。《战狼2》采用网络预告、网络售票，使大量观众到影院观赏。影院传播取得了良好效果。观众们在网络上评点，在网络上讨论，或者在网络上争论，形成话题传播。有关吴京与吴京团队的话题在网络上广泛传播，进一步促进了广大观众到影院欣赏《战狼2》。因此，截至2017年10月8日，《战狼2》国内总票房达到56.8亿元人民币，全球票房8.7亿美元。《战狼2》票房成为单片国产电影票房冠军，在全球单片票房排行榜上名列前茅。位居全球票房榜TOP100第55名。

新媒体的诞生和飞跃，不仅是人类传播途径的增加，而且它正逐步改变着人们的思维方式、价值观念和精神世界。它的媒体形态和传播途径极大地影响着戏剧、电影、电视艺术的发展。

新媒体传播具有开放性、及时性、直接性、复杂性，推动了草根文化的发展，促进了民主化进程与社会启蒙，社会公器作用增强，有的大声疾呼，有的窃窃私语，拓展了戏剧、电影、电视艺术发展的空间。新媒体可以让人们随时随地看戏剧、电影、电视，即移动性和便携性比较明显。新媒体快捷，接近原汁原味，解构权威，主体意识增强，当然应该辨析其准确性。

新媒体时代应该在戏剧、电影、电视中成功表现中华民族优秀文化元素。

六

艺术学升格门类后戏剧影视学科发展前景充满光明，令人鼓舞。

艺术学科由文学下的一级学科升为与文学并行的门类。这种层面的学科调整，其带来的影响是巨大的。艺术学升格门类后戏剧影视学科发展前景会越来越好。

（一）促进戏剧影视学科发展

原来艺术学放在文学门类，艺术学是一级学科，戏剧影视是二级学科，比较而言，戏剧影视学科发展的空间受到限制。

艺术学升格门类后，戏剧影视成为一级学科，发展的空间增大了很多，促进戏剧影视学科发展。

戏剧影视成为一级学科，对戏剧影视学科目录、人才培养规模与层次，以及课程和院系设置带来新的变化因素。可以预料，各人才培养单位博士和硕士学位授予点的主动性和规模会有所增加。

戏剧影视成为一级学科，我国戏剧戏曲学科的发展和研究方向逐渐完备、完善，各高校在原有戏剧戏曲史、戏剧戏曲理论、戏剧戏曲美学、戏剧曲艺史论、话剧理论研究的基础上，积极拓展与现代社会文化发展紧密关联的新的学科领地，又新增了比较戏剧、少数民族戏剧、戏曲创作、戏曲民俗学、戏曲文化传播等理论研究以及戏剧戏曲表导演等实践类研究方向，丰富了学科建设，实现了学科教育的全面培养。

戏剧影视成为一级学科，电影电视学科主要发展和研究方向逐渐细化、多样化，并且向纵深处挺进，例如：中国电影艺术史、外国电影艺术史、非线编辑、摄像与实践、电视新闻与采编、大众传播、电视纪录片、电视剧研究、影视语言、电视频道及栏目研究、录音与剪辑、媒介传播、影视制片管理、照相与实践、摄像与实践、影视策划、电视艺术研究、港台电影研究、广告理论与实务、世界电影美学思潮、世界传媒发展研究、新媒体传播与发展、媒介运营与管理、中国电影现状研究、媒体发展策略研究、美国电影研究、网络电视研究等。

戏剧影视成为一级学科，我国戏剧戏曲学科与电影电视学科的互动与融合会进一步加强，戏曲电影、戏曲电视会进一步得到重视。有关戏剧戏曲改编成电影电视，有关电影电视改编成戏剧戏曲，这种改编与融合的研究会得到进一步深化、细化。因此，戏剧影视学科内涵会变得丰富，外延也会得到拓展。

戏剧、电影、电视放在一个一级学科，有其共同之处。戏剧影视应该始终以表现心灵为主。应该批评泛娱乐化，批评过于功利化。戏剧影视既不是政治宣传品，也不是过于功利化的文化商品。戏剧影视应该充分考虑公众利益，这样才会取得更大的社会效益与经济效益。戏剧影视应该体现以人为本的精神，应该体现为人民服务的宗旨。戏剧影视必须重视公众利益，而不仅仅限于服务某个政治或经济利益集团；戏剧影视从业者是社会的观察者与表现者，而不是某一利益集团的宣传员。应该始终以表现心灵为主，让心灵回归戏剧影视。

中国戏剧影视数量多，在世界上名列前茅，但是优秀之作所占比例不够大。中国最近十几年来出现了一些优秀作品，戏剧如《饭局》《蒋公的面子》《枣树胡同》等，电影如《集结号》《战狼》《钢的琴》等，电视剧如《亮剑》《潜伏》《金婚》《士兵突击》《闯关东》《乔家大院》等。这些戏剧影视表现真善美，表现心灵。

戏剧影视应该表现真善美，表现明确而健康的价值取向，建设好美丽的精神家园。心灵与现实的关系很密切。各种各样的心灵来自复杂的现实。

（二）推动艺术教育发展

戏剧影视教育是艺术教育的一个重要组成部分。艺术学升格门类后，戏剧影视成为一级学科，会促进戏剧影视教育的发展，也会推动艺术教育的发展。

戏剧影视成为一级学科，中国戏剧影视学科会呈现出强劲的发展势头。随着国家艺术教育政策的力度加大和资金投入的不断增多，戏剧影视学科尤其是电影电视学科的发展会进入全新的大发展时期。伴随着各地高校的电影电视专业或电影电视方向如雨后春笋般建立，电影电视学科在原有的业务教学、理论教学和素质教育的基础上，更拓展了产业发展、文化研究、数字技术等多个教育领域，以期更好地应对世界电影电视产业化、数字化、全球化发展的新形势。全国数百所高校陆续加入电影电视教育的行列，或者创办专门的电影电视学院，或者将电影电视作为独立学科加入艺术学院的拓展范畴，或者在原有的中文系或文学院范围内将电影电视拓展成为全新的专业方向，形成了高校电影电视学科教育的新潮流。电影电视学科体系在专业内容、人才培养、教育层次等方面多元化建构，形成了专业教育、理论教育和素质教育齐头并进的良好局面。因此，会培养出更多优秀的戏剧影视人才。

在国民艺术素养和综合型人才的素质培养方面，戏剧影视教育越来越显示其不可替代的重要作用。"电影课程"已经纳入了从少儿到大学生等系统化的美育教育范畴。国家有关部门出台多项措施，下发多个重要文件，对影视教育提出具体要求，并以附件形式列出百部优秀影片推荐片目，进一步强化中小学和大学影视教育。2004年，电影频道增加了"少儿影院"节目时段，各地也把收看"少儿影院"播出的优秀影片与学校的德育课、艺术教育课等内容结合起来。

值得一提的是，除了专业艺术教育领域向纵深处发展，在学科的普及教育上也有了很大的进步，如"京剧进中小学课堂"等活动，"教育戏剧"概念的推广等。让戏剧戏曲在素质教育和文化环境建设方面的问题，越来越得到社会的高度重视。

（三）有利于文化产业发展

戏剧影视是文化产业的一个重要组成部分。艺术学升格门类后，戏剧影视成为一级学科，有利于文化产业的发展。

戏剧影视成为一级学科，有些高校对有关戏剧影视的课程设置、人才培养等方案进行了适当的调整，突出了信息社会和传媒经济时代对戏剧影视人才能力的新要求，与产业经济、新媒体和传媒文化有关的课程也成为戏剧影视艺术教育的重要内容，如世界传媒发展研究、新媒体传播与发展、媒介运营与管理、媒体发展策略研究等。

在一些影视艺术学院还新近设立了文化产业管理专业。该专业作为一个交叉学科，涵盖了管理学、影视学、经济学等多个学科的相关理论和课程，是对影视教育的一个有力补充，符合当下电影电视产业发展的人才需求，也体现了我国影视教育发展的一个大方向——与产业的联系越来越紧密，与其他学科的交叉和融合越来越积极。

戏剧影视人才培养在戏剧影视学科稳定发展的大背景下，呈现出专业方向涉猎面越来越广，交叉性和文化内涵越来越强，与数字媒体交融逐渐增加的特点。同时，各类型和层级的戏剧影视人才培养各有重点，特色更趋明显。如师范类院校专业方向以培养戏剧影视教育方面的师资为主，专业院校和职技学校戏剧影视人才培养则多随戏剧影视市场上实际人才需求方向转型，更注重编导类、表演类与剪辑类等方向，专业的倾向性、应用性高于对其文化的要求。

当今的戏剧影视教育，基于戏剧影视的专门领域与信息技术，体现了戏剧影视在信息时代的发展趋势，即面向创意文化产业的发展需要，代表了信息科技与文化艺术结合的新方向。从人才培养目标来看，戏剧影视教育注重学生艺术的原创能力、整合能力和策划能力，培养具有新的人文、艺术、科技观念和素质的综合型人才，体现了戏剧影视学科交叉发展和国际化的趋势，会促进文化产业的发展。

七

我们不断发展戏剧、电影、电视，在文化思考中不断增强文化自觉与文化自信。戏剧、电影、电视是文化的重要组成部分。一个国家的综合国力主要由政治、经济、军事、科技、文化等组成，需要协调发展，才能形成强大的力量。政治、经济、军事、科技、文化如同人的五个手指要协调好，能够形成梅花掌，也能够形成拳头，可以随机应变，收放自如。

（一）

新世纪以来我国戏剧、电影、电视发展较好。《国务院办公厅关于促进电影产业繁荣发展的指导意见》颁布，给我国电影产业与市场发展带来了千载难逢的良机，会有力地促进我国电影产业与市场逐步走向辉煌。电影是文化产业的一个重要组成部分，强调文化创意。文化创意与创造财富并不矛盾，两者处理得好，可以相得益彰，相互促进。文化创意促进创造财富，创造财富可以为文化创意提供雄厚的物质基础，有利于文化创意。

电影文化在人们精神生活中十分重要，需求越来越旺盛。人们对电影所塑造的形象及其表现的思想感情、审美倾向产生了浓厚的兴趣。电影产业主要是以特定的形象为核心，由形象延伸出的作品、衍生产品等所组成的循环的产业系统，在这个循环过程中不断实现价值增值。衍生产品包括玩具、文具、服装、音像制品、印刷制品、主题公园、改编权等等。形象是产业链的核心，形象最重要的方面是创新。例如，《海尔兄弟》中海尔兄弟形象造型美观，活泼可爱，色彩鲜明，能够满足主要受众群的爱好。

电影产业与其他工业产品具有明显的区别。其他工业产品可以用工业流水线生产，可以大量复制。电影产业要强调创意，不可以大量复制。电影产业链的几个环节中最重要的一环是创意。冯小刚的《集结号》对美国的《拯救大兵瑞恩》、韩国的《太极旗飘扬》有所借鉴，但不是模仿，而是根据中国国情进行了加工创造，所以取得了震撼人心的良好效果。

电影产业最有价值的方面是创意，最困难的方面也是创意。创意的关键是创新型人才的培养与使用。中国文化资源丰富，怎样转化成电影产业？关键在于创意。许多有识之士已经看到中国丰富的文化资源与广阔的市场，积极地把有关文化资源转化成电影产业。

中国政府网在2010年1月25日播发了《国务院办公厅关于促进电影产业繁荣发展的指导意见》，提出到2015年底电影产业的总体目标是：建立健全市场公平竞争、企业自主经营的电影产业运营体系，市场运作、企业经营、政府购买、群众受惠的电影公共服务体系，依法行政、科学调控、保障有力、管理有效的电影行政管理体系和覆盖城乡的电影数字化发行放映网络，全面提高电影的创作生产能力、经营管理能力、科技创新能力、公共服务能力和国际传播能力，多出精品、多出人才、多出效益，不断满足城乡群众日益增长的精神文化需求。

《国务院办公厅关于促进电影产业繁荣发展的指导意见》提出了十项主要措施：一、在数量稳定增长的同时，更加突出提高质量；二、加快推进国有电影事业单位转企改制和公司制、股份制改造；三、进一步深化院线制改革，大力发展跨区域规模院线、特色院线和数字院线；四、大力支持城镇数字影院建设；五、鼓励金融机构加大对电影企业的金融支持力度；六、积极推动科技创新；七、大力实施农村电影数字化放映工程；八、积极实施电影“走出去”战略，努力增强国际影响力；九、抓紧推动建立完善促进电影产业发展的法律法规和政策体系，重点推进电影产业促进法的制定和公布实施，制定和完善深化电影改革的相关配套政策；十、大力加强队伍建设。《国务院办公厅关于促进电影产业繁荣发展的指导意见》是我国首次以国办的名义对电影产业发展提出具体规划，表现了国家的政策倾向，为我国电影产业与市场的发展提供了政策依据与保障。

电影应该具有价值高的故事内核，同时电影视听性与商业性也处于重要的位置。我国电影应该不断提高视听效果与商业性，不断增强自身的竞争力。在思想内容上应该多表现一些人类共同的话题，不管哪个国家和地区都会感兴趣的故事，比如爱情、环保、地球与人类的关系等。应该辩证地处理好世界性与民族性的关系，比如可以适当借鉴印度的歌舞片，既体现了民族性，又能得到世界各国观众的认同。在电影制作上应该多学习先进的技术，呈现出一流的视听效果来吸引海内外的观众。《阿凡达》全球总票房达25亿美元，《孔子》全球总票房达1.1亿元人民币，两者票房悬殊。《阿凡达》表现了对宇宙环境的关爱，对人类贪婪的鞭挞，具有一流的视听效果，给我国电影界带来了很大的刺激与启示。《孔子》传播了儒家文化，《阿凡达》表现了创新精神。传统文化是重要的，文化创新更为吸引人。

（二）

我们应该遵守戏剧、电影、电视的规律，以发展为主题，以文化体制改革为动力，以结构调整为主线，以科技创新为支撑，以依法管理为保障，不断增强活力、壮大实力、提高竞争力，发展先进文化，满足人民日益增长的精神文化需求。大力推进文化产业发展，逐步形成戏剧、电影、电视体系完整、结构合理、整体技术水平先进、市场主导作用明显的格局，使戏剧、电影、电视产业成为国民经济的新型产业和新的经济增长点，成为我国精神文化产品的重要生产基地。

几十年来我国戏剧、电影、电视产业走了一条不平凡的道路，经验与教训很多。总而言之，国家重视戏剧、电影、电视产业与市场的发展。《国务院办公厅关于促进电影产业繁荣发展的指导意见》提出了包括“推动符合条件的国有和国有控股电影企业重组上市”“年放映国产电影时间不低于年放映时间总和2/3”等十项举措。在投融资体制方面，鼓励金融机构加大对电影企业的金融支持力度，明确支持通过发行企业债券、短期融资券、中期票据、银行贷款、重组上市等多种手段，拓宽融资渠道，以扩大规模、壮大实力。

最近十几年来我国戏剧、电影、电视在数量、上座率、票房、收视率等方面逐年增加，当前娱乐文化的统治范式引起人们关注。这种状况让人既喜又忧，戏剧、电影、电视数量众多，往往泥沙俱下、鱼龙混杂，优秀之作所占比例太小，一些戏剧、电影、电视模仿、拼凑成分较多，创意太少。原因多种多样，戏剧、电影、电视与民族文化、与现实社会结合是否紧密是其中一个重要方面。不管是国营、民营，还是中外合资制作戏剧、电影、电视，都应该积极发掘民族文化的精华，表现现实社会人们真正关心的内容，在娱乐中展示真善美。

我国戏剧、电影、电视产业在文化产业中的增速结构越来越明显。如何把我国丰富的文化资源转变为文化产业，如何发展我国戏剧、电影、电视产业与市场，成为业界与学界的重要任务，越来越受到人们的重视。《人民日报》2010年3月2日载，全国电影工作电视电话会议召开，强调努力培养一支既熟悉电影艺术又懂得现代科技的复合型人才队伍，加快实现我国由电影生产大国向生产强国的历史性转变。努力加大中国电影“走出去”力度，提高中华文化的国际竞争力和影响力。由此可以看出，在戏剧、电影、电视界我国文化自觉与文化自信逐步建立了。

八

中国艺术教育本土化与国际化相互促进、相得益彰。

中国艺术要想达到包容与丰满，中国艺术教育本土化与国际化是重要途径之一。

中国艺术教育本土化与国际化是十分重要的，也是十分必要的。中国艺术教育本土化与国际化具有重要的理论价值与现实意义。应该把艺术教育与本土文化以及国际文化紧密地结合起来，本土文化与国际文化为艺术教育提供了丰富的人文精神，使艺术教育达到一个新的高度。

中国艺术教育本土化与国际化是一个薄弱环节，目前系统性不够，涉及的艺术门类有限，深度也没有达到应有的要求。

中国艺术教育本土化与国际化具有重要的学术价值与现实意义，可以提高我国人民的艺术素养，会促使我国艺术教育不断创新，促进和谐校园建设，推动和谐社会发展。我国受过良好的艺术教育的人越多，人格发展会更加全面，人的精神世界会更加丰富，生活质量也会得到进一步的提高。

（一）

本土文化是艺术教育的根基。“艺术教育与本土文化继承发展研究”目标是系统论述艺术教育对本土文化的继承发展，为教育部门制定符合中国国情的艺术教育规划提供重要参考，为艺术教育老师提高本土文化修养提供针对性较强的教材。“艺术教育与本土文化继承发展”是时代发展的必然要求，应该占有重要的地位，人们对它的认识有所不同。我国艺术教育领域存在一些问题：艺术教育往往侧重于技法训练，而与之密切相关的文化内涵重视得不够；本土文化修养良好的师资缺乏，等等。

艺术教育与本土文化具有血肉相连的关系。中国各种艺术之树都是生长在我国文化传统的土壤之中，只有深入地研究本土文化，才能够让各种艺术之树常青，让艺术百花盛开。本土文化可以给电影、电视、书法、美术、音乐、舞蹈、戏剧戏曲、艺术设计等提供取之不尽、用之不竭的营养。当今世界文化艺术多元发展，各种文化艺术相互交流，相互促进，共同提高。中国文化传统具有很强的生命力与独特的魅力，在世界艺术百花园中永放绚丽的光彩。

艺术教育对本土文化应该有所继承，有所发展。西方雕塑家评价薛龙春、吴为山的作品具有高度的写意性，充满着东方人的智慧。认为他们雕塑的《齐白石》简洁、含蓄、概括力强。他们的获奖作品《睡童》

激发了人类美好的情感，打破了民族、地域、时间、语言的限制，让人一目了然又回味无穷。他们的雕塑是中国传统文化精神的表现，对东方哲学、美学具有整体的观照与思考。他们把我国写意精神与西方写实主义进行了较好的结合。中国画家的艺术观照是以亲和性文化内驱力，以“天人合一”的文化眼光来感知、拥抱对象，眼中呈现的是动态的形象，有机统一的生命境界。章利国在《中西画家的文化眼光与艺术观照》一文中评论道：“这样的艺术观照是一种调动自己一切文化艺术积淀和生理、心理因素的全身心投入的活动。中国人侧重于用美学和艺术的眼光看世界。一般来说，中国画家以心灵之眼，流盼的视线，进行运动观照、全方位感知和意象式凝视相结合的艺术观照，同时有着线构随类的心理投射。”[10]这段论述准确地阐明了艺术观照是本土文化的融会贯通，是综合素养的表现，是人的心灵与自然及社会的契合。

本土文化给电影、电视、书法、美术、音乐、舞蹈、戏剧戏曲、艺术设计等提供了丰富的营养。儒家文化提倡仁、义、礼、智、信、忠、孝等，这些思想对我国各种艺术产生了巨大而深远的影响，在艺术形象与艺术手法等方面给艺术家很大的启迪。道家文化追求自由，具有朴素的辩证法思想和初步的民主思想，这些精神贯穿在我国各种艺术之中，形成自由奔放、丰富多彩的艺术天地。侠与儒、道、墨、法、兵、名等各家并列。侠士具有善武、轻财、无私等品格，为民除害，恩怨分明，能够见义勇为、敢作敢当，这为各种艺术提供了生动的形象。民间文艺多种多样，生命力旺盛，为我国艺术教育提供取之不尽、用之不竭的资源。

艺术既要表现人与自然、与社会的冲突，也要表现人与自然、与社会的和谐。和谐常常在风平浪静中展示艺术的魅力，让人们感受到生命的尊严和可亲。

意境是情与景的高度融合，是以艺术的形式表现人性与自然的契合。意境是电影、电视、书法、美术、音乐、舞蹈、戏剧戏曲、艺术设计等追求的崇高目标之一，意境与各种艺术的时空、画面、声音、叙事、风格等关系密切。

韵味是一个重要的美学范畴，在电影、电视、书法、美术、音乐、舞蹈、戏剧戏曲、艺术设计等艺术部类中均有体现。韵味是衡量艺术作品水平高低的重要标尺之一。韵味的美感远高于感官的快感。

艺术家应该有气静意平之时，艺术品应该有适当的虚处，这样才能传神写意，达到较高的艺术境界。创作主体心气平和、意兴高远、气静神凝，有利于洞察万物之精髓，把握人与物的深层内涵，从而创作出意境高远、耐人寻味的艺术品。从接受美学观点来看，虚静是欣赏者进入艺术境界的一个重要心理基础。

我国具有艺术教育的优良传统，琴、棋、书、画是许多优秀人才的必修课。艺术教育有利于培养创新能力和审美能力，有利于锻炼想象力和意志力，有利于提高人口素质。

中国文化源远流长，丰富多彩，艺术教育应该充分使用这一宝库。

（二）

中国艺术教育应该如何本土化？这是摆在我们面前的一个现实问题。

中国艺术教育本土化是符合中国国情的，是切实可行的。

2011年2月国务院学位办正式宣布，艺术学升格为门类，有五个一级学科即艺术学理论、音乐舞蹈、戏剧影视、美术、艺术设计，艺术教育发展的空间增大了很多。这是根据中国国情发展艺术学的一项重大措施，会有力地促进中国艺术教育的发展。

艺术教育的主要学科包括电影教育、电视教育、戏剧教育、音乐教育、舞蹈教育、美术教育、书法教育、艺术设计教育等。“戏剧影视教育是艺术教育的一个重要组成部分。艺术学升格门类后，戏剧影视成为一级学科，会促进戏剧影视教育的发展，也会推动艺术教育的发展。”(11)

艺术教育要培养创新型人才、应用型人才、综合型人才。编剧、导演、演员、摄影等侧重于创新型人才培养，灯光、道具、化妆等侧重于应用型人才培养，投资、策划、管理等侧重于综合型人才培养。

艺术教育从中国传统文化中吸取营养显得越来越重要。艺术教育是新兴学科，既有浓厚的学术性，又有很强的实践性。

艺术教育与中国传统文化并不矛盾，两者处理得好，可以相互补充，相得益彰。中国传统文化可以为艺术教育提供丰富的营养，有利于文化创意。艺术教育有助于传播中国传统文化，两者互相促进，共同发展。

艺术教育可以吸取艺术、文学、历史、哲学、经济、管理、教育、心理等的营养。艺术教育应该具有较高的人文内涵与文化价值。

“创意产业”概念于1998年在《英国创意产业路径文件》中被首次正式提出，英国创意产业特别工作组对其定义为：“源自个人创意、技巧及才华，通过知识产权的开发和运用，具有创造财富和就业潜力的行业。”根据这个定义，电影、电视、广播、音乐、广告、工艺品、出版、表演艺术、设计、软件等十三个行业被确认为创意产业。创意产业与传统工业最大的区别在于创意为产品或者服务提供了实用价值之外的文化附加值，从而提升了产品的经济价值。

艺术教育有助于培养创新型人才，有助于文化创意产业的发展。文化创意产业主要是以特定的形象为核心，由形象延伸出的作品、衍生产品等所组成的循环的产业系统，在这个循环过程中不断实现价值增值。衍生产品包括玩具、文具、服装、音像制品、印刷制品、主题公园、改编权等。形象是产业链的核心，形象最重要的方面是创新。例如，动画片《海尔兄弟》中海尔兄弟形象造型美观，活泼可爱，色彩鲜明，能够满足主要受众群的爱好，因而获得了较高的收视率。有关公司由此生产了关于海尔兄弟的玩具、文具等一系列产品，取得了良好的经济效益和社会效益。

艺术教育最有价值的方面是创意，最困难的方面也是创意。中国文化资源丰富，怎样转化成文化产业？关键在于创意。许多有识之士已经看到中国丰富的文化资源与广阔的市场，积极地把有关文化资源转化成文化产业。例如，华索影视数字制作有限公司即华龙和索尼首字的合称。华索主要开发和制作中文影视娱乐节目，包括电视栏目、情景喜剧、电视连续剧和电视电影，并在中国境内外发行。该公司的成立是索尼影视为提高在亚洲的制作能力而做出的重大举措的一部分。华索影视公司制作亚洲地区本土化的电视节目，包括在印度、日本、印度尼西亚、泰国和中国台湾地区制作电视节目。

我们应该建立“艺术教育与本土文化继承发展”资料库；设立“艺术教育与本土文化继承发展”网站；举办“艺术教育与本土文化继承发展”研讨会；在此基础上分析“艺术教育与本土文化继承发展”现状与发展趋势；与教育部门合作，共同建立艺术教育人才培养基地，制定符合中国国情的艺术教育规划。

中国艺术教育本土化可以通过选择有关本土艺术的精品进入中小学教材与大学教材、召开有关中国艺术教育本土化的研讨会等途径来逐步落实。例如，教育部有关部门将《包龙图打坐在开封府》《智斗》《报灯名》等十五首京剧经典唱段，选入九年义务教育阶段音乐课程。2008年关于本土化的美术教育的重要研讨活动有“中国民间和乡土文化资源与美术教育研讨会”等。2009年12月13日，“新中国民族美术与民族美术教育学术研讨会”在中国美术馆举行。这些课程建设与学术活动表明，中国艺术教育本土化已经引起有关部门重视，并且适当地付诸实践。

（三）

中国艺术教育既要实行本土化，又要进行国际化。中国艺术教育本土化与国际化有矛盾的成分，也有融合的成分。如果把两者关系处理好，那么中国艺术教育本土化与国际化相互促进，相辅相成。

中国艺术教育本土化不是故步自封，不是闭关自守，不是唯我独尊、夜郎自大，而是与国际接轨，重视时代性与共通价值。2009年12月17日，由中国教育学会美术教育专业委员会和广州美术学院主办的“全国高校国际视野下的美术教育专业改革学术研讨会”在广州美术学院举行。2009年11月，由江苏省工业学会、南京理工大学、湖南大学、浙江大学、上海交通大学、美国普渡大学、美国伊利诺伊大学、日本九州大学、香港理工大学联合举办了第二届国际设计教育研讨会。

中国艺术教育国际化不是崇洋媚外，不是照搬照套，不是食洋不化、亦步亦趋，而是根据中国国情有所借鉴、有所发展。2009年11月，湖北工业大学艺术设计学院等单位举办了第二届中德设计教育学术论坛，为湖北工业大学艺术设计学院与国际设计教育的接轨提供了良好的机会。

中国艺术教育与国际交往越来越多，越来越好。从我国“十二五”教育发展规划来看，加快艺术教育的国际化是未来发展的趋势。“要开阔学生的视野，使学生有机会到国外高校交流学习，各高校积极开展对外交流合作项目。因此，要真正做好这些项目，提高学生的培养层次，首先要做到我们的课程设置与国际接轨，培养具有国际意识、国际交往能力、国际竞争能力的人才，这种人才能立足于本土，放眼于世界，积极主动地参与国际竞争。”[12]所言确有道理。例如，2009年12月22日，中日艺术教育研讨会在清华大学美术学院举行，主题是“中日艺术教育的现状与发展”。重庆大学举办了中国2008年工业设计教育国际研讨会。2009年5月20日，第四届亚洲戏剧教育研究国际论坛在中央戏剧学院举行，除中国内地多所戏剧院校参加之外，还有来自日本、韩国、新加坡、印度、澳大利亚、乌兹别克斯坦、孟加拉国、越南、马来西亚、菲律宾、巴林等十三个国家和地区的共二十五个戏剧院校参加。第十九届（2012年）北京大学生电影节在美国南加州大学、马来西亚理工大学开办了分会场，第三届（2012年）北京大学生电视节英国伦敦拍片活动顺利进行，取得了良好效果。诸如此类的国际会议与国际交流不断增加，影响越来越大。

中国艺术教育国际化引起人们的重视，有关艺术教育国际化会议适时召开。例如，“2008首届世界华人美术教育研讨会”“第二届亚太地区美术教育会议”“Insea北京国际美术教育会议”“欧洲古典石膏与中国美术教育研讨会”等，取得了较大的反响。

有关艺术教育国际化的实体及时成立，例如，2008年中法江苏艺术设计教育研究中心成立。

有关艺术教育国际交流活动不断增加。2009年9月，浙江工业大学艺术学院与德国柏林艺术大学、杭州四零艺术空间联合举办了中德视觉传达设计教育系列学术交流活动。

中国艺术教育要培养艺术家与艺术从业者。中外艺术家有不同点，也有共同点。中外艺术家的共同特点是，对艺术表现出超乎寻常的执着，内心世界充满艺术精神和艺术感悟，习惯于用艺术审美眼光来看待他们所发现的艺术现象和艺术成果，他们都从中外艺术的融合中获益。

中国艺术教育建立在中国文化与世界文化的基础上，应该不断吸取中国文化与世界文化的丰富营养，才会具有引人入胜的创意。例如，2009年7月28日，为促进中美两国书法文化交流和东方文化世界化，由中国北京大学书法艺术研究所与美国丹佛孔子学院联合主办的“海外书法教学发展国际研讨会暨中美书法论坛”，在北京大学书法艺术研究所举行。2009年12月19日至21日，“世界华人戏剧教育会议2009年”在香港演艺学院举行。2011年6月9日至11日，“华语电影工业：历史、当代与方法”国际学术研讨会在上海大学举行。这些活动取得了良好的效果，扩大了中国艺术在海内外的影响。

艺术教育课程设置应该充分考虑本土化与国际化，应该充分考虑各个专业的特点，在理论与实践两方面使学生不断提高水平。各校之间的课程设置、课程内容、学分学时不尽相同，但是主体部分比较相近。

电影与电视是科学与艺术的综合体，影视教育主要课程有电影概论、电视概论、非线编辑、世界经典影片读解、摄像与实践、影视传媒写作、电视新闻与采编、大众传播概论、中国电影艺术史、外国电影艺术史、影视编剧、电视纪录片、电视剧研究、影视语言、电视频道及栏目研究、录音与剪辑、媒介传播、影视制片管理、照相与实践、摄像与实践、影视策划、电视艺术研究、港台电影研究、广告理论与实务、世界电影美学思潮、世界传媒发展研究、新媒体传播与发展、媒介运营与管理、中国电影现状研究、媒体发展策略研究、美国电影研究等。

音乐教育主要课程有合唱、民族民间音乐概论、和声基础、打击乐、合奏、室内乐、舞台表演艺术与实践、视唱练耳、指挥基础、外国音乐史、织体与即兴伴奏、曲式基础、计算机音乐、中国音乐史、配器、西方音乐史、复调、音乐教育基本理论等。

舞蹈教育主要课程有汉族民间舞、芭蕾基础、少数民族舞、中国传统文化与舞蹈、中外舞蹈艺术作品欣赏、乐理、现代舞基训、芭蕾教学法、编舞技法、拉班舞谱、舞蹈创作理论、音乐欣赏、电子钢琴、舞蹈艺术管理学、舞蹈教育学、舞蹈剧目、灯光布景化妆、国际舞、民族舞蹈教学法、群舞技法、中外舞蹈思想教程、敦煌舞、中国近现代当代舞蹈史、外国舞蹈文化史、舞蹈人体动态素描、古典舞身韵、外国性格舞、舞蹈人体解剖与保健、舞蹈表演理论等。

美术教育主要课程有造型基础、素描、色彩、外国美术史、素描研究、色彩研究、油画技法、中国画技法、中国美术史、艺用解剖、电脑美术、设计基础、创作实践、美术教育学等。

艺术设计教育主要课程有设计概论、平面构成、设计思维、信息图形设计、摄影、字体设计、设计草图、快题设计、视觉传达、基础材料设计、展示设计等。

书法教育主要课程有书法概论、楷书概论、楷书技法、古典文学、汉语文字学、隶书概论、书法史、隶书技法、草书概论、草书技法、中国画基础、书法名家研究、编辑出版学概论、古代汉语、篆书概论、篆书技法、中国传统文化要义、篆刻学、古代书论、书法教学法等。

数字媒体艺术是建立在高科技基础上的艺术代表之一。数字媒体教育主要课程有数字媒体概论、设计色彩、动画基础、摄像与实践、影视语言、角色动画设计、电视前后期制作、数字图像处理、界面设计、网页设计、故事板与制片计划、数字媒体艺术形态、广告及名片分析、电脑特技、数字音像制作、原画与建模、设计思维、三维艺术、新媒体设计、动画技巧、模型创意学、网络游戏研究、交互式媒体、虚拟场景设计、音响创意设计、三维动画工程、数字媒体技术应用等。

从电影教育、电视教育、戏剧教育、音乐教育、舞蹈教育、美术教育、书法教育、艺术设计教育的主要课程设置可以看出，我国艺术教育主流是兼顾本土化与国际化，这有利于艺术人才的培养。

艺术教育注重培养学生的创造性思维，可以进行适当的示范性教学与个性化教学。教师应该努力营造宽松活跃的课堂气氛，学生积极主动地发言，教师在引导的过程中以鼓励为主，尊重学生的个性，在充分肯定学生的优点时准确地指出学生的不足与薄弱环节，从而达到教与学的良好互动，培养出具有创造性能力的艺术人才。

中国艺术教育既实行本土化，又进行国际化，可以增强学生民族自信心，拓宽学生视野、改善学生知识结构，提高学生国际交往能力与竞争能力，培养出各种各样的优秀艺术人才。

注释：

╱

Notes

（1） 参见《历代笔记小说集成》，河北教育出版社1995年版；《笔记小说大观》，台北新兴书局1987年版；刘叶秋：《历代笔记概述》，中华书局1980年版。

（2） 鲁迅：《华盖集》“忽然想到（四）”，北京北新书局1926年版。

（3） 鲁迅：《华盖集》“这个与那个”，北京北新书局1926年版。

（4） 参见孙自筠：《太平公主（大明宫词）》，四川人民出版社1997年版；《中国电视》1999年1—12期、2000年1—6期。

（5） 饶曙光：《中国（华语）电影发展与对外传播》，中国广播电视出版社2013年版，第125页。

（6） 丁亚平主编：《大电影时代：异彩纷呈的热播影视》，文化艺术出版社2011年版，第3页。

（7） 参见2017年1月中国互联网络信息中心（CNNIC）发布的《第39次中国互联网发展状况统计报告》。

（8） 张智华：《中国网络电影、网络剧、网络节目初探》，中国电影出版社2017年版，第51页。

（9） 参见2017年8月4日中国互联网络信息中心（CNNIC）发布的《第40次中国互联网发展状况统计报告》。

（10） 章利国：《中西画家的文化眼光与艺术观照》，《新美术（中国美术学院学报）》2003年第4期。

（11） 张智华：《艺术学升格门类后戏剧影视学科的发展前景》，《艺术教育》2011年第6期。

（12） 孙彤辉：《从课程设置纵观美国的设计教育——对视觉传达专业的调查和思考》，《艺术教育》2011年第6期。

Chapter 1 第一章

宋代笔记小说中的精灵形象及与其相关的戏剧影视

第一节

宋代笔记小说中的精灵形象

——兼论中国文学中精灵形象的演变与发展

中国文学中精灵形象演变与发展的轨迹，主要划分为三个阶段：先秦至唐文学中动物精灵形象相当成熟，植物精灵、工具精灵形象零星出现；宋元文学中植物精灵、工具精灵、艺术品精灵大量出现，有所突破；明清文学中动物精灵、植物精灵、工具精灵、艺术品精灵皆达到高峰。这三个阶段主要趋势是精灵形象种类由少到多，能耐由小到大，变形方式由简单到复杂，主要精灵形象的人性不断增加，社会意义不断丰富，作家对精灵形象的描写手法越来越绚丽多彩。中国文学中精灵形象之所以如此繁荣，主要是由于中国精怪文化及佛道二教作为底蕴，同时与充满幻想的民族精神以及作家有意追求奇幻的创作心理也有一定的关系。精灵形象具有独特的审美价值、艺术功能和教育作用。

一

先秦至唐文学出现了一系列动物精灵形象，如狐狸精灵、老虎精灵、大龟精灵、猿猴精灵、猪精灵、龙精灵、蛇精灵、猩猩精灵、白鹄精灵、蚂蚁精灵、姑获鸟精灵、獭精、虾精、螺精等等。这些动物精灵大多被拟人化，具有人的思想和情欲，或具有神奇的力量，充满浪漫幻想与神话色彩。

先秦神话传说和诸子散文便出现一些动物精灵的雏形，或称之为准动物精灵。如《山海经》所描绘的鳐鱼："状如鲤鱼，鱼身而鸟翼，苍文而白首，赤喙，常行西海，游于东海，以夜飞。其音如鸾鸡。"再如，神英招“其状马身而人面，虎文而鸟翼，循于四海，其音如榴”。又如《庄子·逍遥游》描写鲲鹏之变，鲲和由它变化而成的鹏，皆是庞然大物，神奇非凡。这些准动物精灵，每种形象往往综合了好几种动物的特征，具有无比的威力，作家的想象非常丰富神奇，可谓极尽夸张之能事。这种特点在两汉三国魏晋南北朝文学中得到继承，如《述异记》:“猰貐，兽中最大者，龙头，马尾，虎爪，长四百尺，善走，以人为食，遇有道君即隐藏，无道君即出食人。”再如《神异经》云：“梼杌，状似虎，毫长二尺，人面虎足猪牙，尾长丈八尺，能斗不退。”

动物精灵善于变形，具有神奇的力量，对人有的行善，也有的作恶。如《淮南子·览冥训》描写大龟精灵以四足代替天柱，树立在大地的四方，将天空撑起来。而黑龙精灵则能大能小，变化自如，兴风作浪，力量无穷。再如《邗子》:“桥君发函，有鱼子也。著池中养之，一年皆为龙。”鱼子化龙，显得神奇变幻。有的动物精灵与人为善，如皇甫氏《原化记》“吴堪拾螺”，描写吴堪与螺精的故事，前半篇的情节沿袭《搜神后记·白水素女》，后半篇的情节有所发展。螺精的秘密被吴堪发现后，结为夫妻，这寄托了人们对爱情婚姻的一种美好理想。有的动物精灵为非作歹，如张读《宣室志·张景》描写蛴螬精灵的恶行。张景之女遭蛴螬精灵调戏，女用利锥刺他，张景把他杀掉。这个蛴螬精灵有地痞流氓的影子，也可以说是他们的化身。再如牛僧孺《玄怪录》“郭元振”，描写乡里愚民迷信，每年要把一个美貌少女作为供物，嫁给所谓的“乌将军”即猪精。郭元振消灭了猪精，拯救了这些受害女子。猪精的特点是好色，这可能是《西游记》中猪八戒形象的雏形。

动物精灵具有人性。如郭璞《玄中记》描绘姑获鸟夜飞昼藏，“衣毛为飞鸟，脱毛为女人”。男人如果收藏了她的毛衣，她便恢复不了鸟的原形，于是就成了男人的妻子而生儿育女。人鸟结合，这一神奇绚丽的艺术想象，丰富了精灵文学的构思模式。再如柳祥《潇湘录》“焦封”，描写猩猩精灵变形为美女与焦封婚恋。她主动追求焦封，互相以诗酬答，全篇宛曲有致。又如李公佐《南柯太守传》描写淳于棼梦游南柯，槐安国王把金枝公主嫁给他。此篇蚂蚁精灵代表某一类人，蚂蚁王国是人间社会的一种缩影。

出现了几个影响较大的动物精灵系列，如狐狸精灵系列、猿猴精灵系列、老虎精灵系列、龙精灵系列等。先谈狐狸精灵系列，郭璞《玄中记》云：“狐五十岁能变化为妇人，百岁为美女，为神巫，或为丈夫与女人交接。能知千里外事，善蛊魅，使人迷惑失智。千岁即与天通，为天狐。”这里虽然没有狐精变形迷惑人的故事情节，更谈不上形象塑造，但是已经为狐精的基本特征勾画了轮廓。从这简略的记载中可以看出后世文学之狐狸精灵形象的雏形。刘义庆《幽明录》“淳于矜狸妇”，描写淳于矜与狐狸所化女子结为伉俪，生儿育女。《齐谐记》“吕思斫狸怪”，写狸精变成男人迷惑、窃掠妇人，有些新意。吴均《续齐谐记》“燕墓斑狸”，斑狸竟然变成学问渊博、善于对答的书生，但终于被真正的博学之士所识破，狸精技尽，原形毕露。《搜神记·吴兴老狸》描写老狸变为农家老父，到田中去咒骂、赶打正在劳动的两个儿子，以至两个儿子对真假父亲辨认不出。六朝志怪小说描写狐精变化，情节均较简单，篇幅很短。像《搜神后记》中的《陈斐》等情节虽较曲折，但狐精伯裘形象也只略具轮廓而已。唐人小说继承了这类题材而在故事情节上有所创新，塑造出比较完整、丰满的艺术形象，主题思想也更明确了。《太平广记》卷四百四十七至四百五十五，都是以狐狸精灵为题材的作品，其中绝大多数是唐人之作，多半出于《广异记》。如《李麐》描绘出艳丽聪慧的狐精郑四娘形象，情节曲折有致，可与沈既济的杰作《任氏传》媲美。《任氏传》描述狐精任氏与郑六相爱，她深深地爱着穷困潦倒而志诚的丈夫，坚决抗拒庸俗狂暴玩弄女性的豪侈之徒韦崟。作者成功地塑造出任氏优美的形象，突出了她那善良、坦诚而富有自尊心的特征，从一个方面曲折地反映出现实生活中的爱情婚姻关系。人物外貌、行动、对话等的描写生动细致、形神兼备。又如皇甫枚《三水小牍》“张直方”叙写王知古与狐魅结亲，后来狐精发现他与恶人张直方有牵连，便谩骂侮辱他，由此可以看出狐精爱憎分明。

再谈猿猴精灵系列。猿猴精灵与人婚恋生子，从六朝志怪小说《猳玃马化》到唐人《白猿传》和《孙恪》，可谓源远流长。可能与印度传来的佛经中猴王的故事有些瓜葛，但经过中国民间流传，完全中国化了，带有中国所特有的精怪文化气息。如《补江总白猿传》描写欧阳纥携妻南征，途中妻子被猿精窃去，纥奋力寻觅，终于找到并杀死猿精，救出已经怀孕的妻子，后产子名询，聪悟绝人，形貌却像猿猴。这篇小说中的白猿精灵，力大无穷，但贪恋女色，恶迹斑斑。又如裴铏《传奇·孙恪》写猿仙化为美女袁氏与秀才孙恪结为夫妻，生儿育女。后遇老僧惠幽（即昔日养猿之小沙弥），遂持原胡人所施佩猿颈之碧玉环子献僧，与孙恪及二子诀别，裂衣化为老猿，追啸跃树而去。由此可见，猿精既向往人间美好生活，又眷恋树林间的自由生活，这两种生活她都需要，最终还是选择了自由。

老虎精灵系列，如《集异记》“崔韬”，描写虎精脱去虎皮变成美女，与崔韬结婚生子。但结局实在太可怕了，她复经旧地披上虎皮现出原形，将丈夫和儿子都吃掉，给人以恐怖感，表现出虎精难以改变吃人的本性。

龙精灵比较特殊，原型可能是恐龙或蛇之类。敦煌写本《韩擒虎话本》中有“会昌既临朝之日”字样，会昌是唐武宗李炎的年号（841—846年），故知这一话本产生于唐武宗时代，它无疑是真正的唐话本。该话本描绘了八大海龙王形象，他们能够腾云驾雾，呼风唤雨，威力无比。这八大海龙王形象栩栩如生，个性比较鲜明。海龙王形象对后世此类题材文学影响较大。

植物精灵、工具精灵形象零星出现，如任昉《述异记》“小儿果”，此果形状像小儿，长六七寸，见人皆笑，动其手足。其头连着树枝，若摘一枝，小儿便死。这种异果的特性，也许是《西游记》作者构思五庄观人参果的素材。张读《宣室志》“卢虔”，描写卢虔与柳树精灵“柳将军”斗争；“赵生”，描写人参精帮助愚钝而勤奋好学之士终于成才。柳祥《潇湘录》“贾秘”，写贾秘在古洛城绿野中见数人环饮，自歌自舞。这七人乃是松、柳、槐、桑、枣、栗、樗等七种树木精灵的化身。作者假借树木的人格化，抒发儒士想有所作为而怀才不遇之感。郑还古《博异志》“崔玄微”，描绘杨花、李花、桃花、石榴花四个花精变作四个美女，她们风姿绰约，把美丽带给人间。风神封十八姨神通比这些花精大，欺负花精。石榴花精“醋醋”不甘示弱，敢于反抗。张荐《灵怪集》“关司法”，描写关氏暗中杀害佣妇，结果被害死的只是一根栗木精灵。葛洪《神仙传》“壶公”，描写壶变成仙宫世界，青竹仗先变成费长房的遗体，后又变成一条青龙。薛渔思《河东记》“胡媚儿”，叙述她施展幻术的工具是一个琉璃瓶子，瓶口如芦苇管那样大，无论多少财物从瓶口进去，便或如粟粒，或如蝇头，它好像是永远装不满的无底洞。对施展幻术的琉璃瓶子的描写，想象丰富奇特。卢肇《逸史》“太阴夫人”，描写麻婆与卢杞各乘一个葫芦远程飞翔，风雷忽起，腾上碧霄，满耳只闻波涛之声，一会儿便行八万里。这神奇的葫芦颇似宇宙飞船。牛僧孺《玄怪录》“曹惠”，描绘木偶人伸手向小儿要饼子吃。木偶人轻素、轻红与曹惠言谈笑语，栩栩如生。王度《古镜记》描绘古镜非常灵验，能使寄居程雄家的婢女鹦鹉自现老狐原形，并降伏了芮城令厅前枣树心中大蛇。张荐《灵怪集》“姚康成”，描写姚康成于一荒废旧宅中夜间闻三人赋诗，天明方知是铁铫子、破笛、秃帚三种物件的精魅化形，所赋诗的内容与各自的功能很相称。

变形艺术与精灵形象是形影不离的，精灵的变形与回归原形之间有其形象特征的内在联系。先秦至六朝文学，精灵变形比较简单，唐代文学变形艺术有所发展。如牛僧孺《玄怪录》“元无有”，描写日常生活用具故杵、烛台、水桶、破铛变化为四个人，而且各能吟咏与其原形功能相称的诗句，不仅具有人的形貌，而且赋予人的智慧。这在变形艺术上是一个进步。段成式《酉阳杂俎》“诺皋记”，描写士人被岛上虾精所迷，与虾王的公主成婚，生儿育女。虾王国乃是现实中某个小王国的缩影，又有虾的特征——长须、供食用。裴铏《传奇》善于把动物植物人格化，如《江叟》中槐树精灵的人格化，《宁茵》中虎精、牛精的人格化，有动植物的原形，又有其化形，而作为化形出现时，既具有动植物属类的特性，又有社会上某种类型人物的个性。张读《宣室志》在描写精灵的变形艺术方面有所创新，故事情节委婉曲折，动物精灵富有个性，笔调清新而细致，且能根据精灵身份和具体环境而有所变化。例如描写狐精的作品，从六朝志怪到唐人传奇，为数甚多，而真正能写出其个性特色的佳作并不多。《宣室志》中的《计真》堪称佳作之一。狐女李氏聪敏柔婉，与其丈夫恩恩爱爱，生儿育女，但最后惨然死去。这是人间结发夫妻生离死别的一幕悲剧，却又有狐女与人婚恋的特殊性，更浓化了家庭悲剧的气氛。李氏的狐狸原形是到最后才暴露的，仍然具有较浓的人情味。

二

宋元文学尤其是宋代笔记小说中植物精灵、工具精灵及艺术品精灵大量出现，变形艺术不断提高，人性不断增加，社会意义不断丰富。宋元文学在动物精灵方面难以突破六朝和唐代文学，但在植物精灵、工具精灵与艺术品精灵方面有所拓展、有所提高。植物精灵、工具精灵与艺术品精灵形成了一些形象或意象系列，给明清此类文学的发展昭示了门径。《西游记》《聊斋志异》中动物精灵、植物精灵、工具精灵与艺术品精灵皆达到了高峰，宋代笔记小说所描绘的植物精灵、工具精灵与艺术品精灵是这个高峰之前的一个重要成果。宋元文学上承六朝和唐志怪传奇中精灵之绝技，下启明清文学中植物精灵、工具精灵与艺术品精灵之异想，从中可见我国古代文学中精灵形象演变、发展的脉络。

宋以前文学中零星有一些植物精灵，但多作为动物精灵的配角，如晋郭颁《古墓斑狐记》描写斑狐与千年枯木华表木的故事，斑狐是主角，华表木是配角。南朝宋刘敬叔《异苑》卷三写乌龟精与大桑树的故事，乌龟精是主角，大桑树是配角。有少量植物精灵虽然是主角，但故事情节比较简单。宋代笔记小说中植物精灵大量出现，且多为主角，变形方式由简单到复杂，故事情节曲折生动，植物精灵个性鲜明。如洪迈《夷坚甲志》卷十七“芭蕉精”，芭蕉精是主角。《夷坚志三补》“杨树精”，杨树精是主角。《夷坚志三补》“花果五郎”，花果五郎是主角。《夷坚志补》卷九“苦竹郎君”，苦竹精灵是主角。《夷坚志补》卷三“菊花仙”，菊花精灵是主角。这些小说的题目便是以植物精灵名篇，从题目上也反映出植物精灵是主角的特点。例如，无名氏《灯下闲谈》[1]卷上《榕树精灵》，榕树精灵化为美女，与穆郎相会、相恋、相爱。她姿容美妙，光彩照人，香气四溢，善于吟诗，对男子吸引力很大。榕树精灵充满对人间夫妻生活的向往之情，她对爱情的追求积极大胆。她的那些姐妹们也替她帮忙、助兴，她们的活动如同人间结婚庆典时的闹房。在这里，榕树女郎与青年男子的邂逅充满情趣，从一个方面揭示出性爱的巨大魅力。树犹如此，人何以堪？情爱的本能打破了树与人之间的界限。这篇小说细节描写生动传神，人物个性鲜明。穆师言风流潇洒，音乐才能出众。他对榕树女郎十分关注，相随数十步。他与榕树女郎一段段惟妙惟肖的对话，展示出他们互相爱慕的心理。他的一系列言行，反衬出榕树女郎的巨大魅力。榕树精灵对这次与穆郎欢会十分留恋，希望明年此时再团圆，可见她对情爱多么执着。她是一个有情有义、血肉丰满的女子。榕树精灵概括了大家闺秀或少妇美丽、高雅、多才多情的特点，曲折地反映了封建社会这类女子向往爱情而又受到严格的限制，便借助于榕树精灵形象来表现情怀。

植物精灵与人相识、相恋、相爱，是此类小说的一个重要主题，这是植物精灵形象人性不断增加、社会意义不断丰富的一个重要表现。如孙光宪《北梦琐言》，荷花精灵变为美女，素衣红颜，容质绝丽，与荷花有相同之处，并且相映生辉。苏生很快被她迷住，坠入爱河。在苏生的潜意识中，荷花与美女是紧密相连的，这种幻觉反映出他的一种审美追求，他羡慕美丽的容貌和高雅的气质。当苏生不知该美女为荷花精灵之时，他认为她是绝代佳人、美丽的女神，主动与她亲近；一旦发现她是荷花精灵，便将之折断，可见苏生不讲情义。而荷花精灵自始至终讲情义，她时刻把苏生赠给她的玉环带在身上，而正是这只玉环使苏生认出了她是荷花精灵。荷花精灵成了这场情爱中的牺牲品。这场荷花精灵与人的恋爱悲剧，曲折地反映出以男性为主的封建社会女性命运的悲惨，即使是女性精灵也难逃变心男子的抛弃、折磨，因此这类小说具有比较深刻的社会意义。

有些植物精灵具有高超的武艺与文才，善于变化，本领非凡，反映了丰富的社会内涵。如《夷坚丙志》卷二“蜀州红梅仙”，红梅精灵敢于与迫害她的恶棍做斗争，如同武艺高强的侠女，来无影，去无踪，自由自在，个性鲜明。她本着人不犯我、我不犯人、人若犯我、我必犯人的原则，与敌人进行针锋相对的较量。在她身上，武德与本领得到了高度的统一。她表现了侠女刚强、重义、不可侮辱的特点。再如，刘斧《摭遗》“红梅传”(2)，梅花精灵品质高雅，风姿绰约，富有才学，善于吟诗写字。作家把才女与梅花精灵融为一体，在梅花精灵的形象上，寄托了作家对理想女郎的一种企盼。唐代柳祥《潇湘录》中松、柳、槐等精灵饮酒歌舞，使人联想起才子的形象。而这篇小说鲜明地描绘出梅花精灵变为美丽、高雅的才女，植物精灵形象的寓意，由才子到才女，由隐约到清晰，显然是一个发展。有些植物精灵能够预知人的命运，如无名氏《灯下闲谈》卷上“松作人语”，松树精灵能够预言贾松的前途，劝他积极进取。这是作家借助松树精灵而表达对举子的一种愿望，也反映出科举制度盛行的宋代举子们的一种心理状态。有些植物精灵要求保护自身、保护植物、保护环境。如《夷坚甲志》卷十七“峡山松”，松树精灵呼吁保护松树、保护植物。他以自身的伤痛来呼吁人们爱护植物，他很像一位老人语重心长地教诲青年人，句句有理，字字有力，艺术感染力很强。这充分表达了作家要求保护植物的心声。

宋代笔记小说中植物精灵可分为树木花果精灵，种类繁多，据笔者初步统计，有三十种左右，列表如下：

植物精灵	作者与书(代表)
榕树精灵	无名氏《灯下闲谈》“榕树精灵”，洪迈《夷坚乙志》卷六“榕树鹭巢”
松树精灵	无名氏《灯下闲谈》“松作人语”，《夷坚甲志》卷十七“峡山松”，《夷坚乙志》卷十“松球”，《夷坚三志》辛卷四“岳阳稚松”
桃树精灵	《夷坚乙志》卷十三“九华天仙”
朴树精灵	《夷坚乙志》卷二“树中瓮”

续表

植物精灵	作者与书（代表）
皂荚树精灵	《夷坚乙志》卷五“树中盗物”
杉树精灵	《夷坚甲志》卷一“柳将军”，《夷坚支癸》卷七“九座山杉兰”，《夷坚丁志》卷六“陈墓杉木”，《夷坚丁志》卷十二“温大卖木”
杨树精灵	《夷坚志三补》
樟树精灵	《夷坚三志》已卷七“吉州樟木”，《夷坚三志》壬卷九“钟匠斫木”，《夷坚支景》卷一“信丰巨樟”，《夷坚支景》卷七“程氏樟木”
桐树精灵	《夷坚三志》辛卷四“鼎州寺藏心木”，《夷坚丙志》卷七“新城桐郎”
柿树精灵	《夷坚支癸》卷五“谯氏柿木”
槐树精灵	《夷坚支景》卷二“应山槐”
枯木精灵	《夷坚支癸》卷四“罗汉污池木”，《夷坚丁志》卷十九“江南木客”，《夷坚丁志》卷四“德清树妖”
竹子精灵	《夷坚志补》卷九“苦竹郎君”
红叶精灵	《夷坚丁志》卷二十“红叶入怀”
荷花精灵	孙光宪《北梦琐言》，张师正《括异志》卷七“芙蓉观主”，《夷坚支癸》卷一“曹家莲花”，《夷坚支乙》卷五“东湖荷菱”
梅花精灵	《夷坚丙志》卷二“蜀州红梅仙”，刘斧《摭遗》“红梅传”，《夷坚三志》已卷六“黄裳梅花”，《夷坚志补》卷二十一“蓝氏双梅”，《夷坚志三补》“红梅”
芭蕉精灵	《夷坚甲志》卷十七“芭蕉精”
菊花精灵	《夷坚志补》卷三“菊花仙”
杜鹃花精灵	《夷坚支丁》卷十“平阳杜鹃花”
萝卜精灵	《夷坚丁志》卷七“王厚萝卜”
柑桔精灵	《夷坚丁志》卷十九“谢生灵柑”
石榴精灵	《夷坚丁志》卷十三“汉阳石榴”
枣子精灵	《夷坚三志》壬卷六“葫芦枣”
荔枝精灵	《夷坚三志》已卷八“胡园荔枝壳”
五色葫芦精灵	《夷坚志三补》“梦五色葫芦”
花果五郎精灵	《夷坚志三补》“花果五郎”
百花大王精灵	《夷坚志补》卷十五“百花大王”，《夷坚志补》卷十九“刘幻接花”

从此表可以看出，洪迈《夷坚志》、无名氏《灯下闲谈》、孙光宪《北梦琐言》、张师正《括异志》等描写植物精灵特别多。宋代文学中植物精灵种类比宋以前增加十几种。

宋代笔记小说中工具精灵大量出现，各种工具精灵的本领不断增强，形成一个工具精灵的奇妙世界。工具精灵具有神奇的力量，如吴淑《秘阁闲谈》中的“青瓷碗”：“巴东下岩院主僧，水际得一青瓷碗，携归折花置佛像前，明日花满其中。更置少米，经宿米亦满碗。以钱及金银置之，皆然。自是院中富贵。”人们对青瓷碗恭恭敬敬，它便能够带来取之不尽、用之不竭的财宝，简直是个聚宝盆。人们希望富贵，对这种聚宝盆总是积极寻求、渴望得到。青瓷碗的意象表现出人们追求财富、想要什么便能得到什么的心理。这个聚宝盆的意象给后人以无穷无尽的幻想。再如《夷坚甲志》卷二“宗立本小儿”，描绘出神奇的净瓶形象。净瓶是胡僧手中的一件法宝，能够使龙蛇精灵变成的小儿恢复原形，然后把它收进去。从这里可以看出，有些工具精灵能够把动物精灵降伏，其威力胜过动物精灵。与唐人薛渔思《河东记》“胡媚儿”所描绘的琉璃瓶子相比，更可以清楚地说明这一点。琉璃瓶子主要描绘它能够装各种东西，而没有描写它与动物精灵一比高低。而此篇小说中的净瓶主要突出它的本领比动物精灵大得多。其奇幻之巧、神奇之力，可以与《天方夜谭》中的神瓶相媲美。这给《西游记》作者描绘净瓶以启迪。

工具精灵具有灵性，爱憎分明。如《夷坚三志》壬卷三《童氏金鸭》，金鸭具有神奇的功能，童家对它恭敬如神。它拉的粪，便是细小的金片，都是上等成色，给童家带来许多财富。金鸭拉粪后，本身金子的重量并没有减少。但后来金鸭经过童家煎熬后，便没有粪便了，童家陷入贫困，金鸭也不知到哪里去了。这充分表现了人们追求财富的一种幻想。同时也反映出人们对金鸭应该始终崇拜、恭敬才可以带来财富，如果糟蹋金鸭，那么它便不会带来财富，并且离开主人。这鲜明地揭示出金鸭具有灵性，它知恩报恩、知怨报怨，喜怒哀乐表现在行动上。再如《夷坚支癸》卷二“王得广石龟”，石龟能够移动，主人对它爱护备至，经常以香火供奉。它对主人忠心耿耿，只认主人。即使别人把它偷去，它也能再回到主人手中。这充分展示出它的忠心与灵气。

艺术品精灵与人相识、相恋、相爱，也是一个重要主题，这是精灵形象的一个重要拓展。如无名氏《灯下闲谈》卷上“桃花障子”，卢女观赏桃花屏障入迷，且平常学习道教，因而逐渐被画中人物吸引，与之相会、相恋、相爱。她社交面太狭窄，难以与社会上青年男子交往，于是在画屏上想入非非。从性心理学角度来看，卢女长久受到压抑，青春女子正常情爱没有得到满足，从而寄托于图画中的幻景。画屏中人物即她理想中的男子，富有才华，能够吟诗，风度翩翩，多情善感。她的理想在图画中得到满足，两人结合，自由自在，从一个方面反映出图画精灵无穷的魅力。再如《夷坚支丁》卷六“刘改之教授”，古琴精灵变成美女，能够填词作诗，演奏美妙的音乐，她天生丽质、能歌善舞，具有无比优越的音乐天赋。她渴望爱情，向往人间夫妻生活，于是与书生刘改之相识、相恋，陪伴他共度良宵。古琴精灵的身上体现了宫廷或达官贵人家中所养的女艺术家的影子，她们具有很高的艺术才能，但经常被冷落而得不到发挥，因而便向往理想的生活。

宋元文学中工具精灵、艺术品精灵多种多样，达五十种左右，列表如下：

工具精灵、艺术品精灵	作者与书（代表）
石头精灵	徐铉《稽神录》卷一“犬吠石”，洪迈《夷坚丙志》卷八“白石大王”，《夷坚支丁》卷五“醉石舞袖”，《夷坚志补》卷二十一“道上石”
石兽精灵	《夷坚三志》辛卷七“熊氏石兽”
石龟精灵	《夷坚甲志》卷一“酒陀香龟”，《夷坚志补》卷二十一“石中龟”
石鱼精灵	《夷坚三志》己卷一“孝感寺石鱼”
石鹤精灵	《夷坚丁志》卷十五“龟鹤小石”
石牛精灵	《夷坚丁志》卷十九“建昌犀石”
石人精灵	《夷坚丁志》卷九“应梦石人”

续表

工具精灵、艺术品精灵	作者与书（代表）
石镜精灵	《夷坚支甲》卷二“丹州石镜鼓”
石鼓精灵	《夷坚支甲》卷二“丹州石镜鼓”
木鹤精灵	徐铉《稽神录》卷五“金精山木鹤”
瓷碗精灵	吴淑《秘阁闲谈》“青瓷碗”
宝镜精灵	《夷坚支戊》卷九“嘉州江中镜”
古钟精灵	彭乘《续墨客挥犀》“天庆观古钟”
灯焰精灵	李献民《云斋广录》“甘陵异事”
柱子精灵	《夷坚三志》壬卷二“刘氏柱吼”
鞋子精灵	《夷坚支癸》卷一“董氏笼鞋”
王印精灵	《夷坚支癸》卷三“大山府君印”
扁担精灵	《夷坚支庚》卷五“白术苗”
香囊精灵	《夷坚丁志》卷十九“留怙香囊”，《夷坚丙志》卷十一“锦香囊”
毛笔精灵	《夷坚支甲》卷七“青童送笔”
红琴精灵	《夷坚支乙》卷四“小红琴”
净瓶精灵	《夷坚甲志》卷二“宗立本小儿”
龙珠精灵	《夷坚丁志》卷十九“复塘龙珠”，《夷坚支庚》卷十“嘉鱼龙珠”
古瓮精灵	《夷坚乙志》卷十“义乌古瓮”
箱子精灵	《夷坚支景》卷九“王县尉小箱”
雷砚精灵	《夷坚三志》辛卷八“詹氏雷砚”
雷斧精灵	《夷坚支戊》卷九“雷斧”
水精环精灵	《夷坚支景》卷三“水精环”，邵伯温《邵氏闻见录》
玉骆驼精灵	《夷坚甲志》卷一“酒陀香龟”
玉蟾蜍精灵	《夷坚丁志》卷七“天台玉蟾蜍”
钱鸽精灵	《夷坚三志》壬卷二“聂伯茂钱鸽”
大钱精灵	《夷坚支癸》卷九“焦母大钱”
金鸭精灵	《夷坚三志》壬卷三“童氏金鸭”

续表

工具精灵、艺术品精灵	作者与书（代表）
金马精灵	《夷坚乙志》卷十“金马驹”
金鸡精灵	《夷坚支景》卷四“金鸡老翁”
金带精灵	《夷坚三志》壬卷一“倪太博金带”
金塔精灵	《夷坚支景》卷三“应梦宝塔”
铜马精灵	《夷坚三志》壬卷七“郫县铜马”
铜铫精灵	《夷坚三志》壬卷九“开州铜铫”
铜磬精灵	《夷坚支景》卷十“复州铜磬”
铜印精灵	《夷坚丁志》卷七“朱胜私印”
铁鼎精灵	《夷坚志补》卷二十一
锡盆精灵	《夷坚丙志》卷十四“锡盆冰花”
降妖章精灵	《武王伐纣平话》
降妖镜精灵	《武王伐纣平话》
佛像精灵	《夷坚三志》己卷九“泗州普照像”，《夷坚支癸》卷四“临淄石佛”
泥塑猕猴精灵	《夷坚三志》己卷九“石牌古庙”
神像精灵	《夷坚支戊》卷十“胡画工”，《夷坚志》甲卷一“铁塔神”
塑龙精灵	《夷坚支庚》卷五“石馆桥塑龙”
名画精灵	黄休复《益州名画录》“吴道子画”，黄休复《茅亭客话》卷四“勾生”
画扇精灵	《夷坚支景》卷三“吕氏画杉”
画屏精灵	无名氏《灯下闲谈》卷上“桃花障子”
古琴精灵	《夷坚支丁》卷六“刘改之教授”

从此表可以看出，徐铉《稽神录》、吴淑《秘阁闲谈》、洪迈《夷坚志》、彭乘《续墨客挥犀》、李献民《云斋广录》、黄休复《益州名画录》《茅亭客话》、无名氏《灯下闲谈》等描写工具精灵特别多。宋元文学中工具精灵种类比以前增加二十种左右，而二十多种艺术品精灵则皆是创新。

三

比较而言，明清之前文学有些动物精灵、植物精灵、工具精灵、艺术品精灵能耐还不够大，容易被一般人制服。明清文学中动物精灵、植物精灵、工具精灵、艺术品精灵能耐大大提高，不要说一般人制服不了他们，甚至一些本领高强的法师往往也是他们的手下败将。明清文学中动物精灵、植物精灵、工具精灵、艺术品精灵皆达到高峰，这些精灵形象的人性进一步增加，社会意义进一步丰富，变形艺术达到了高潮。明清文学中这些精灵形象在种类、数量、质量等方面皆超过前两个阶段，堪称我国古代文学中精灵形象的集大成阶段。

明清以前描写精灵形象的作品多为短篇，往往或写动物精灵，或写植物精灵，或写工具精灵，或写艺术品精灵，表现出单一性的特点。而明清文学一个显著特点是动物精灵、植物精灵、工具精灵、艺术品精灵往往集中在一部书尤其是长篇小说和多折戏曲中，从而表现出综合性和集大成的特点。如吴承恩《西游记》，主角孙悟空是猴精，实际上是灵石所孕，究其根底，为无生物所化的精灵。而其中大多数精灵的原形属于动物，如猪、鳖、马、狮、虎、豹、狼、熊、象、鹏、犀、狐、牛、鹿、兔、羊、鼠、蛇、蝎、蜈蚣、蜘蛛、鱼、龙等，也有一部分属于植物精灵，如桃、松、竹、枫、桧、杏、芭蕉精灵等，而金箍棒、紧箍帽、芭蕉扇、四齿耙、金刚圈、净瓶、古琴、宝塔等等则是工具精灵与艺术品精灵。再如《封神演义》，哪吒是灵珠转世，石矶是玩石成精，马善为灯焰通灵，轩辕坟三妖中有个玉石琵琶精，这些精灵原形都属于无生物，即皆为工具精灵。神荼、郁垒为棋盘山桃、柳之精，即为植物精灵。而苏妲己则是九尾狐狸所变，即为动物精灵。

明清以前文学中精灵变化的本领有限，往往只能变形几次，而明清文学中精灵的本领大大提高，他们能变形几十次乃至上百次，真是千变万化。如《西游记》孙悟空七十二变，猪八戒三十六变，沙僧十八变，而狮精、虎精、豹精、狼精、熊精、兔精等也能变形十几次或几十次。如意金箍棒更是能大能小，大时可如宝塔，小时可像钢针。再如吴元泰《东游记》，张果老的白驴，不用时就像折纸一样把它叠起来。八仙过海，每人拿出一件宝物放在水面上，踏着宝物，各显神通过海。龙王之子抢去了蓝采和的玉板，吕洞宾便用火葫芦把大海烧得翻滚沸腾。《封神演义》想象最富特色和意义的是各种法宝，即工具精灵。它们名目繁多，形态奇特，威力巨大，性能各异。有的是对武器性能的想象，如打神鞭、捆仙绳、定海珠、番天印、金蛟剪等，皆具有制导性能，极具杀伤力，令敌手无可逃遁。有的是对新型武器的想象，如高兰英之太阳神针，伤人眼目，致五岳同时阵亡。又如陆压之葫芦，揭开顶盖，即有一物名曰飞刀，此物有眉有眼，眼里有两道白光，能钉人仙妖魅，纵有变化，不能逃走。那白光顶上如风轮转一般，打一躬曰“请宝贝转身”，其头自然落地。这个葫芦威力极大，屡次在关键时刻发挥作用（四十八回、七十五回、九十三回、九十七回等）。这些似乎是对声光武器的想象。又如吕岳诸门人有头疼磬、发躁幡、散瘼鞭，后又有瘟瘼阵及余化龙五子布痘阵，又有龙安吉之四肢酥、卞吉之幽魂白骨幡等，则显然是对制造生物、化学武器的想象。有的是对反武器或武器防御系统的想象，如破十绝阵时，诸仙各有法宝护体。金光阵之宝镜可将人身化为脓血，广成子用八卦仙衣护身。寒冰阵中冰山可将人压为齑粉，普贤真人“用指上放一道白光如线，长出一朵庆云，高有数丈，上有八角，角上乃金灯，缨络垂珠，护持顶上，其冰见金灯自然消化，毫不能伤”（四十六回）。有的是对运载工具特别是坐骑的想象，如姜子牙的四不象、黄飞虎的五色神牛、杨任的云霞兽、闻仲的墨麒麟等等。作者几乎运用了他对原始巫术、道教符录祝咒法术法器、佛教法术法器和各种武器各种工具的全部知识，极大限度地运用夸张、想象等方式，塑造出规模宏大、色彩斑斓的精灵形象体系。

明清文学中主要精灵形象的人性进一步增加，社会意义进一步丰富，此类作品众多，如吴承恩《西游记》、无名氏《唐钟馗全传》、邓志谟《飞剑记》、董说《西游补》、陆粲《庚己编》、李百川《绿野仙踪》、蒲松龄《聊斋志异》、葆光子《物妖志》、邹弢《海上尘天影》、纪昀《阅微草堂笔记》、王韬《淞隐漫录》、乐钧《耳食录》、虫天逸史《蜗触蛮三国争地记》、俞樾《右台仙馆笔记》等等，其中猿猴精灵、狐狸精灵、白蛇精灵、百花精灵等在这方面表现尤为充分。

猿猴精灵在六朝唐宋元明清文学中有一个演变过程。唐人《白猿传》中的猿猴是个作恶好色之徒。南宋说话艺术中说经《大唐三藏取经诗话》，猴行者化为白衣秀士，保护唐法师西天取经，沿途降妖伏魔，最后获得成功，被唐太宗封为“铜筋铁骨大圣”。吴承恩《西游记》孙悟空自出世以后便显示了不平常的勇敢，被群猴尊为美猴王。他学得了七十二般变化、十万八千里的筋斗云、降龙伏虎的广大神通，于是以他的力、勇、智向正统神权发起了进攻，闹龙宫，闹阴司，闯天宫，败天兵，一条如意金箍棒，打遍诸天神将，把三界闹得天翻地覆，无人能敌，最后是佛、道、神联合起来才把他捉住。后来孙悟空帮助唐僧去西天取经，经过了八十一难的艰苦奋斗，打败各种妖魔，战胜各种困难，终于取得胜利。孙悟空的形象注入了战斗的内容，倾注了中国人民征服自然、战胜困难的伟大理想，表现了献身于事业的坚强意志。诚如鲁迅所说：“作者禀性，‘复善谐剧’，故虽述变幻恍惚之事，亦每杂解颐之言，使神魔皆有人情，精魅亦通世故。”(3)

狐狸精灵作为艺术形象，从六朝志怪、唐人传奇到明清文学，社会内容不断丰富。如董玘《东游记异》描写作者与友人黄某出游，误入狐穴，见群狐环绕一已死老狐哀号。老狐“常人形出游”，熟习“衣冠者流”庆吊之礼，死前嘱群狐以人礼办理丧事，但是终究无人去吊丧。于是群狐诉于这个洞穴中的百兽之长白额虎。虎大怒，“不狐吊者，辄噬之”。因而“吊者如市焉……绳绳然来者尽衣冠也，拜起左右，咸与狐为礼”。因吊狐而得到奖赏的衣冠之士，都受宠若惊，感激不尽。这正是对刘瑾擅权时阉党与无耻官僚的绝妙讽刺。袁枚《子不语》“李生遇狐”描写狐精与李生的情爱，亦曲尽人情，又借狐精之口对“无关学问”(4)的八股文表示嘲讽。沈起凤《谐铎》借谈狐说鬼，描写世间众生相，寓劝诫于嬉笑言谈之中。清王昶《谐铎序》：“搜神说鬼，虽同赘客之谐；振聋发聩，不减道人之铎。”诚然。浩歌子《萤窗异草》初编卷三“青眉”，描写青年皮工竺十八与狐精青眉纯朴真挚的爱情，成功地塑造了青眉的形象。她美丽、聪明、勤劳、贤惠，善于与各种邪恶势力做斗争，也善于帮助丈夫认识并改正错误。青眉虽是狐精，却平易可亲，富于人情味。纪昀《阅微草堂笔记》卷一“京师某观”，借狐之口，揭穿了道士将建醮所得之钱送给姘妇的真相。蒲松龄《聊斋志异》更是“使花妖狐魅多具人情”的杰作。如“娇娜”描写狐精与人之间的友情，很有新意。过去小说多描写女狐与男子之间的恋爱婚姻，而这篇小说则展示女狐与男子之间真挚高尚的友情，在某种意义上可以说这种友情超越了恋爱婚姻，真善美的意义更为明显。

白蛇精灵形象随着时代的不同而不断变化，人情由无到有，由少到多，社会内涵越来越丰富。白蛇精灵故事在从唐到清的有关小说和戏曲中均有表现。唐代郑还古《博异志》“李黄”，写纨绔子弟李黄被白蛇精所变的美女所迷惑，仅同居三日，就一病不起。此篇对白蛇精形象描写以及人物之间语言行动的描绘，都是形神活现的。这个白蛇精可以说是一个害人精，给人以恐怖之感。《清平山堂话本》载宋元之《西湖三塔记》，写白蛇精化为美女专门迷人吃人，后被镇压在西湖石塔下。此篇中的白蛇精灵仍然谈不上有一点人情味，她的本性是吃人，充满妖气。明之《警世通言》收《白娘娘永镇雷峰塔》，根据白蛇精传说进行艺术加工，结局采取《西湖三塔记》写法，但白蛇的形象被美化了，她成为一个美貌多情、忠于爱情的妇人。她不以色迷许仙，而是真诚爱他。为此，她还几次试探许仙的性格和感情，确知他老实善良才提出婚姻，还要“寻一个媒证”，说明她的慎重。她对李将士的态度也说明她对许仙的忠实。为了追求幸福，她不畏强暴，盗库银，吊道士，斗法海。虽曾使许仙吃官司，却并非有意，虽说过恐吓许仙的话，但从来不曾有害他的意思。总之，白蛇的形象已起了根本性变化，从害人的妖精向忠诚的美女方面迈进了一大步。为后来优美动人的白娘子形象的出现打下了良好基础。只是她身上有时仍流露出一些妖气，如因与敌人斗争而作妖法便不自觉地害人。清康熙年间之

《西湖佳话》有《雷峰怪迹》，玉山主人新编《雷峰塔奇传》，描写白蛇与许仙的爱情婚姻故事，“白蛇的妖气进一步冲淡，而人情味大大加强”(5)。而此时在民间广泛流传的戏曲《白蛇传》也把白蛇精改变成真挚、善良、美丽、追求爱情幸福的女性，她为了爱情而敢于也善于与各种恶势力做斗争，从而成为一种美的典型。

百花精灵形象在明清文学中人性进一步增加，社会意义进一步丰富。如《灌园叟晚逢仙女》，灌园叟为保护百花免遭摧残，与地痞恶霸进行反复的斗争，终于感动百花仙子，使百花重新开放，曲折地反映了社会中正义与邪恶的斗争，并寄托了正义终将战胜邪恶的美好愿望。蒲松龄《聊斋志异》“香玉”，描写黄生与崂山上清宫牡丹花精香玉相恋。黄生以至情博得香玉的爱情，与耐冬花精绛雪也建立了友谊。香玉后被移往别处，竟萎悴而亡。在黄生和绛雪的帮助下，香玉获得重生。牡丹花精忠于爱情，为了爱情不愿移到别处，并以死抗争。黄生赤诚的爱情又可以使她死而复生。最后黄生魂化牡丹，先被人砍除，香玉与绛雪亦殉情枯死。这是对人间真正爱情的歌颂。《聊斋志异》“葛巾”，洛阳常大用特别喜爱牡丹，为欣赏牡丹花，不惜典卖春衣和马匹。这种至诚赏花的精神，感动了花仙葛巾。她与常大用私奔，过上美满幸福的夫妻生活，还生了孩子。后因常大用对葛巾产生怀疑，葛巾就主动离去。这个故事蕴含着夫妻关系的基本准则，即互相应以至诚相待，尊重对方的人格独立和个性特点。如果怀疑猜忌，夫妻间失去基本信任，也就意味着感情的破裂，势难勉强维持夫妻关系，这是颇有现代意识的婚姻观。《聊斋志异》“黄英”，马子才酷爱种菊，且品格清高，赢得了菊精陶黄英的爱情。黄英是个新型女性，她在价值观念上与马子才不同。马子才传统观念较浓厚，孤芳自赏，安贫乐道，认为陶氏姐弟经营菊花买卖是“以东篱为市井，有辱黄花”。黄英则不同，她认为经营菊花买卖是致富的方式，合情合理。她自食其力，善于经营，勤劳发家，具有独立人格而又体贴丈夫。她是花农的缩影，体现了现代花农的一些思想品格。

四

中国文学中精灵形象之所以如此繁荣，主要是由于中国精怪文化及佛道二教作为底蕴，同时与充满幻想的民族精神及作家有意求奇的创作心理也有一定的关系。

我国古代对精灵崇拜源远流长。秦代有一个著名的神祠称为大特，它是状若青牛的梓树神。裴骃《史记集解》引徐广云："今武都故道有怒特祠，图大牛，上生树本，有牛从木中出，后见于丰水之中。"这是大特祠的神主形象。关于这一形象的来历，《史记正义》引《括地志》云："大梓树在岐州陈仓县南十里仓山上。《录异传》云：秦文公时，雍南山有大梓树，文公伐之，辄有大风雨，树生合不断。时有一人病，夜往山中，闻有鬼语树神曰：'秦若使人被发，以朱丝绕树伐汝，汝得不困耶？'树神无言。明日病人语闻，公如其言伐树，断，中有一青牛出，走入丰水中。其后牛出丰水后，使骑击之，不胜。有骑堕地复上，发解，牛畏之，入不出，故置髦头。汉、魏、晋因之。武都郡立怒特祠，是大梓牛神也。"由此可见，大特是一个相当奇异的精灵。从其根源来看，它是树精。从其形象来看，它是牛精。所谓"特"，原指公牛或公马，又指祭祀用的牛。《尚书·舜典》："归格于艺祖，用特。"孔安国传："特，一牛。"原来人们是用动物形象去设想植物精灵。《玄中记》所谓"万岁树精为青牛"，大特即是梓树精灵。再如，方世举注引《汉书·五行志》："建平三年，遂阳乡柱仆地，生枝如人形，身青黄色，面白，头有须。"又引《南方草木状》云："五岭之间多枫木，岁久则生瘤。一夕遇风骤雨，其树赘暗长三五尺，谓之'枫人'。越巫取之作术，有通神之验。"唐代韩愈有《题木居士诗》："火透波穿不计春，根如头面干如身。偶然题作木居士，便有无穷求福人。"他所吟的木居士，实有其神，注家云在当年来阳县北沿流三十里的鳌（鼇）口寺。这木居士是一根似人的树木。韩愈准确地指出：此类精灵会因一些偶然的事端被吹捧成神明，然后就会招来大群的迷信者，而其社会心理基础乃在于求福。这种社会心理在宋元明清更为典型，更为普遍。

中国人对精怪的崇拜很普遍，他们给各种精怪建立祠庙，其中给动物精灵、植物精灵建祠较多。因为在庙祀中忌讳触犯精怪原形，所以祠庙常常成为其原形物的集居地。例如王闢之《渑水燕谈录·杂录》："景德中，邠州有神祠，凡民祈祷者，神必亲享，杯盘悉空，远近奔赴。盖狐穴神座下，通寝殿下，复门绣箔，人莫得窥。群狐自穴中出，分享肴醴。"苏辙《龙川略志》第十、储泳《祛疑说·叱剑斩鬼》对精怪崇拜之事皆有生动的记载。其中有些发展为对动物、植物精灵的图腾崇拜。刘仲宇在《中国精怪文化》中认为："图腾崇拜和古代以色媚妖中蕴涵着的人与精怪、妖神可以恋爱、结婚的观念，通过大量的神话传说弥漫于社会，从而形成一个强大的文化氛围。在这种氛围里，当原始的性冲动得不到实现而在心理上投下阴影时，极易用'人妖恋''人鬼恋''人神恋'的形式表现出来，或者当事人因此类病症而呓语、裸呈时，旁观者很易以这一文化氛围作为参照系选出若干种妖怪，在林木花卉繁盛之区多想象成树精花神。"所言有一定的道理。这种图腾崇拜为文学中各种精灵形象的塑造提供了一些原型和社会文化基础。

中国人对精怪转世为人的迷信是很深的，例如宋代杨戬被人目之为蛤蟆精，有多种笔记载其事，较详的有陆游《老学庵笔记》："中贵杨戬，于堂后作一大池，环以廊庑，局周密。每浴时，设浴具及澡豆之属于池上，乃尽屏人，跃入池中游泳，率移时而出。人莫得窥。然但谓其性喜浴于池耳。一日戬独寝堂中，有盗入其室，忽见床上乃一蛤蟆，大可一床，两目如金，光彩射人，盗为之惊仆。而蛤蟆已复变为人，乃戬也。"再如，宋人认为岳飞是猪精转世，为人做善事，但难有善终，《夷坚甲志》卷十五"猪精"："有舒翁者善相人，见岳必烹茶设馔，尝密谓之曰：'君乃猪精也。精灵在人间必有异事，他日当为朝廷握十万之师，建功立业，位至三公。然猪之为物，未有善终，必为人屠宰。君如得志，宜早退步也。'岳笑，不以为然。至是方验。"

中国人认为鬼神可以变为人，人死后可以成为鬼仙，其魂魄可以四处飘荡。例如宋人认为范仲淹曾为阴官，龚明之《中吴纪闻》云："曾王父捐馆，至五七日，曾王妣前一夕忽梦其还家，急令开笥取新公裳而去。问之，答曰：'来日当见范文正公，衣冠不可不早正也。'又曰：'范公何为尚在冥间？'曰：'公本天人也，见司生杀之权。'既觉，因思释氏书谓：人死五七，则见阎罗王，岂非文正公聪明正直，故为此官邪？按此则范文正公亦为阎罗王。"再如欧阳修《诗话》云："曼卿卒后其故人有见之者云：'我今为鬼仙也，所主芙蓉城。'欲呼故人往游不得，忿然骑一青骡，去如飞。又云：降于亳州一举子家，又呼举子去不得，因留诗一篇，其一联云：'莺声不逐春光老，花影常随日角流。'"又如何远《春渚纪闻》云："余少时过林赵家，见其庄仆陈青者，睡中多为阴府驱令收摄死者魂。每奉符至追者之门，则中之神先收讯问，不许擅入，青出符示之，审验反覆得实而后颦蹙而入。青于门外呼死者姓名，则其神魂已随青往矣。"

一些皇帝和思想家、文学家相信精怪存在。如宋太祖善于以神猪驱邪，陈师道《后山谈丛》卷三载："御厨不登彘肉，太祖尝畜两彘，谓之神猪。熙宁被罢之。后有妖人登大庆殿，据鸱尾，既获，索彘血不得，始悟祖意，使复畜之。盖彘血解妖术云。"太祖养两头猪专门防备妖人光顾，考虑可谓周到，可见皇帝对治妖之重视。宋高宗特别喜欢鬼神怪异之类的书，张端义《贵耳集》卷上云："宪内在南内，爱鬼神幻诞等书，郭象《睽车志》始出，洪景庐《夷坚志》继之。"鲁迅指出："宋代虽云崇儒，并容释道，而信仰本根，夙在巫鬼，故徐铉、吴淑而后，仍多变怪谶应之谈。"[6]诚然。思想家如宋儒的代表朱熹相信精怪存在，《朱文公集》卷五《二十七日过毛山铺，壁间有题诗者皆言有毛女洞在山绝顶，问之驿吏，云"狐魅所为耳"，因作此诗》："人言毛女住青冥，散发吹箫夜夜声。却是邮童知端的，向侬说是野狐精。"他认为山上有野狐精。文学家相信精怪存在则更多，历代均有一些著名的人物。如宋章炳文《搜神秘览序》云："及乎神降于莘，石言于晋，耳目之间，莫不有变怪，有不可以智知明察，出入乎机微，不神而神，自然而然。"再如，清刘青园《常谈》卷一云："说鬼者代不乏人，其善说者唯左氏、晦翁、东坡及国朝蒲留仙、纪晓岚耳。第考其旨趣颇不相类。盖左氏因事以及鬼，其意不在鬼。晦翁说之以理，略其情状。东坡晚年厌闻时事，强人说鬼，以鬼自晦者也……”他们往往把精怪与文学艺术紧密相联系。

中华民族有时在某些方面充满幻想。鲁迅说：“中国本信巫，秦汉以来，神仙之说盛行，汉末又大畅巫风，而鬼道愈炽；会小乘佛教亦入中土，渐见流传。凡此，皆张皇鬼神，称道灵异，故自晋讫隋，特多鬼神志怪之书。其书有出于文人者，有出于教徒者。文人之作，虽非如释、道二家意在自神其教，然亦非有意为小说。盖当时以为幽明虽殊途，而人鬼乃实有，故其叙述异事，与记载人间常事，自视固无诚妄之别矣。”(7) 巫、神、仙等皆是充满幻想的，动物精灵、植物精灵、工具精灵、艺术品精灵正是各种幻想的产物。作家通过想象、夸张等手法，想到哪里便写到哪里，在幻想中得到某种满足。

古代作家有意识追求奇幻、通过塑造精灵形象以抒发怀抱的创作心理十分明显。如宋章炳文《搜神秘览序》云：“物之不奇，不足以为传也；事之不异，不足以为记也……予因暇日，苟目有所见，不忘于心耳。有所闻必诵于口，稽灵朗冥，搜神纂异，遇事直笔，随而记之，号曰《搜神秘览》。”再如明静啸斋主人董说《西游答问》：“问：‘《西游》不阙，何以补也？’曰：‘《西游》之补，盖在火焰芭蕉之后、洗心扫塔之先也。大圣计调芭蕉，清凉火焰，力遏之而已矣。四万八千年俱是情根团结，悟通大道，必先空破情根，必先走入情内；走入情内，见得世界情根之虚，然后走出情外，认得道根之实。《西游补》者，情妖也；情妖者，鲭鱼精也。’”鲭鱼精形象的社会内涵丰富，作者有意借鲭鱼精表现他对社会与人生的看法。又如蒲松龄《聊斋自志》：“披萝带荔，三闾氏感而为骚；牛鬼蛇神，长爪郎吟而成癖。自鸣天籁，不择好音，有由然矣。松落落秋萤之火，魑魅争光；逐逐野马之尘，魍魉见笑。才非干宝，雅爱搜神；情类黄州，喜人谈鬼。闻则命笔，遂以成编。”他有意借花妖鬼狐来反映现实社会，寄托理想。又如清霁园主人和邦额《夜谭随录自序》：“予今年四十有四矣，未尝遇怪，而每喜与二三友朋于酒场茶榻间，灭烛谈鬼，坐月说狐，稍涉非夷，辄为记载，日久成帙，聊以自娱。”他借鬼神故事，消释胸中垒块，自娱自乐。又如纪昀《阅微草堂笔记题辞》：“平生心力坐消磨，纸上烟云过眼多。拟筑书仓今老矣，只应说鬼似东坡。”“前因后果验无差，琐记搜罗鬼一车。传语洛闽门弟子，稗官原不入儒家。”他借描述妖狐鬼怪之事，意主劝惩，心存教世。又如绿筠居士许秋垞《闻见异辞自序》：“绎南华之妙谛，想东方之赡辞，愈出愈奇，日增日幻。而《述异》远追任，《志异》近溯松龄，光怪陆离，穷形尽相。……今余随得随钞，举凡宇宙间形形色色、怪怪奇奇，既贵于亲朋纳之，尤贵于笔砚导之出。用是述古人之异，继以近来之异；谈远方之异，参以同里之异；志目中之异，益以梦境之异。其事虽殊，其所称异者，一也。”短短一篇自序，尤其是最后几句，他一连用了七个异字，可见他把追求奇异放在非常重要的地位。

五

中国文学中的动物精灵、植物精灵、工具精灵、艺术品精灵具有独特的审美特征、艺术功能和教育作用。

精灵与神仙属于两个系统。神仙系统主要包括自然神和人神，神通广大。而精灵主要指动物精灵、植物精灵、工具精灵与艺术品精灵。总体来说，精灵的能耐没有神的能耐大，孙悟空最终翻不出如来佛的掌心。但在第三阶段即明清文学中，一些主要的精灵形象往往带有一些神性，往往与神在某些方面某种程度上融合为一。如猪八戒既是猪的精灵而具有猪的形象特征，又是天蓬元帅下凡。孙悟空是猴精，最后也成了战斗胜佛，等等。

精灵与妖魔鬼怪也有区别。精灵万变不离其宗，不管变成什么形象，仍然与其原型具有内在的必然联系，即受到其原型的限制。如孙悟空在与二郎神战斗时变成一座庙宇，嘴变成门，眼睛变成窗子，尾巴变成旗杆插在庙的后面，而一般来说旗杆应该插在庙的前面，结果被二郎神认出。而妖魔鬼怪幻化成各种形象并不像精灵那样受到原型的限制，而是相当自由的，如白骨精一会儿变成姑娘，一会儿变成老太太，一会儿变成老头，想怎么变就怎么变。人们常说画鬼容易，想怎么画就怎么画，每个人都可以根据自己的想象去任意发挥。

在对精灵形象的具体描写中，作家把艺术想象力发挥到了很大程度，充分表现出人类借助幻想以超越自身局限，利用或征服自然力，最大限度地实现其本质力量的热烈追求和愿望。植物、工具与艺术品本身是不能动的，而植物精灵、工具精灵与艺术品精灵却如同人和动物一样，能够自由活动，甚至活动能力超过了人类。“精怪本来是人类的形象思维和宗教观念相混杂的产物，作为艺术表现，这是个可以容纳想象力自由驰骋的领域。”(8)动物精灵、植物精灵、工具精灵与艺术品精灵给人以无穷的遐想、梦想与幻想。动物精灵、植物精灵、工具精灵与艺术品精灵均具有超自然的力量、超人的力量。它们使人充满幻想，启发人们展开想象的翅膀，去改造各种神奇的植物，去创造各种威力无比的工具。一些想象和幻想与科学道理相吻合，因而对文学、艺术和科学皆具有一定的推动作用。在动物精灵、植物精灵、工具精灵与艺术品精灵的描写中，作者无拘无束，天高任鸟飞，海阔凭鱼跃，片刻驰骋万里，瞬间千变万化。人们的想象力与创造力在这里可以得到充分的发挥。这不是童话，却胜似童话。这是成年人对动物、植物、工具与艺术品的一个幻想天地。

作家采用夸张与想象等手法，把种种荒诞奇特的精灵形象表现出来，以幻写实，亦幻亦真，扑朔迷离，恍恍惚惚，具有奇幻美与荒诞性。如明幔亭过客《李卓吾评本西游记题词》：“文不幻不文，幻不极不幻。是知天下极幻之事，乃极真之事；极幻之理，乃极真之理。故言真不如言幻。”再如，清尤侗《西游真诠序》：“其言虽幻，可以喻大；其事虽奇，可以证真；其意虽游戏三昧，而广大神通具焉。”又如，清余集《聊斋志异序》：“然则是书之恍惚幻妄，光怪陆离，皆其微旨所存。”又如，清练塘老渔《聊斋志异跋》：“山精水怪，不妨以假为真；牛鬼蛇神，未必将无作有。”又如，朱康寿《浇愁集序》：“于是奇亦求奇，幻亦求幻，务求六合所未见，千古所未闻之事。”不论是从作家的主观愿望还是从作品的客观效果来看，这些精灵形象都达到了荒诞与真实的统一，这种奇幻美耐人寻味。

作家通过精灵形象的描写，反映了现实社会生活中的某些本质方面，表现了自己的理想。如清舒其锳《注聊斋志异跋》:“《聊斋志异》大半假狐鬼以讽喻世俗，嬉笑怒骂，尽成文章，读之可发人深醒。”再如蒲立真《聊斋志异跋》:“其事多涉于神怪；其体仿历代志传；其论赞或触时感事，而以劝以惩；其文往往刻镂物情，曲尽世态，冥会幽探，思入风云；其义足以动天地、泣鬼神，俾畸人滞魄，山魈野魅，各出其情状而无所遁隐。”他们所写之事虽多玄虚荒怪，但透过玄怪的迷雾，却曲折地反映了现实生活中的复杂关系。如清汪逢尧《真君全传序》:“其间如斩蛟斩龙之事，似怪非怪，似诞非诞，以其法超群而专意于崇正黜邪也。”再如清马惠《谐铎跋》:“本恻怛慈悲之念，为嬉笑怒骂之文，借蛇神牛鬼之谈，寄警觉提撕之慨。”他们善于以虚幻的想象表现真实的理想，对现实社会和理想生活进行幻化表现，含有较多的现实性和人情味，精灵形象既有幻想的色彩，又有现实生活气息。如清强望泰《阅微草堂笔记五种撷钞序》:“投以先正格言，非怛即厌；姑与之说神说鬼，说仙说狐，说世上一切人。随以善恶邪正吉凶祸福之几显示之，而隐导之。虽锢蔽已甚，亦不禁其憬然悟，惶然愧，然悔，况未至于冥然悍然乎！”鲁迅《中国小说史略》评《阅微草堂笔记》云：“凡测鬼神之情状，发人间之幽微，托狐鬼以抒已见。”准确地揭示出《阅微草堂笔记》的构思特点与作者意图。

个性化、典型化的精灵形象不仅给人以艺术上的奇幻感，而且包含着某种哲理。如《西游记》中孙悟空顽强的斗志和坚忍不拔的精神，蕴含着人生哲理，给人以启示，他那坚强不屈、百折不挠的精神鼓励着一代又一代人去探索人生道路。王韬《新说西游记图像序》:“诚以作者惟凭意造，自有心得。其所述神仙鬼怪，变幻奇诡，光怪陆离，殊出于见见闻闻之外，伯益所不能穷，《夷坚》所不能志，能于山经海录中别树一帜，一若宇宙间自有此种异事。俗语不实，流为丹青，至今脍炙人口。演说者又为之推波助澜。于是人人心中皆有孙悟空在，世俗无知至有为之立庙者。”由此可见，孙悟空的形象已深入人心，他身上所体现的精神和人生哲理已经得到人们的普遍认同。典型化的精灵形象开拓了艺术幻想的空间，也丰富了哲理意蕴。杨义说：“神魔观念的重构，不仅拓展了神话性想象的空间和神魔联系的广泛程度，而且增加了神话想象的深度，以及神性、魔性和人的心性修养之联系的哲理意蕴。”(9)所言确有道理。

精灵形象具有一定的教育作用。动物、植物是人类的伙伴。人类与大自然之间的关系应该是和谐相融的，而不是对抗的，不是征服与被征服的关系。动物、植物本身不能说话，而动物、植物精灵能够说话，成为动植物的代言人。动物精灵要求保护动物，植物精灵要求保护植物，这类精灵的呼吁或呻吟，与人类的命运是息息相通的。在这方面，尤其是植物精灵具有造福于人类的能力更为明显。东方与西方在植物精灵方面具有一些相同或相近的作用。英国社会人类学家弗雷泽在《金枝》中认为：第一，相信树或树的精灵能行云降雨，能使阳光普照。第二，树神能保佑庄稼丰收。第三，树神能保佑六畜兴旺、妇人多子。(10)他论道：“林中之王是被看作树精或植物精灵的化身，在他的崇拜者的信念里，作为化身，他就具有使树木结果、庄稼生长等等的魔力。所以，他的崇拜者必定非常重视他的生命，也许对于他的生命有一整套详细的预防手段或禁忌，像许多地方一样，人神的生命都有预防手段或禁忌来加以保护，防御魔鬼或巫师的恶意侵害。”(11)不仅树木精灵是如此，其实花果精灵也是如此。崇拜树木花果精灵的人们必然要保护这些精灵，这样客观上起到了保护植物的作用，有利于保护人类生存的环境，人类的命运与植物的命运是密切相关的。

工具精灵启发人们对工具的各种作用进行大胆的想象。有的在艺术想象中带有童稚性，有的在艺术幻想中带有一定程度的现实性而接近于当今的科幻文学。精灵文学中多次描写在特殊战争中频频使用各式各样广有神通的法宝，这些法宝从某种意义上可以说是一种荒诞的超自然的手段。从本质上看，几乎所有的法宝都可以归结为人类对于常规的突破和先进技术的追求。种种关于法宝的描写，在当时都是人类驾驭自然的幻想。这种幻想的生命力在于它的思维活动的超前性。当然，有些幻想有时也不免受到愚昧因素的干扰而显得荒唐可笑。后人把艺术的想象与科学的方法有机地结合起来，使各种各样有价值的幻想变成五彩缤纷的现实。现代战争中的一些新型武器，有不少已经将法宝变成真正的利器。

文学精灵形象的演变与精怪文化的发展密切相关，研究我国古代精灵文学的历史演进，不仅有助于我们考察文学的变化，而且能够帮助我们从一个方面了解精怪文化的一些特点。文学中的艺术形象对社会具有反馈作用，动物精灵、植物精灵、工具精灵对人们的图腾习惯产生了一些影响。“汉族尽管比少数民族进入文明时代要早一些，但迄今仍保持着树神、石头神等等的崇拜。”(12) 人们对一些精灵的崇拜至今仍然存在，这种社会现象将会继续保存下去。如果剔除其迷信的因素，而保留其合理的内核，那么在客观上起到了保护动植物、保护环境、维护生态平衡的作用。

精灵形象所具有的独特的艺术魅力，吸引着一代代人，它的潜在势力将会继续发展。动物精灵、植物精灵、工具精灵与艺术品精灵对今天的儿童文学、科幻文学以及影视艺术仍具有一定的参考价值。

第二节

精灵形象在中国小说、戏剧、影视中的演变与发展

精灵形象在中国小说、戏剧、影视中的演变与发展比较明显，影响较大。例如龙精灵系列戏剧影视、狐狸精灵系列戏剧影视、蛇精灵系列戏剧影视等等，其中《西游记》《封神榜》《聊斋志异》《白蛇传说》系列小说、戏剧、影视尤为著名。

一

小说、戏剧、电影、电视剧《西游记》与根据《西游记》改编的戏剧、影视有各种各样的版本，广泛流传，深受欢迎，例如戏剧《孙悟空三打白骨精》、电影《大话西游》《情癫大圣》《功夫之王》《嘻游记》《月光宝盒》《大闹天竺》《悟空传》《西游·降魔篇》《大闹天宫》、动画电影《大圣归来》、电视剧《西游记》老版本和新版本等等。天上有玉皇大帝、王母娘娘、如来佛、观世音、太上老君、托塔李天王、二郎神、哪吒、太白金星等众多神仙。大洋有东海龙王、南海龙王、西海龙王、北海龙王。孙悟空七十二变，猪八戒三十六变，沙僧十八变，而狮精、虎精、豹精、狼精、熊精、兔精等也能变形十几次或几十次。如意金箍棒更是能大能小，大时可如宝塔，小时可像钢针。唐僧、孙悟空、猪八戒、沙僧历经千辛万苦，终于取得真经，普救众生，所以最后都修成正果。孙悟空系列戏剧、影视、电视剧在其中影响很大。这些戏剧影视特效化妆增多，影像奇观化比较明显。

小说、戏剧、影视、电视剧《封神演义》有各种各样的版本，流传广泛，深受欢迎，神思飞跃，启发人们的想象力。想象最富特色和意义的是各种法宝，即工具精灵。正如前文所述，它们名目繁多，形态奇特，威力巨大，性能各异。有的是对武器性能的想象，如打神鞭、捆仙绳、定海珠、番天印、金蛟剪等，皆具有制导性能，极具杀伤力，令敌手无可逃遁。 有的是对新型武器的想象，如高兰英之太阳神针，伤人眼目，致五岳同时阵亡。又如陆压之葫芦，揭开顶盖，即有一物名曰飞刀，此物有眉有眼，眼里有两道白光，能钉人仙妖魅，纵有变化，不能逃走。那白光顶上如风轮转一般，打一躬曰“请宝贝转身”，其头自然落地。这个葫芦威力极大，屡次在关键时刻发挥作用。这些似乎是对声光武器的想象。 又如吕岳诸门人有头疼磬、发躁幡、散瘟鞭，后又有瘟癀阵及余化龙五子布痘阵，又有龙安吉之四肢酥、卞吉之幽魂白骨幡等，则显然是对制造生物、化学武器的想象。有的是对反武器或武器防御系统的想象，如破十绝阵时，诸仙各有法宝护体。金光阵之宝镜可将人身化为脓血，广成子用八卦仙衣护身。寒冰阵中冰山可将人压为齑粉，普贤真人“用指上放一道白光如线，长出一朵庆云，高有数丈，上有八角，角上乃金灯，缨络垂珠，护持顶上，其冰见金灯自然消化，毫不能伤”。有的是对运载工具特别是坐骑的想象，如姜子牙的四不象、黄飞虎的五色神牛、杨任的云霞兽、闻仲的墨麒麟等等。创作团队几乎运用了他们对原始巫术、道教符录祝咒法术法器、佛教法术法器和各种武器各种工具的全部知识，极大限度地运用夸张、想象等方式，塑造出规模宏大、色彩斑斓的精灵形象体系。姜子牙、黄飞虎等功劳卓著，最后都被封为神。这些戏剧影视CG镜头增多，特效程度加深。

根据小说《聊斋志异》改编的戏剧、影视、电视剧较多，有十几个版本。例如《画皮1》《画皮2》《小倩》等。《画皮1》从一个角度表现了男人与妻、妾之间不断变化的关系。《画皮2》赵薇饰靖公主，陈坤饰近卫霍心，周迅饰千年狐妖小唯，杨幂饰小妖雀儿，表现了容貌与心灵复杂的关系。电视剧《聊斋志异》出入幻域，顿入人间，其中“席方平”一集尤为突出。“席方平”虽然叙述的是阴间发生的事，实际上却是在影射人间官场吏治的黑暗。那里的城隍、郡司、冥王是人间大大小小官吏的影子，而羊某对席廉的迫害，则是人世间豪强地主勾结官府欺压良民百姓的曲折反映。“席方平”在揭露封建社会吏治的黑暗方面是相当深刻的。首先，它不是揭露一两个官吏的贪赃枉法，而是从狱吏、差役，到城隍、郡司、冥王，把整个封建社会的司法系统进行了全面的解剖，它在我们面前展示的不是个别官吏的丑恶，而是封建社会整个司法系统的百丑图。其次，它揭示了金钱在地主和官府勾结中的媒介作用，抨击了封建社会王法的虚伪。有钱能使鬼推磨。“席方平”不仅揭露了贪官污吏的凶残酷虐，而且展示了他们笑脸相迎、金钱利诱等各种鬼蜮伎俩。席方平最宝贵的特质是他的斗争性。他见父亲席廉被无辜迫害，便决定将赴地下，代伸冤屈。他不怕贪官污吏，敢于直斥他们的罪恶。他不仅骂狱吏，而且告城隍，告郡司，敢于同冥王进行面对面的斗争。

阴司的酷刑，令人毛骨悚然，却不能使他屈服。他具有一种执着追求真理的精神。官府的迫害吓不倒他，千金之产、九十之寿也哄骗不了他，即使变成婴儿，他也念念不忘寻找二郎神替他们报仇。经过艰难曲折的斗争，他终于取得了胜利。席方平是农民的儿子，具有农民的质朴和果决，行动迅速而没有瞻前顾后的酸气。在同狱吏、城隍、郡司，尤其与冥王的初期斗争中，他直来直去，并不讲什么斗争策略，是现实教育了他“自有王章”的不可靠，懂得了欺骗敌人、保存自己、讲究斗争艺术的必要，变得逐渐成熟起来。在人世间，像席方平这样贫穷无依的农民个人是无法与封建司法系统较量的。但在阴间，席方平可以由城隍而郡司、由郡司而冥王，到处告状，最后取得了完全胜利。该电视剧在人与鬼的世界里表现了现实社会无法表现的内容，在奇瑰的想象中寄托了人们对美好理想的追求。该电视剧适当地运用了特技、变形镜头、虚幻镜头，突出了奇幻世界与清朝司法系统的腐败。

根据白蛇故事改编的系列戏剧影视较多，如戏曲《白蛇传》、电影《白蛇传说》、电视剧《新白娘子传奇》等。这些戏剧影视引人注目，使人深思。《白蛇传说》导演是程小东，主演有李连杰、黄圣依、林峰、蔡卓妍等。白蛇、青蛇、许仙、法海、能忍等个性鲜明。能忍人魔不分，具有创意。该片人物表演与特效结合紧密，有力地表现了奇情胜景、魔幻重生。该片与有关白蛇故事的共同点与不同点比较明显，有得有失。电视剧《新白娘子传奇》导演是夏祖辉，主演有叶童、赵雅芝、陈美琪，主题曲演唱者是高胜美。主要形象有白素贞、小青、许仙，他们个性突出，许仙救过白蛇，白蛇以恩报恩，以德报德，该剧前后逻辑性较强。深刻地表现了好姻缘千年等一回的主题。当然，该剧也从另一个角度表现了生死轮回的思想。

根据《西游记》《封神演义》《聊斋志异》与白蛇故事等改编的戏剧、影视大多是魔幻戏剧、魔幻电影、魔幻电视剧或者奇幻戏剧、奇幻电影、奇幻电视剧。“科幻片、魔幻片、奇幻片主要有人物、动物、植物等的视听特效，以其超强的视觉与听觉冲击冲击力和想象力震撼了全球。科幻片、魔幻片、奇幻片运用视听特效，塑造出外星人、神仙、魔鬼等形象，表现了工具的奇特与巨大威力。视听特效在科幻片、魔幻片、奇幻片中的运用极大地丰富了这些影片的表现力，有助于科幻片、魔幻片、奇幻片镜头和语言的探索与创新。”[13]科幻戏剧、魔幻戏剧、奇幻戏剧、科幻电视剧、魔幻电视剧、奇幻电视剧也是如此。

二

中国古典文学名著《西游记》《封神榜》影响很大，改编成戏剧、电影、电视剧，名著与戏剧、电影、电视剧在海内外传播更加广泛，两者相得益彰，相互促进。

新版戏剧、电影、电视剧《西游记》《封神榜》与老版之异同比较明显，各有千秋。新版电视剧与老版在人物形象塑造上均强调人物个性，大部分剧集均演绎得井井有条。新版戏剧、电影、电视剧《西游记》《封神榜》比老版篇幅长，容量大，电脑特技明显增加，有利有弊。老版电视剧《西游记》《封神榜》等节奏比新版快。老版电视剧《西游记》《封神榜》主题歌有创意，概括力与表现力强。名著改编与翻拍戏剧、电影、电视剧需要创意。

电视剧《西游记》《封神榜》等在传播与市场上的特点引人思考。新版电视剧《西游记》《封神榜》均是大投资，大制作。在海内外传播力度较大，调动了媒体和受众的关注与好奇心以及期待感，成为焦点之一。吊足了观众的胃口，引起观众与网友的强烈关注与热烈讨论。新版电视剧《西游记》《封神榜》在电视台传播与网络传播以及手机传播等方面形成互动。

最近十几年,《西游记》《封神榜》等改编与翻拍戏剧、电影、电视剧形成一种风气，成为热点之一，存在一些引人注目的问题。《西游记》《封神榜》等改编与翻拍电视剧有得有失，毁誉参半。

《西游记》《封神榜》等改编与翻拍戏剧、电影、电视剧的确赚了一些钱，但是不能只顾赚钱。如果为了上座率、票房、收视率而翻拍，在文化与艺术上没有什么进步，那么就十分遗憾了。《西游记》《封神榜》等改编与翻拍戏剧、电影、电视剧应该讲究文化内涵，应该强调文化品位。

《西游记》《封神榜》等改编与翻拍电视剧的电视台播放版权与视频版权有时产生争论，有时产生互补。我国视频版权三年内翻十倍。随着时代的发展，守在电视台前的观众和通过网络收看的观众阵营日益分化。很多年轻人喜欢通过网络收看电视剧。除了电视台外，制作商也开始从网络视频版权得到不菲的收益。两三年前精品电视剧的网络版权每集只有两三千，现在最高的更是爆出每集五万的价码。视频版权的增长速度让制片界看到除电视台以外的另一出路。

新版戏剧、电影、电视剧《西游记》《封神榜》等电脑特技明显增加，有利有弊。适当地运用电脑特技，有利于突出英雄与精灵的武功高强，有利于增强视听效果。但是，过多地运用电脑特技，观众有时会觉得在看电脑游戏。

老版电视剧《西游记》《封神榜》节奏比新版电视剧《西游记》《封神榜》快。新版电视剧《西游记》《封神榜》部分剧集节奏较慢，部分剧集拖泥带水，让人着急。

老版电视剧《西游记》《封神榜》主题歌有创意，概括力与表现力强。刚健有力、响彻云霄，激励人心。

新版电视剧《西游记》《封神榜》可以不拘泥于老版电视剧《西游记》《封神榜》，应该有所创新，有所变化。当然，这些创意应该得到观众的认可。

《西游记》《封神榜》等改编与翻拍戏剧、电影、电视剧需要创意。如果这些改编与翻拍戏剧、电影、电视剧与原版戏剧、电影、电视剧一样，那么就没有必要翻拍了。《西游记》《封神榜》等改编与翻拍戏剧、电影、电视剧需要创新，并且应该得到观众肯定，这才是成功的。

注释:
／
Notes

（1）《灯下闲谈》二卷，《秘书省续编四库阙书目》及《中兴馆阁书目》著录。瞿镛《铁琴铜剑楼书目》云："当出宋人所作。"现存明钞本及《适园丛书》本、商务印书馆排印本，俱出宋陈道人书籍铺刊本。

（2）《永乐大典》卷二八〇九引《摭遗新说》。

（3）《鲁迅全集》第八卷，人民文学出版社2005年版，第134页。

（4）鲁迅：《中国小说史略》第二十二篇，河北教育出版社1996年版。

（5）张俊：《清代小说史》第四章第四节，浙江古籍出版社1997年版，第249页。

（6）鲁迅：《中国小说史略》第十一篇，河北教育出版社1996年版。

（7）鲁迅：《中国小说史略》第五篇，河北教育出版社1996年版。

（8）刘仲宇：《中国精怪文化》，上海人民出版社1997年版，第369页。

（9）杨义：《中国古典小说史论》，中国社会科学出版社1995年版，第328页。

（10）参见［英］弗雷泽：《金枝》，徐育新等译，大众文艺出版社1998年版，第179—181页。

（11）［英］弗雷泽：《金枝》，徐育新等译，大众文艺出版社1998年版，第434页。

（12）刘仲宇：《中国精怪文化》，上海人民出版社1997年版，第19页。

（13）张智华：《论科幻片、魔幻片与奇幻片的视听特效》，《现代电影技术》2017年第10期。

Chapter 2 第二章

宋代文官政治与宋代笔记小说中的文士形象及与其相关的戏剧影视

第一节

宋代文官政治与宋代笔记小说中的文士形象

宋代文官政治比较完善而稳定，但也有一些弊端，宋代笔记小说出现大量的文士形象，有为民请命者，有正直精干者，有文武双全者，有能文而不能武者，有庸俗无能者，有卑鄙自私者，这些形象表现出文士的复杂性与多面性，反映了宋代的时代特征，在我国古代小说发展史上具有一定的作用，给人们以有益的启示。

一

宋代以前，我国虽有一些文官治国的传统，但经常受到武人和贵族门阀的干扰，文官政治只是到了宋代才比较完善而稳定。马端临《文献通考》卷六十三《职官考一七》载："宋太祖开基，革五季之患，召诸镇会于京师，赐第以留之。分命朝臣出守列郡，号'权知军州事'。军谓兵，州谓民政焉。其后文武官参为知州军事。"根据宋敏求《春明退朝录》卷下记载，建隆三年文武升朝官班簿记二百二十四员，其中文班一百五十四人，可见文官占大多数。比较而言，宋代文官政治比汉唐明清完善而优越。[1]宋代广开科举，通过科举考试进入文官集团的名额数倍于唐代。选拔文官的科举考试重在论策，要求文士对经学历史政治经济军事文学等都有较广泛的涉猎。文官政治对宋代社会产生了全面而深刻的影响。司马光在《贡院乞逐路取人状》中说："国家用人之法，非进士及第者不得美官。"由此可见宋代铨选官员的一般原则。张端义《贵耳集》卷下载："满朝朱紫贵，尽是读书人。"其中有些文士，经进士、制科中选者，由朝廷重臣力荐者，因召对等机遇受到特殊赏识者，往往升进迅速。有年未三十知制诰者，如晏殊、夏竦等；有年未四十执政者，如寇准、富弼等。在宋代社会中，文士地位是相当高的。

宋代文官政治在某些方面合理而有效地制约着皇权，君主在一定程度上“与士大夫治天下”[2]。宋代文官制约皇权是有制度作保证的，即“自太祖勒不杀士大夫之誓，以诏子孙，终宋之世，文臣无欧刀之辟”[3]。鄙视宋朝的顾炎武，也承认“不杀大臣及言事官”，是宋朝“过于前人”“汉唐之所不及”之处。[4]历代相沿的谏官制度在宋代日益完善。宋仁宗时建立了左右司谏、正言、谏议大夫及其办事机构——谏院，形成系统的谏议体制。宋代著名的宰辅大臣如范仲淹、韩琦、富弼、欧阳修、司马光、范纯仁、胡铨、周必大等，都当过谏官。饱受儒家民本思想熏陶的文士集团，特别是其中大量出身于下层的寒士，对民间疾苦了解深刻，他们的确具有“先天下之忧而忧，后天下之乐而乐”[5]的精神。包拯、欧阳修、王安石、苏轼、胡寅、陆游、范成大、杨万里等都是正直刚毅、为民立言之士。包拯的故事在当时和后代广为流传，成为为民请命的文士的典型，是与这个大背景密切相关的。

宋代笔记小说中涌现出大量的为民请命的文士形象。如司马光《涑水记闻》卷二：“兖王宫翊善姚坦好直谏。王尝作假山，所费甚广，既成，召宫属置酒共观之，众皆褒叹其美，坦独俯首不视。王强使视之，坦曰：‘但见血山耳，安得假山？坦在田舍时，见州县督税，上下相驱峻急，里胥临门，捕人父子兄弟，送县鞭笞，血流满身，愁苦不聊生。此假山皆民租赋所为，非血山而何？’是时太宗亦为假山，亟命毁之。”姚坦能够从百姓的利益考虑，不怕得罪当权者，敢于也善于进谏，一番话说得入情入理、义正词严、难以辩驳，一个尽忠尽职、直言敢谏的形象展现在人们面前。姚坦身上闪耀着为民请命者的光彩。司马光《涑水记闻》卷十“包拯知庐州”：“包希仁知庐州，庐州即乡里也，亲旧多乘势扰官府。有从舅犯法，希仁挞之，自是亲旧皆屏息。”“为人刚严，不可干以私，京师为之语曰：‘关节不到，有阎罗包老。’吏民畏服，远近称之。”“拯为长吏，僚佐有所关白，喜面折辱人，然其所言若申于理，亦幡然从之。刚而不愎，此人所难也。”这几段描绘出正直无私、刚毅精明的包公形象，吏民对他心服口服，称赞、拥戴这样的清官，这是后世包青天形象的原形。沈括《梦溪笔谈》卷十一记范仲淹兴利赈荒。江浙一带遭到严重干旱，范仲淹开仓救济灾民，但光靠国库还不能解决困难，还需要动员社会的力量，让富民们自动拿出钱粮来救济灾民。于是他鼓励民间赛龙船、让佛寺大兴土木，这样做是让富户和佛寺雇佣灾民，灾民便可以用劳力换粮食。负责监察江浙一带的监司认为范仲淹只知游乐享受，便向皇帝告状。范仲淹写奏章进行辩解，皇帝更加欣赏范仲淹的才干并给予嘉奖。范仲淹救灾措施十分得力，百姓们没有外出逃荒。这段塑造出为民着想、精明能干的范仲淹形象。洪迈《夷坚乙志卷四》“张文规”，张文规为人正直，为官清廉，为民请命，善于判案，因而受到人们的广泛称赞。他虽然受到顶头上司的压制，但是得到阎王爷的帮助。作家采用幻想的方式，表达对为民请命者的肯定与支持。

宋代笔记小说描绘出一些正直精干的文士形象，这些文士能够大展宏图，充分表现各方面的才能。如司马光《涑水记闻》，钱若水善于断狱，向敏中长于判案，胡顺之能够巧惩恶吏。彭乘《墨客挥犀》，石介正直精干，蒋堂知人善任，县令办事干练，青年进士很有操守，顶住威逼利诱，没有喜新厌旧。郭彖《睽车志》“李知己驱鬼”，描绘出正直廉明的教官李知己形象。洪迈《夷坚支丁》卷七“郭节士”，描写薛季益为社会做好事，也为阴间义士做好事，因而政绩卓著，仕途顺畅。《夷坚支景》卷十“李氏二童”，李元佐精明能干，为百姓做了不少好事，人们赞他是个称职的县官。《夷坚支景》卷六“董参政”，董体仁胸怀宽广，为了国家和百姓的利益，不计前怨，提拔曾经讽刺过他的彭子从。因此董体仁名声越来越好，不断受到皇帝重视，位至侍御史、宰相。《夷坚支景》卷十“向仲堪”，洪州通判向仲堪善于审理各种案件，尤其善于辨别冤案。开始他的顶头上司梁扬祖认为他无事生非，他冷静地分析情况给梁扬祖听，并说：“人命至重，安得不见而询之？”梁扬祖顿时醒悟，让他继续审问案犯，案犯果然无罪，于是释放了他。向仲堪把百姓的命运放在极其重要的位置，为百姓着想，并且能够说服上司，可见他品德和才能都是一流的。如向仲堪这样忠于职守、精明能干的文官在宋代有一定的数量，反映了良好的文官作风。这类文士是国家的栋梁，多多益善，应该大力培养并予以重用。

二

宋代文官政治让许多文士成为中央和地方军政长官，李焘《续资治通鉴长编》卷六称："时方镇阙守帅，稍命文臣权知。"徐松《宋会要辑稿》四十七之一"判知州府军监"条："太祖始削外权，牧伯之阙止令文官权知莅。"宋代文官政治造就出一批文武双全之士，这在笔记小说中有一定的表现。如司马光《涑水记闻》卷六"寇准在澶渊"、陈师道《后山谈丛》"澶渊之战"，寇准在国家危急关头，沉着冷静，胸藏千军万马，采取了正确的战略战术，成功地击退了敌人。他力挽狂澜，使国家转危为安。文武双全、雄才大略、指挥若定的寇准形象栩栩如生地展示在人们面前。司马光《涑水记闻》卷七、刘斧《青琐高议》后集卷二皆记张齐贤事，张齐贤是个穷秀才，性格豪放，心胸开阔，不拘小节，善于与群盗周旋，并劝群盗以后不要滥杀无辜，不要侵害老弱和妇女。他获得了成功，百姓对这样的文武双全之士非常尊敬，甚至连强盗对他也很佩服。刘斧《青琐高议》前集卷一"张公治郓追猛虎"，描写出为民着想、善治猛虎的张公形象。刘斧《青琐高议》后集卷二"汤阴县"，小秀才张乖崖有胆有识，机智勇敢地斗败强盗，烧毁黑店。他后来为官清廉而精干，对付盗匪严厉而果断，盗匪们都很怕他。洪迈《夷坚丁志》卷十一"霍将军"，霍秀才文武双全，"长大勇健，能角技击，乡里目为霍将军"。为了保卫家乡，他率领几个秀才与一群强盗进行殊死搏斗。他身手矫健，擅长角斗、散打，尤其是打强盗膝盖命中率很高。他不仅武术精湛，而且善于布阵，他让其他几位秀才站在身后保护，使他没有后顾之忧。他们终于战胜了这伙强盗，保护了人民的生命财产。《夷坚三志》辛卷九"桃源凶盗"，文士俞子清、范子由善于分析案情，通过明察暗访、跟踪调查，与匪徒斗智斗勇，逐步抓到凶盗。但又遇到大赦，凶盗认为可以逃脱罪责。他们机智地援引有关法律和案例，严惩了这些凶徒。《夷坚丁志》卷十九“陕西刘生”，靖康之变中原沦陷后，北方文士各种各样的面目纷纷出现，陕西刘生属于忠义之士，他用文韬武略为国出力。

文武双全之士善于惩罚披着宗教外衣、装神弄鬼之徒，他们具有较高的文化修养和政治素质，能够辨别真假宗教，有胆有识，智勇双全，假和尚、假道士、巫婆神汉、妖魔鬼怪纷纷成为他们手下败将，从而有效地保护了人民的切身利益。如上官融《友会谈丛》“假佛现形”，地痞流氓利用神佛蛊惑百姓、诈骗钱财、为非作歹、残害生灵、恶贯满盈。文官王嗣中有勇有谋，率领随从亲自来到灵应庙调查情况，让假佛原形毕露，严惩了这伙恶棍，百姓们拍手称快。上官融《友会谈丛》“朱生驱鬼”，朱生胆量与勇气超群，不怕鬼怪，孤身一人与众鬼搏斗，并大声喊道：“你们这些脏官，生前为了享乐，搜刮民脂民膏，徇私枉法、丧尽天良！死后你们又盗居人家居室，打扰世上的人们，反过来还污蔑我是强盗，你们才是真正的祸国殃民的强盗！”于是用戟把众鬼打败。朱生的言行给众人增添了智慧和勇气，激励人民与各种妖魔鬼怪做斗争。洪迈《夷坚志补》卷二“陈愈治巫”，书生陈愈豪侠好义，途经姐姐家，因巫婆神汉作怪使姐姐全家患了传染病，家中死去多人，巫婆神汉仍在蛊惑病人。陈愈与巫婆神汉斗智斗勇，用绳子把他们捆起来，命令他们写下骗人的经过，让姐姐全家脱灾免难，并使全村人逐步摆脱了厄运。

宋代文官政治也有其弱点。宋自开国太祖杯酒释兵权以来，即偏重文官而轻视武官。文武双全者所占比例较少，能文而不能武者所占比例较多。文官之间常常是扯不完的皮、吵不完的架，朋党之争、帮派之争非常激烈，文官之间互相倾轧也很厉害。苏轼在《策别课百官二》中说：“今之患正在于任文太过。”(6)诚然。有些文士虽然忠心耿耿、文才有余，但武功不行，这是宋代国力弱的一个表现，他们尤其在抗御外侮方面显得软弱无能。

能文而不能武的文士在宋代笔记小说中有大量表现，如刘斧《青琐高议》前集卷十“曹太守传”，曹觐科举高中，为官多年，廉洁奉公，受到百姓的夸赞。蛮邦首领侬智高乘天下久太平、二广无武备，暗中招兵买马，突然大举进攻。地方长官们缺乏准备，无强兵强将抵挡，闻风丧胆，拼命逃窜。贼兵如入无人之境，烧杀掳掠，无恶不作。官民遭殃，惨不忍睹。康州刺史曹觐面对这危险的局势也束手无策，虽然到处散发招兵广告，并且许以重奖，但无人前来应招。他孤身一人守城，痛斥贼兵，壮烈殉国。他忠义可嘉，但武功弱，令人扼腕叹息。再如司马光《涑水记闻》卷十三“赵师道”，文官赵师道在蛮邦首领侬智高贼兵即将围攻上来之时，对僚属说：“贼锋甚盛，吾州众寡不敌，必不能拒贼。然吾与兵马监押为国家守城，贼至死之，职也。诸君先贼未至，宜与家属避之山中。”他与兵马监押守城拒贼，掩护其他人撤退，其先人后己、自我牺牲的精神很可贵，但该城武备太差，让人遗憾。又如洪迈《夷坚支庚》卷三“兴化官人”，此文士能文而不能武，斗不过地痞恶棍，以致全家遭殃。

靖康之难与南宋末年，能文而不能武的文士暴露得更为充分。顾炎武说：“靖康之变，志士投袂，起而勤王，临难不屈，所在有之；及宋之亡，忠节相望。”(7)他们忠义可佩，但武功较差，令人深思。这在笔记小说中也表现得非常突出。如《夷坚乙志》卷七“何丞相”，何文缜在太学时请孙黯算命。孙黯算命准确，预言他将来考中状元，且当丞相，但会奉使北国而不返。文官政治使何文缜有机会平步青云，但也使国力削弱，在金人入侵时，何文缜之类无能为力而沦为俘虏。这从一个方面反映出文官政治和文士的不足之处。

三

宋代文官政治也有其弊病。宋代依资迁官，在使铨选制度化方面有一定的作用。但往往使有才能者不得发挥，庸儒之辈例获升迁。而且被拟任人常常学非所用、用非所长，既造成人才浪费又贻误职事，这是宋代治事效率差的原因之一。更重要的是，一切循资，造成了宋代士大夫不求奋励事功，但务墨守成规以保无过的状态，助长了支配宋代三百年的保守政风。[8]杨万里《诚斋集》卷八十九《选法下》："今吏部亦有所谓'铨量'者矣：揖之使书，以观其能书与否也；召医而视之，以探其有疾与否也；赞之使拜，以试其视听之明暗、筋力之老壮也。曰'铨量'者如是而已矣，而贤不肖、智愚何别焉！"宋代常调官员升进滞缓是普遍现象，出现了许多冗官。科举和文官政治使举子们认为书中自有黄金屋、书中自有颜如玉，培养出一些庸俗无能的文士。这些人只知读书，缺少社会锻炼，缺乏工作经验，有的刚上任不久便失败甚至死去，谈不上对社会做出什么贡献。

宋代笔记小说描绘了大量庸俗无能的文士形象。一些书生做美梦考取进士，后来果然好梦成真，这是文官政治的结果。其中相当多的文士好梦成真之后，贪图享受、碌碌无为。如彭乘《墨客挥犀》"迂儒剃眉"，彭渊材非常崇拜贤人，看到狄仁杰与范仲淹画像后，便在相貌上学他们的模样，以至找一个善刮猪毛的屠户给他刮脸修眉，把眉毛剃成狄仁杰的眉毛。他不知学习贤人精髓，只知在皮毛上下功夫。洪迈《夷坚支乙》卷二"杨证知命"，杨证走科举和文官之路虽然走通了，但很疲惫，任官几个月后便死去。《夷坚支乙》卷三"刘若虚"，刘若虚虽然通过文官政治做了官，但为人太迂腐，结果未上任便死去。《夷坚丁志》卷三"海门主簿"，这个文士比较软弱，被巨潮及鬼神所愚弄。

宋代笔记小说描写了一些书呆子形象，如《夷坚支甲》卷六"吴渗二龙"，书生吴渗做美梦升官发财，结果美梦没有成真，他穿上官服跳井自杀了。《夷坚支丁》卷四"黄状元"，士人黄瀛善于写文章，宣和间在太学名气比较大，经常梦见人称自己为黄状元。他自视甚高，而为人迂腐。《夷坚支癸》卷七"陈秀才游学"，陈秀才只知读死书，此外别的什么也不会干，如同泥塑木雕，是个十足的废物。作者在吴敬梓《儒林外史》之前塑造了一批书呆子形象。

宋代笔记小说描绘出一些卑鄙自私的文士形象。如刘斧《青琐高议》后集卷四“陈叔文推兰英堕水”，穷儒陈叔文考中科举后，想利用妓女兰英的钱财，欺骗并害死兰英。之后兰英鬼魂出现，惩罚并处死陈叔文。陈叔文坑蒙拐骗、负义缺德，天理难容，最后罪有应得，天理昭彰。陈叔文是个极端自私自利的文士形象，他与《金玉奴棒打薄情郎》中的薄情郎是一丘之貉。《夷坚支景》卷九“姚宋佐”，文士之间展开激烈的斗争，他们利用侍妾作为工具，侍妾想毒死其夫结果却毒死了姚宋佐。《夷坚支景》卷九“丘秀才”，丘秀才帮助艾氏打不正当的官司，结果歪打正着，艾氏战胜了张生。但最终丘秀才因做了亏心事、心理负担很重而死去。这表现了作家惩恶扬善的愿望。《夷坚乙志》卷四“赵士藻”，赵士藻钻营得官，因受贿而使家资丰富，娶妻买妾，十分奢华，表现了文士庸俗自私、复杂龌龊的一面。《夷坚支戊》卷八“黄戴二士”，黄裳、戴松皆是平庸的文士，品格较低。《夷坚支庚》卷一“林子安赴举”，描绘出两个贪图私利、知法犯法的文士形象。户部官员魏彦成为林子安赴举写了一封荐书，饶州试官便胆大妄为，敢事先把试卷泄密给考生，希望林子安金榜题名。《夷坚支景》卷五“临安吏高生”，描写清官朱则与贪官高生之间的斗争，塑造出一个贪婪狡猾、凶狠卑鄙的文士高生形象。《夷坚丁志》卷五“三士问相”，黄崇极端自私，为了独吞父亲的财产，把同父异母所生的弟弟掷桶中溺杀，可见其凶狠毒辣、贪婪无比。他与《儒林外史》中严监生、严贡生是一路货色。

四

宋代笔记小说中的这些文士形象，与刘义庆《世说新语》、唐人小说等出现的文士形象相比，具有鲜明的时代特征，在我国古代小说发展史上具有一定的作用。

首先，宋代笔记小说中的文士形象在数量上超过《世说新语》、唐人小说中的文士形象。[9] 文士在宋代社会中是一个主体，在一些重要方面占主导地位。司马光《涑水记闻》、魏泰《东轩笔录》、文莹《湘山野录》、廉布《清尊录》、沈括《梦溪笔谈》、彭乘《墨客挥犀》、刘斧《青琐高议》、范公偁《过庭录》、上官融《友会谈丛》、陈师道《后山谈丛》、罗大经《鹤林玉露》、王明清《投辖录》、瘦竹翁《谈薮》、洪迈《夷坚志》、郭象《睽车志》描绘了大量的文士形象。

其次，宋代笔记小说中的这些文士形象具有新的内涵，使我国古代小说史上文士形象显得更为丰富多彩。《世说新语》多表现文士的魏晋风度，唐人小说或表现文士的风流韵事，或表现文士的清高隐逸。宋代笔记小说表现文士或为民请命、或正直精干、或文武双全、或能文而不能武、或庸俗无能、或卑鄙自私，让人感到耳目一新。《世说新语》、唐人小说中的文士形象多用其生活中的小事来描写，更多是文人逸事。宋代笔记小说中的文士形象大多用其一生中的重大事件或主要事情来塑造，其中有些具有人物列传的特点。《世说新语》、唐人笔记小说多表现文士的个人修养，其中有些充分表现自我、张扬个性，主体性非常明显。宋代笔记小说中的文士形象尤其是为民请命者、正直精干者、文武双全者，多把一生中最闪光的部分贡献给国家和人民，社会性更为突出。

再次，宋代笔记小说中的文士形象虚构成分有所增加。《世说新语》、唐人笔记小说与宋代笔记小说中的文士形象均是有虚有实的，但虚实比例有所不同。大致说来，《世说新语》、唐人笔记小说中的文士形象实际描绘占七分，虚构占三分。宋代笔记小说中的文士形象实际描写与虚构各占一半，有些虚构的成分占七分或更多，艺术创造的意图更为明显，如吴淑《江淮异人录》“洪州书生”，书生见义勇为，帮助卖鞋男孩，惩罚恶棍张三赖。这个书生来无影、去无踪，夜里把张三赖的头割下，用一瓶药水涂擦，头颅立即化成了水。再如龚明之《中吴纪闻》描写范仲淹在阴间做官，聪明正直、办事认真、效率很高，阴间对他非常尊敬，推举他做阎罗王、司生杀之权。这两篇小说具有一定的荒诞性，由此可见，虚构成了这两篇小说的主要成分。

《世说新语》、唐人笔记小说描绘文士形象往往是三言两语、片段式的，篇幅很短，多为微型小说。宋代笔记小说描绘文士形象具有比较完整的故事情节，篇幅有所增加，多为短篇小说。《世说新语》、唐人笔记小说描绘文士形象多用描写与叙述手法，宋代笔记小说塑造文士形象除描写与叙述手法外，夸张、幻想等手法也有所增加。

第二节

宋代笔记小说中的文士形象在中国戏剧、影视中的演变与发展

宋代实行文官政治，因此文士在崇尚圣人、力争做君子、为国为民、自身修养等方面尤其突出、更加明显。

文士崇尚圣人，《道德经·知人者智第八十一章》："圣人不积，既以为人，己愈有；既以与人，己愈多。天之道，利而不害；圣人之道，为而不争。"圣人不存占有之心，而是尽力照顾别人，他自己也更为充足；他尽力给予别人，自己反而更丰富。自然的规律是万事万物都得到好处，而不伤害它们。圣人的行为准则是：去做事，但不争。

文士力争做君子，《论语·述而》："君子坦荡荡，小人长戚戚。"君子无所不容，所以襟怀坦荡；小人成天算计，所以牢骚满腹。《论语·卫灵公》："君子义以为质，礼以行之，孙以出之，信以成之，君子哉！"君子以义作为内在的根本。《论语·泰伯》："士不可以不弘毅，任重而道远。仁以为己任，不亦重乎？死而后已，不亦远乎？"读书人不可以不宽广、坚韧而有毅力，因为他责任重大，寻路遥远。有志者事竟成。《论语·里仁》："君子喻于义，小人喻于利。"君子才能晓之以道义。

文士强调为国为民，《礼记·大学》："大学之道，在明明德，在亲民，在止于至善。"《孟子·尽心上》："穷则独善其身，达则兼济天下。"《晏子春秋·内篇问下》："对曰：'意莫高于爱民，行莫厚于乐民。'"最高尚的意愿，莫过于爱民；最宽厚的行为，莫过于让民众

安乐。

文士注重自身修养，《论语·学而》：“己不正，焉能正人？”《论语·学而》：“曾子曰：吾日三省吾身：为人谋而不忠乎？与朋友交而不信乎？传而不习乎？”《论语·学而》：“见贤思齐焉，见不贤而内自省也。”《礼记·大学》：“自天子以至于庶人，壹是皆以修身为本。”

《礼记·中庸》：“天命之谓性，率性之谓道，修道之谓教。道也者，不可须臾离也；可离，非道也。是故君子戒慎乎其所不睹，恐惧乎其所不闻。莫见乎隐，莫显乎微，故君子慎乎独也。”从最隐蔽、最细微的言行上就能看出一个人的品质，所以，君子要学会慎独。《孟子·藤文公下》：“富贵不能淫，贫贱不能移，威武不能屈，此之谓大丈夫。”真正的大丈夫富贵不能使之腐化堕落，贫贱不能使之改变志向，武力也不能使之屈服。

宋代笔记小说中的文士形象在中国小说、戏剧、影视中的演变与发展引人入胜，出现了一些佳作，产生了较大影响。例如包公系列戏剧影视、宋慈系列戏剧影视等。

包拯的事迹在《宋史》、宋代笔记等均有记载，包拯的故事在民间广为传播。包公系列小说戏剧影视有各种各样的版本，例如《三侠五义》《七侠五义》《包青天》《少年包青天》等。

包公系列戏剧影视主要塑造出正直、果断、为国为民、能力很强的包拯形象。包拯善于推理分析，一个又一个案件扑朔迷离，扣人心弦。包拯注重身心修养，他的《书端州郡斋壁》：“清心为治本，直道是身谋。秀干终成栋，精钢不作钩。仓充鼠雀喜，草尽兔狐愁。史册有遗训，毋遗来者羞。”端正思想是吏治的根本，刚直的品性是修身的原则。好的树木终将成为栋梁之材。包公自己一生如此要求自己，并且不折不扣地做到了，因此受到百姓们的好评。

包公系列戏剧影视悬念设置合情合理，往往是峰回路转，例如狸猫换太子等……包公善于为民办案，是一个清官形象，具有传奇色彩。他认为：贵族犯法，与庶民同罪。他率领办案人员准备了龙头铡、虎头铡、狗头铡，龙头铡铡犯法的皇亲国戚，虎头铡铡犯法的官员，狗头铡铡犯法的地方恶棍。包公具有过人的胆识与策略，机智、勇敢而果断地惩罚了一些犯法者，为百姓做了一系列善事。包公系列戏剧影视有不同版本，如中国香港版、内地版等等，流传广泛，符合观众心理，好评如潮，不仅在中国受到青睐，而且在东南亚受到欢迎。

宋代出了两个破案大家，北宋是包拯，南宋是宋慈，他们是宋代文士的杰出代表，都是中国乃至世界一流的破案人才。

宋慈事迹在《宋史》、宋代笔记等中均有记载，他的故事在民间广为传播。宋慈系列戏剧影视有各种各样的版本。宋慈有坚强的毅力，“为者常成，行者常至”(10)。

电视剧《大宋提刑官》根据宋代法医名师、世界法医鼻祖宋慈笔记《洗冤录集》改编。编剧是钱林森、廉声，导演是阚卫平，摄像是杨轮。由何冰、罗海琼、范伟、郭达、苗圃主演。主要人物有宋慈、竹英姑、孟贤弟、黑三、杨主簿、卢怀德等。该剧角度新颖，它不是表现帝王将相，也不是表现才子佳人，它表现的是中国第一个法医，也是世界上第一个法医，这个法医形象的塑造很有创新意义。其以法医学为基础，法医学知识在剧中举足轻重。

电视剧《大宋提刑官》以世界法医鼻祖——宋代法医学名师宋慈为原形，表现他从事刑狱审勘的一生，填补了古代清官破案戏中的两个空白，也就是宋慈本人开创并倡导的法医检验和逻辑推理。展示出“人命大于天”的倾向，表现出深刻的人文精神。宋慈总结并倡导法医检验和逻辑推理，凭借这两把杀手锏，让一个个扑朔迷离、悬念迭起的无头命案真相大白。他让死人开口，令尸骨鸣冤，新鲜而奇异的破案手段，意料之外而情理之中的故事情节令人拍案叫绝。该剧善于设置悬念，把政治风云、案件侦破与人物心理有机地贯穿在一起，突出了电视剧的张力。

注释：

／

Notes

（1） 参见金诤：《文官政治与宋代文化高峰》，《国际宋代文化研讨会论文集》，四川大学出版社1991年版。

（2） 李焘：《续资治通鉴长编》卷二百二十一，熙宁四年三月戊子文彦博语，上海古籍出版社1986年影印本。

（3） 王夫之：《宋论》卷一，中华书局1964年版。

（4） 参见顾炎武：《日知录》卷十五《宋朝家法》。

（5） 范仲淹：《岳阳楼记》。

（6） 《苏轼文集》卷八。

（7） 顾炎武：《日知录》卷十三《宋世风俗》。

（8） 参见邓小南：《宋代文官选任制度诸层面》，河北教育出版社1993年版，第117、118页。

（9） 参见周勋初：《唐人笔记小说考索》，江苏古籍出版社1996年版；侯忠义：《中国文言小说史稿》，北京大学出版社1990年版；吴志达：《中国文言小说史》，齐鲁书社1994年版；苗壮：《笔记小说史》，浙江古籍出版社1998年版；程毅中：《宋元小说研究》，江苏古籍出版社1998年版。

（10） 《晏子春秋·内篇杂下》。

Chapter 3

第三章

宋代商业活动、市民意识与宋代笔记小说中的商人形象及与其相关的戏剧影视

第一节

宋代商业活动、市民意识与宋代笔记小说中的商人形象

宋代商业活动比前代发达，在城市的都市化过程中是一个重要的分水岭。宋代市民阶层不断壮大，市民意识日益盛行，一些观念发生了重要变化，商人地位在宋代得到提高。宋代笔记小说随之出现了各种各样的商人形象，表现出商人的多面性与复杂性，为中国古代小说人物画廊增添了新的色彩。

一

宋代商品经济比唐代更加发达。唐朝十万户以上的城市只有十几座，北宋十万户以上的城市则增加到四十几座。城市经济繁荣，东京（开封）不仅是全国的政治中心，而且是全国的经济中心。东京（开封）有汴河、黄河、惠民河、广济河供漕运，《宋史》卷一百七十五“食货志漕运 ”：“宋都大梁，有四河以通漕运：曰汴河、曰黄河、曰惠民河、曰广济河，而汴河所漕为多。”《宋史》卷九十三“河渠三”：“唯汴水横亘中国，首承大河，漕引江湖，利尽南海，半天下之财赋，并山泽之百货，悉由此路而进。”商船往来十分方便，为官僚、地主、富商大贾所集中之地。“京师，天下富商大贾所聚。”(1)“京城资产百万者至多，十万以上比比皆是。”(2)东京商业繁荣，店铺林立，各行各业计有六千四百余家。孟元老《东京梦华录》卷二“东角楼街巷”载：“每一交易，动即千万。”宋代大画家张择端所绘的《清明上河图》就是北宋东京商业繁荣的写照。此外，洛阳、扬州、杭州、成都等都是繁华的商

业大都市。

唐代城市一般是坊、市分开，坊是居民区，市为商业区，商店都集中在市里，所有的交易只能在市里进行，而且只能在白天进行，夜晚即终止。唐朝后期这种规定已经成为城市商业发展的障碍。到了北宋，一些大城市的发展则突破了坊与市的区别以及白昼与夜晚的界限。如东京城内的街巷随处都有店铺开设，可以不分行业错综营业，不再受分肆列市的限制。营业时间也无限制，除白天营业外，另有夜市和晓市。孟元老《东京梦华录》所记夜市很多，证明宋代夜市相当普遍，如卷二“潘楼东街巷”载：“自土市子南去铁屑楼酒店、皇建院街、得胜桥郑家油饼店，……直南抵太庙街、高阳正店，夜市尤盛。”卷三“马行街北诸医铺”载：“夜市北州桥又盛百倍，车马阗拥，不可驻足。”同卷“马行街铺席”记夜市情况更详：“夜市直至三更尽，才五更又复开张。如要闹处去，通晓不绝。”同时，还有更热闹的商业场所即“瓦子”或“瓦肆”“瓦舍”出现，内有酒店、茶楼及说唱的娱乐场所等。如王栐《燕翼饴谋录》卷二载：“东京相国寺乃瓦市也，僧房散处，而中庭两庑可容万人，凡商旅交易，皆萃其中，四方趋京师以货物求售他物者，必由于此。”

南宋商业贸易比北宋更为发达。首先是城市更加繁荣。临安（杭州）是南宋的政治、经济、文化中心。杭州本来是唐朝后期的新兴城市，在北宋商业已很发达，有东南第一州之称。南宋杭州定为行都，称“临安”。“户口蕃盛，商贾买卖者十倍于昔，往来辐辏，非他郡比也……自大街及诸坊巷，大小铺席，连门俱是，即无虚空之屋。每日清晨，两街巷门，浮铺上行，百市买卖，热闹至饭前，市罢而收。……杭城大街买卖昼夜不绝，夜交三四鼓，游人始稀；五鼓钟鸣，卖早市者又开店矣。”(3)宋高宗绍兴八年（1138年），临安正式定为首都后，人口迅速增长，宋度宗时增至一百二十四万，大大超过了北宋东京开封。因为人口多，临安需要粮食供应很大，“杭州人烟稠密，城内外不下数十万户，百十万口。每日街市食米，除府第、官舍、富室及诸司有该俸人外，细民所食，每日城内外不下一二千余石，皆需之铺家”(4)。临安的夜市比北宋东京的夜市规模有所发展，吴自牧《梦粱录》卷十三有专节记述："大街更有夜市卖卦，……其余桥道坊巷，亦有夜市扑卖果子糖等物，亦有卖卦人盘街叫卖，如顶盘担架卖市食，至三更不绝。冬日虽大雨雪，亦有夜市盘卖。"临安瓦子更多，吴自牧《梦粱录》卷十九"瓦舍"记述了十七处瓦子。

宋代农村集市很活跃。乡村集市、小型交通中心点及纯商业性市镇等均已增多，成为商业聚散枢纽。这些商业点连同县城或府级城市以及首都等，形成了商业经济的各种层次。小型的商业点，位于北方陆路沿途者通常是称之为"店"，而位于南方水路两岸者则称之为"步"，两者均以交通为依存。如同农村集市一样，这些交通点也被统治者加以利用，作为征收商业税之场所。

宋代海上贸易十分发达，带动了国内商业的发展。国内商业活动为海上贸易提供了取之不尽、用之不竭的源泉。海上贸易与国内商业互相促进、共同繁荣。

随着贸易的发达，行会组织越来越多。宋代行会有"行""团""市""作"等名称，主要是一些商业或手工业的同业组织。行会组织的存在，固然是因为封建官府对商业、手工业榨取的需要，同时也是商业、手工业发展、维护同业利益的要求。在孟元老《东京梦华录》中，我们可以看到北宋东京市场不仅有商品交易的分工即各种各样的"市场"、商业的分工即各种"行"，而且有手工业分工和服务业分工。宋代商品货币经济的发展水平超过了唐代。北宋中期，四川四十六户商人发行了一种纸币称作"交子"，后改由政府发行，这是世界上最早的纸币。北宋末年这种纸币称作"钱引"，南宋时则称为"交子"或"会子"。

宋代出现三大商业集团，即"北商""蜀商""南商"，每一集团占有其基本的贸易领域。东京开封为"北商"的贸易中心，其商业交易领域主要在中国北方。成都为"蜀商"之大本营，其活动范围主要在四川及其周围地区。"南商"主要活动区域为浙江、淮水及长江下游地区，在明清两代著名的徽商在宋代已初露头角。

宋代虽然政府禁止官吏从事任何私人商业活动，但是他们常常投资于近亲贵戚所经营之商业，如同商人一样他们也投资于当铺、仓储、贷款及都市不动产等。很多官吏对商业的态度表面上是一套而骨子里是另一套，他们表面上轻视商人，而在私下却悄悄从事商业活动，利用其有利地位、利用所有赚钱机会以增加其财富，而他们所插手的行业也几乎是无所不包。中国城市自古代至8世纪一直是政治中心，仅有有限的商业活动，但是自宋代以来城市逐渐成为商业活动的中心，在结构上较为自由、较为活泼，花样较为繁多。在中国城市的都市化、商业化过程中，毫无疑问宋代是一个以多种变化为特色的重要分水岭。

二

我国市民阶层的发展演变大致经历了三个重要时期。第一个时期为唐代，商品经济的发展促进了市民阶层的产生，即坊廓户出现。第二个时期为宋代，商品经济相当繁荣，市民阶层不断壮大，市民意识日益盛行。第三个时期为明代中后期，启蒙思潮的影响使市民阶层面目一新，为迎接近代做好了准备。

在中国封建社会中，宋代是一个处于重要转折时期的时代。宋代都市中坊市制的崩溃，打破了城市内部相对封闭的体系，为市民阶层和市民文化的进一步发展提供了自由的时间和广阔的空间。宋代市民阶层包括商人、店员、苦力、妓女、无业游民、官府仆役等等，范围比较广泛。当然，宋代市民阶层与近代意义上的市民阶级是有区别的。宋代市民文化兴旺发达。东京和杭州瓦舍林立，正是市民文化空前繁荣的表现。令人眼花缭乱的京瓦伎艺如吟叫、说话、影戏、傀儡戏、宋杂剧等等，都是在这种适宜的生态环境中发展起来的。这些伎艺如雨后春笋般涌现、成长，创造出一个绚丽多姿的文化世界。比较而言，宋代市民的物质生活丰富多彩，精神生活五色斑斓。宋代都市文化表现出一种走向大众化的趋向，这从一些艺术品中可以得到证明，如一幅长长的《清明上河图》画轴，描绘出东京街头、汴河两岸的大群市民，数以百计的徒步者以及使用各种交通工具的民众，都栩栩如生地活跃在画面上，透露出浓郁的市民气息。

随着市民阶层的壮大、市民文化的繁荣，市民意识日益盛行，一些观念发生了重要变化。在宋代以前，一般来说政府及士人大多轻视商业和商人。在一些人看来，商业暗示道德污损。商贾往往被认为是一种潜在的社会败坏分子，因而常常处在严格监视与控制之下。他们在四种主要职业士、农、工、商中，所处的社会地位最低。商业被鄙视为一种不重要的职业，是一些狡猾、欺诈及不事生产而终身唯利是图之人所从事的职业。汉代初年法律禁止商人穿丝绸、乘马车。唐代商人子弟不得参加文官考试，而这种考试是仕宦的主要途径。若干利润大的货品如盐、铁、茶及酒等由政府专卖，商人（除去那些帮助国家办理专卖事务之人员）被禁止与国家商业竞争，如果违犯这些法规便被认为侵害国家利益而受到严惩。自晚唐以降，商人日趋活跃，有些商人不仅拥有财富，而且也拥有一点权势。宋代商业贸易日益扩大，商业为国家带来巨大的收入。政府和士人认为商业并非不良行为，不对商业活动加以压制，而是积极提倡。欧阳修于康定元年（1040年）倡议：为了使国家从商业中增加利税收入，政府最好能与有势力的商人合作。由于世家大族逐渐衰落，士绅与儒生官员日益兴起，阶级区别之主要基准为财富而不再是身世。商业虽然在儒者眼中仍为次要的，但很多限制及管制商人活动的法律以及降低商人社会地位之措施已经放宽或取消。宋代商人在政府专卖方面已经担当重要角色。官员对商人的态度由谴责转变为肯定或赞许，很多官员已经同意“农者国之根本也，商者能为国致财者也”(5)。

宋代商人社会地位明显提高，有些商人已经向上攀缘至士大夫阶层。虽然商人仍然被禁止参加文官考试，即身是工商杂类及曾为僧道者不得取应，(6)但是他们可以为其子弟购买官爵，或者使他们获得良好的教育。如《宋史》卷三百一十四列传七十三“范纯粹传”：“其富民滑商，捐钱千万，则可任三子。”王辟之《渑水燕谈录》卷三：“曹州于令仪者，市井人也。长厚不忤物，晚年家颇丰富。……君择子侄之秀，起学室延名儒以诱掖之。子杰方举进士第，今为南曹令族。”商人子弟如果未从事商业活动，即不再禁止其参加文官考试。于是他们借改善其子弟之地位，使自己的社会地位也因而获得提高。

财利是人人希望得到的，失去财利就意味着贫困的煎熬甚至生命的丧失，获得财利便可以过上荣华富贵的生活。商人向士人迈进，士人向商人靠拢，士而商、商而士的趋势，使市民阶层与士人阶层有了新的面貌。市民意识与士林意识在追逐金钱这一点上找到了一个交汇口。商人不断吸取一些儒家的精神，士人也经常吸取一些商人的经验。儒与商相互影响是传统价值观变化、异动的表现，二者相互转化常见于市民阶层中，从中也可见市民意识日益盛行。儒向商转变，也许出于生计问题而迫不得已。商人仰慕儒士的风尚，则表明两者地位已趋接近。这一双向作用促进了市民文化与士林文化的交融，造成你中有我、我中有你的局面，使市民意识进一步复杂化，也烙上了鲜明的时代印记。金钱的魅力无所不在，先秦诸子的义利之辩已经显示出哲人对它的重视，至市民阶层不断壮大的宋代，金钱更有了势不可挡的威力。著名理学家朱熹对经商也采取宽容的态度，《朱子语类》卷一百一十三“训门人”云：“问：‘吾辈之贫者，令不学子弟经营，莫不妨否？’曰：‘止经营衣食亦无甚害，陆家亦作铺买卖。’”

以商贾为第一等生业的价值取向是以商业、手工业者为主体的市民阶层的普遍心态，表现出一种务实的精神。市民还兴起互助之风，如吴自牧《梦粱录》卷十八“民俗”载：“杭城人皆笃高谊，若见外方人为人所欺，众必为之救解。或有新搬移来居上之人，则邻人争借动事，遗献汤茶，指引买卖之类，则见睦邻之义。又率钱物，安排酒食，以为之贺，谓之暖房。朔望茶水往来，至于吉凶等事，不特庆吊之礼不废，甚者出力与之扶持，亦睦邻之道，不可不知。”

市民流行重商主义，主张及时行乐，他们常常是情欲胜过理念，贞节观念相当淡薄。宋代理学家所说的“饿死事极小，失节事极大”(7)，他们是难以忍受的。商人发财则千金买笑，贪欢逐乐；贫病则寂寞泪垂，客死他乡，这是一种普遍现象。如周密《武林旧事》卷三“西湖游幸”载：“贵珰要地，大贾豪民，买笑千金，呼卢百万。以至痴儿騃子，密约幽期，无不在焉。日糜金钱，靡有纪极。故杭谚有‘销金锅儿’之号。”周密《武林旧事》卷六“歌馆”载：“平康诸坊，如上下抱剑营、漆器墙、沙皮巷、清河坊、新街、太平坊、巾子巷、狮子巷、后市街、荐桥，皆群花所聚之地。此外诸处茶肆、清乐茶坊、八仙茶坊、珠子茶坊、潘家茶坊、连三茶坊、连二茶坊及金波桥等两河以至瓦市，各有等差，莫不靓妆迎门，争妍卖笑，朝歌暮弦，摇荡心目。”杭州妓馆如此之多，主要是供富商大贾及一般市民享乐的。

三

宋代商业活动、市民意识对宋代笔记小说中商人形象的描绘具有直接的作用。

宋代文人深受商业活动和市民意识的影响，他们对商人比较重视，用笔记小说描绘出各种各样的商人形象。从行业来看，有米商、盐商、布商、茶商、酒商、牛商、猪商、羊商、马商、木商、竹商、铁商、铜商、瓷商、陶商等等，应有尽有。从身份来看，有官商，有儒商，当然最多的还是一般商人。在如此众多的商人中，有些是义商，有些是奸商，有些是义利兼顾的商人。在宋以前小说中商人往往只是配角，数量较少。宋代笔记小说描绘了大量的商人形象，他们在小说中常常作为主角。

随着儒与商的相互渗透，一些商人对孔子“不义而富且贵，与我如浮云”(8)的价值观比较重视，并付诸行动，因而出现一些义商形象。如王明清《摭青杂说》“茶肆还金”，写一个士人到茶肆饮茶，把一包银子丢在店中。他认为难以寻回，不再查问。谁知店主把这包银子如数归还他，并说：“义利之分，古人所重。”由此可见，他认为义重于利，与有些商人见利忘义、唯利是图迥然不同。这位商人如此高义，表明他以诚信招徕顾客、扩大生意，是一个令人敬佩的义商形象。再如王明清《摭青杂说》“盐商义嫁”，写泰州盐商项四郎从水中救出一位徐姓官宦女子。这位女子一家遇到强盗，父母被害，她只有一个哥哥在外地。项四郎收养了她，后来为这女子寻求合适的丈夫，置办嫁妆，使她过上幸福美满的生活。盐商项四郎表现出高尚的品德和助人为乐的精神。又如洪迈《夷坚甲志》卷十二“林积阴德”，写林积拾到巨商数百颗宝珠，全部奉还原主，巨商要分他一半，可是林积不要。这个巨商花了许多钱去佛寺作一次大斋戒替林积祈祷祝福，可见他也是一个重义的商人。又如罗大经《鹤林玉露》“冯三元”、洪迈《夷坚支丁》卷四“林子元”等均是义商形象。

商人爱财，取之有道。宋代笔记小说描绘出一些义利兼顾的商人形象，表现出商人的复杂性。如施德操《北窗炙录》“卖饼”：“子韶言，旧闾里有人，以卖饼为生，以吹笛为乐，仅得一饱资，即归卧于家，取笛吹之，其嘹然之声动邻保。如此有年矣。其邻有富人，察其人甚熟，谓可委以财也，一日谓其人曰：‘汝卖饼良苦，何不易他业？’其人曰：‘我卖饼甚乐，何为易他业？’富人曰：‘卖饼善矣，然囊不余一金，不幸有疾患难，汝将何所赖？’其人曰：‘何以教之？’曰：‘吾欲以钱一千缗，使汝治之可乎？平居则有温饱之乐，一旦有患苦，又有余济之资，与汝卖饼所得多矣。’其人不可，富人坚谕之，乃许诺。及钱既入手，遂不闻笛声矣。无何，但闻筹算之声尔，其人大悔之，急收其钱，送富人还之。于是再卖饼，明日笛声如故。”卖饼者与一般商人不同，他不是一个唯利是图、一味贪求物欲之徒，而是一个但求温饱、更重精神生活的高尚之人。他没有把金钱看成万能的，他认为业余的笛声是非常美妙的，远胜过筹算之声，可见文化生活对他是非常重要的。他从悠扬的笛声中自得其乐，喜欢自由自在的生活，他的身上没有什么铜臭味，可以说是出淤泥而不染。那个富人应该说是一个善于经营之辈，对生意经滚瓜烂熟。他虽然以如簧之舌使卖饼者动了心，但终究没有能够长久改变卖饼者的生活道路。两人个性对比鲜明，相得益彰。再如洪迈《夷坚乙志》卷七“布张家”，写张商人以卖布为业，喜欢救死扶伤，一次把一名死囚救活。张商人当初救他，并不知道他的真实身份，后来虽然知道他是囚犯，但是仍然照料他两个月，使他养好伤出城。十年后此人以五千匹布来报答张商人，坦白说明自己曾经是强盗，后来改邪归正也经商。他知恩报恩，张商人也不嫌弃他曾经做过强盗而鄙视他。这篇小说描写出这两个商人的真实性和复杂性。

宋代笔记小说描绘出大量的奸商形象。人们常说“无奸不商”，这话固然比较片面，不能对所有商人如此一概而论，但是对相当数量的商人来说，的确揭示出他们的一些本质特征。一些商人见利忘义，为了追求金钱而失去人性。如洪迈《夷坚乙志》卷五“淮西牛商”，这个牛商把青竹蛇杀了入药，把药与牛吃的草料拌在一起喂牛，然后把牛肉卖给百姓。这种牛肉既好看又有重量，牛商因此赚了许多钱，可是大批吃过这种牛肉的人却中毒而或死或伤。牛商为了赚钱，不顾百姓生命安危，最后结局是多行不义必自毙——溺水而死。再如洪迈《夷坚支丁》卷八“王七六僧伽”，写丽水商人王七六经常贩卖布匹于衢州与婺水之间。绍熙四年，他来到衢州，然后到牙商赵十二家住下。赵十二向他借钱不还，后与妻子共同将王七六谋害。赵十二夫妇为了发财而心狠手辣、无恶不作，充分暴露出凶残的本性。又如洪迈《夷坚乙志》卷三“浦城道店蝇”，写商人不幸被旅店老板夫妇诱杀，尸体被埋在旅店附近而引来许多苍蝇，后由苍蝇引路，官府来人而破了这起杀人案。

也有一些商人利欲熏心，把金钱看作上帝，是高于一切的东西，结果失去了自己的性命。如洪迈《夷坚支戊》卷一“陈公任”，陈公任是福建长乐县的巨商大贾，他与张世显、何仲立、仲济等十几个商人乘船经商，船到福建和浙江交界的凫鹰港，时值深夜二更天，船老大报告说船无故解体。张世显等立即冲出仓外上岸。只有陈公任、何仲立留恋财物而舍不得上岸，结果被淹死。正是人为财死，鸟为食亡。

还有一些商人修养较差，带有一种市井无赖的习气，如洪迈《夷坚丙志》卷十四“綦叔厚”，写一卖药老头出身市井，文士綦叔厚不小心碰了一下他，连忙向他赔礼道歉。他蛮横不讲理，不问青红皂白，便把綦叔厚的衣服撕个粉碎，并骂了几百句侮辱讥讽的话，表现了他心胸狭窄、品质恶劣的特点。再如洪迈《夷坚乙志》卷十一“米张家”，写阚喜夫妇把黄金白银暂时放在张商人家里，被他悄悄地用瓦砾替换。阚喜夫妇与他明争暗斗，但是最终还是没有取回原物，可见米张商人厚颜无耻、不讲基本的职业道德，表现出卑鄙的手段，反映出肮脏的灵魂。

从历史文献与笔记小说角度来看，这些商人形象具有一定的认识价值。笔记小说是作家在所见所闻的基础上进行艺术加工而成，生活真实性和艺术真实性较高，往往比通俗白话小说文献价值大。从宋代笔记小说和话本小说两个方面来看商人形象，对了解宋代小说中的商人形象会更全面一些。

宋代笔记小说所描绘的各种各样的商人形象，写出商人的多面性与复杂性，为中国古代小说人物画廊增添了新的色彩，其中有些人物形象在明清小说中被加以改编，对明清小说产生了一定的影响。

第二节

宋代海上贸易与宋代笔记小说中的海商形象

中国不仅有大陆文明，也有海洋文明。宋代海上贸易比较发达，促使宋代笔记小说中的海商形象大量出现。

宋代海上贸易的发展超过了唐代，海商随之大量增加。宋代笔记小说塑造了各种各样的中外海商形象，为中国古代小说人物画廊增添了新鲜感。宋代中外海商通过海上贸易对传播中外文明起了积极的推动作用。宋代海商形象写实倾向、时代特征相当突出。宋代海上贸易与宋代笔记小说中的海商形象，从一个角度表明宋代是开放型社会，反映出海洋文明的一些特色。

一

宋代海上贸易的发展超过了唐代，是我国海洋贸易史上第一个黄金时期，在世界海洋贸易史上可以与同期的阿拉伯海洋贸易相媲美，两者可以并称为9世纪至13世纪海洋贸易双雄。美国学者马润潮（Laurence J.C.Ma）说："在唐代以前，海上贸易均掌握在阿拉伯人的手中，而阿拉伯人则自第8世纪至15世纪期间控制世界贸易。但在此期间，中国人至少在东亚及东南亚地区与阿拉伯人分享了海洋的霸权。自晚唐至元朝国外贸易有极为壮观的成长，其主要原因之一为中国在海洋运输方面的不断改进。"（9）所论比较中肯。

宋朝制定了积极的外贸政策，采取了一系列得力的外贸措施，以促进与海外各国之商务关系。管理海外贸易的机构即市舶司由一个增加到十个。市舶司始设于唐玄宗开元年间（713—741年），"唐有市舶使，以右威卫中郎将周泽为之。唐代宗广德元年有广州市舶使吕太一"（10）。宋代在广州、杭州、明州（今宁波）、温州、泉州、密州、上海镇、秀州华亭县、秀州通惠镇、江阴等设有市舶司或市舶务，即共有十个市舶司或市舶务。市舶司的职责是"提举市舶司，掌蕃货、海舶、征榷、贸易之事，以来远人，通远物"（11）。"市舶司，掌市易南蕃诸国物资，航舶而至者。"（12）每当外商来往之时，市舶司例当设宴招待，谓之"犒设"。"蕃船初来，有下碇税，有阅货宴，所饷犀象香琲，下及仆隶。"（13）外国船舶多于每年十月归国，这时市舶司必设宴送别。"（绍兴十四年九月六日）提举福建路市舶楼寿言：臣昨任广南市舶司，每年于十月内依例支破官钱三百贯文，排办筵宴，系本司提举官同守臣犒设诸国蕃商等。"（14）"岁十月，提举（市舶）司大（犒）设蕃商而遣之。"（15）结果是"尝因犒设，蕃人大集府中"（16）。

宋朝对那些能招诱外商来华贸易、增加政府收入或负责搬运香药的官吏，多授予官爵或其他奖励。（17）凡诸市舶纲首，招诱舶舟，抽解至一定数额后，即可补官，官职的高低则依他所招诱的舶舟和抽解货物价值的多寡而定。"诸市舶纲首，招诱舶舟，抽解物货，累价及五万贯、十万贯者补官有差。大食蕃客罗辛贩乳香三十万缗，纲首蔡景芳招诱舶货收息钱九十八万缗，各补承信郎。闽广舶务监官抽买乳香每及一百万两转一官。"（18）官吏招徕外商多的，政府也有赐宴给以慰劳，"马亮……

以右谏议大夫知广州……海舶久不至，使招徕之，明年至者倍其初，珍货大集，朝廷遣中使赐宴以劳之”[19]。

由于宋代海上贸易发达，迫切需要了解海外诸国的地理、风土、物产等情况，所以当时便出现了一些介绍这些国家的地图和专书，北宋太宗太平兴国三年三月，“知广州李符献《海外诸域图》”[20]，真宗咸平六年五月，“知广州凌策献《海外诸藩地理图》”[21]。据赵汝适《诸蕃志》所载，与宋代直接或间接有贸易关系的国家有五十多个。宋代把印度支那南至南太平洋诸岛国，越马六甲海峡，所有印度洋沿岸国家，西历波斯、阿拉伯直至大秦以及中东诸国，统称为“南海诸国”或“海南诸国”。据赵汝适《诸蕃志》、周去非《岭外代答》所载，宋时来广州贸易较多的国家主要有：大食诸国（泛指阿拉伯半岛地区国家）、麻嘉（沙特阿拉伯麦加）、木兰皮（西班牙南部）、勿斯里（埃及开罗）、弼斯罗（伊拉克巴士拉）、白达（伊拉克巴格达）、大秦（罗马东部叙利亚一带）、鹏茄罗（孟加拉）、天竺（印度）、注辇（印度东南部）、故临（印度西南奎隆）、瓮蛮（阿拉伯联合酋长国阿曼）、细兰（锡兰）、浦里噜（马尼拉）、者婆（又名莆家龙，印尼爪哇中部）、登流眉（亦称丹流眉，马来半岛洛昆附近）、三佛齐（印尼苏门答腊东部）、巴林冯（印尼巨港）、渤泥（文莱）、兰无里（印尼苏门答腊西北角亚齐）、真理富（马来亚）、蓬丰（马来亚彭亨）、凌牙斯加（苏门答腊以东林加岛）、交趾（越南北部）、占城（越南南部）、真腊（柬埔寨）、蒲甘（缅甸）、暹（泰国北部）、罗斛（泰国南部）等。

来广州贸易的海外诸国，宋代史籍记载常以大食为首，如《宋会要辑稿·职官》四十四之一载：“凡大食、古罗、者婆、占城、勃泥、麻逸、三佛齐、宾同胧、沙里亭、丹流眉，并通贸易。”周去非《岭外代答》卷三载：“诸蕃国之富盛多宝货者，莫如大食国，其次者婆国，其次三佛齐国，其次乃诸国耳。大食者，诸国之总名也。有国千余，所知者，特数国耳。”大食人来中国贸易的每年都很多，“占城、大食之民，岁航海而来，贾于中国者多矣”[22]。宋人常常以大食人作为外国商人的代表，如朱彧说，广州“蕃人但不食猪肉而已”[23]，以信仰伊斯兰教不食猪肉的大食人作为广州蕃人的代表，可见广州大食商人之多。

大食之外，三佛齐与中国的贸易相当密切。因地理位置关系，三佛齐是南海诸国中一个重要的商品集散地。“三佛齐国在南海之中，诸蕃水道之要冲也。东自者婆诸国，西自大食、故临诸国，无不由其境而入中国者。”[(24)]三佛齐来中国很方便，“泛海便风二十日至广州。如泉州，舟行顺风，月余亦可到”[(25)]。三佛齐来广州的航线是：“三佛齐之来也，正北行，舟历上下竺与交趾洋，乃至中国之境。其欲至广州者入自屯二门，欲至泉州者入自甲子门。”[(26)]者婆与中国贸易往来也较方便，“者婆国，又名莆家龙，在海东南，势下，故曰下岸。广州自十一月十二月发船，顺风连昏旦，一月可到”[(27)]。与广州接境的中南半岛诸国，与宋朝的贸易也很频繁。如交趾，“岭南平后，交趾岁入贡，通关市。并海商人遂浮船，贩易外国物”[(28)]。高丽、日本与宋代尤其是南宋浙江明州、福建泉州往来贸易比较频繁。因此，中外海商随之大量增加。

宋代海上贸易十分繁荣，“贩海之商，……江淮闽浙处处有之”[(29)]。北宋神宗熙宁年间，“东南之利，舶商居其一”[(30)]。南宋时海上贸易更加发达，宋高宗清楚地认识到外贸在岁收方面的重要性，并于绍兴七年（1137年）颁发一诏令：“市舶之利最厚，若措置合宜，所得动以百万计，岂不胜取之于民。朕所以留意于此，庶几可以少宽民力。尔先是诏令知。”[(31)]高宗绍兴年间，仅广州一地进出口货物便很多，“市舶司掌市易南蕃诸国货物航舶而至者。初于广州置司，……以金、银、缗钱、铅、锡、杂色帛、精粗瓷器市易香药、犀角、象牙、珊瑚、琥珀、珠翡、宾铁、鼊皮、玳瑁、玛瑙、车渠、水精、蕃布、乌满、苏木之物”[(32)]。《宋史》卷一百八十六“食货志”所记与此相同。宋代海上贸易获利很大，是宋朝政府的一项重要财政收入。“市舶之利，颇助国用。”[(33)]宋朝每年市舶收入很多，“海舶岁入象、犀、珠、宝、香药之类，皇佑中五十三万有余，治平中又增十万，中兴岁入二百万缗”[(34)]。“哲宗元祐元年，杭、明、广三司市舶是年收钱、粮、香药等五十四万一百七十三缗、匹、斤、两、段、条、个、颗、只、粒。”[(35)]

二

宋代笔记小说描绘出绮丽的海岛风光和独特的海岛风情，展示出各种各样的中国海商形象以及他们丰富多彩、复杂多变的海洋生活。

描写海上风光与海岛奇珍异宝，借以展示海商好奇的心理，是这类小说的一个特点，让人耳目一新。如郭彖《睽车志》“仙山宝竹”，描写浙江四明地区有一个商人，每年都要出海做生意，一次商船被海风刮到海外仙山即普陀落伽山。他观看了金碧辉煌、宏伟壮观的宫殿和亭亭玉立的仙竹，并向当地长老要了一根旃檀林紫竹子。但他没有认识到这竹子是无价之宝，后被另一大岛上一个白发苍苍的老人以一箱珍珠换去。这个中国海商虽然胆大精明，好奇而善于探险，但比不上阅历深广的海岛老人。

描写出一些义商形象，他们善于经营，在发财之际仍然认为义重于利。如曾敏行《独醒杂志》“浮海获珠”，描写彭商人周游异域，观光游览，一饱眼福，并善于与海外商人做生意。彭商人见众人渴得可怜，便把蜜发送给他们。与彭商人同行的另一海商用各种陶瓷玩具换来许多珍珠，其中一颗巨大珍珠是宝物。在商船遇到狂风大浪将要倾覆之际，他果断献出这颗宝珠投入大海，使商船化险为夷，从而救了全船人的性命。彭商人及与其同行的另一海商既善于赚钱，又不是守财奴，在关键时刻把义放在首位，堪称义商。这些海商顾全大局，认为人的生命高于金钱，可敬可佩。

描写落难海商与岛上女子的故事，展示海岛风情，表现海商恋情与乡情的矛盾。如洪迈《夷坚甲志卷第七·岛上妇人》：“泉州僧本偁说，其表兄为海贾，欲往三佛齐。法当南行三日而东，否则值焦上，船必糜碎。此人行时，偶风迅，船驶既二日半，意其当转而东，即回舵，然已无及，遂落焦上，一舟尽溺。此人独得一木，浮水三日，漂至一岛畔。度其必死，舍木登岸。行数十步，得小径，路甚光洁，若常有人行者。久之，有妇人至，举体无片缕，言语啁哳不可晓。见外人甚喜，携手归石室中，至夜与公寝。天明，举大石室其外，妇人独出。至日晡时归，必赍异果至，其味珍甚，皆世所无者。留稍久，始听自便。如是七八年，生三子。一日纵步至海际，适有舟抵岸，亦泉人，以风误至者，及旧相识，急登之。时妇人继来，度不可及，呼其人骂之。极口悲啼，扑地，气几绝。其人从蓬底举手谢之，亦为掩涕。此舟已张帆，乃得归。”《夷坚支甲卷第十·海王三》故事情节、人物形象与此相近。这两个落难海商与海岛女子结合，本是求生权宜之法。但在一起生活数载，感情越来越深，由婚姻而产生爱情。但落难海商始终想念中原，因而一旦有机会便脱身离开海岛，回到中国。当他们即将离开海岛，看到岛上女子悲痛欲绝的样子，自己也痛哭忏悔。这样便刻画出落难海商的内心世界及其情感的复杂性，表现出他们既敢于冒险又善于生存的生活特点，展示出他们乡情与恋情之间的矛盾，揭示出原始海商的一些人性本质。再如，《夷坚志补卷第二十一·鬼国母》：“建康巨商杨二郎，本以牙侩起家，数贩南海，往来十有余年，累赀千万。淳熙中，遇盗于鲸波中，一行尽遭害。杨偶先坠水得免，逢一木，抱之沉浮，自分必死，经两日，漂至一岛，舍而登岸，信脚行。俄入一洞，其中男女杂沓，争来聚观，大抵多裸形，而声音可辨认。一妇人若最尊者，称为鬼国母，侍卫颇众，骇曰：‘此间似有生人气。’遣小丫鬟出探，则见杨，遽走报。母令引当前，问之曰：‘汝愿住此否？’杨自念无际可脱，姑委命逃生，应曰：‘愿住。’母即吩咐鬟为治一室，而使为夫妇……”这里的鬼国，其实是海岛中一个母系氏族部落，鬼国母便是这个母系氏族部落的首领。为了求生，杨二郎暂时听从了鬼国母的安排，与其丫鬟结婚。但他思念中原，找机会返回家乡。作者对复杂多变的海洋世界解释不尽，便借助于鬼神方式，采用幻觉形式，让杨二郎回到中原，与家乡妻子团圆。这篇小说表现出杨二郎求生的本能，也展示出他对家乡亲人感情的真挚深厚。又如，《夷坚志补卷第二十一·猩猩八郎》：“金陵商客富小二，以绍兴间泛海，至大洋，觉暴风且起，唤舟人下碇石整帆樯以为备，未讫而舟溺。富生方立蓬顶，与之俱坠，急持之。漂荡抵绝岸。行数十步，满目皆山峦，全无居室，饥困之甚，值一林，桃李累累垂实，亟采食之。俄有披发而人形者，接踵而至，遍身生毛，略以木叶自蔽。逢人皆喜，夹以归，言语极啁啾，亦可晓解。每日不火食，唯啖生果。环岛百千穴，悉一种类，虽在岩谷，亦秩秩有伦，各为匹偶，不相糅杂。众共择一少艾女子以配富，旋诞一男。富夙闻诸舶上老人，知为猩猩国，生儿全肖父，但微有长毫如毛。时虑富窜伏，才出辄运巨石窒其窦，或倩他人守视。既诞此男，乃听其自如。时时偕往深山，摘采果实。自料此生无由返故乡，而妻以韶秀，颇安之，凡三岁。因携男独纵步，望林杪高桅，趋而下，为主人道其故，请得附近，许之，即抱男以登。无来追者，遂得归。”这里所谓的猩猩，其实是海岛上的一种人。从男女相悦及他们所生的小孩，便可以进一步看出他们皆是人类而属于不同的人种。虽然人种与语言不同，但男女之间的情爱却是共同的。富生表面上对海岛温馨和谐的生活比较满意，但实际上也处于乡情与恋情的矛盾之中，所以一旦返回中原的机会来临之际，他便果断地抱着小孩登船而去。

一些海商老于世故，凭借权势、利用丰富的社会经验进行海上贸易。他们个性鲜明，表现出深广的社会内涵。如罗大经《鹤林玉露》丙编卷之二“老卒回易”：“王尝春日游后圃，见一老卒卧日中，王蹴之曰：‘何慵眠如是？’卒起身喏，对曰：‘无事可做，只得慵眠。’王曰：‘汝会做甚事？’对曰：‘诸事薄晓，如回易之类，亦粗能之。’王曰：‘汝能回易，吾以万缗付汝，何如？’对曰：‘不足为也。’王曰：‘付汝五万。’对曰：‘亦不足为也。’王曰：‘汝需几何？’对曰：‘不能百万，亦五十万乃可耳。’王壮之，予五十万，恣其所为。其人乃造巨舰，极其华丽。市美女能歌舞音乐者百余人，广收绫锦奇玩、珍馐佳果及黄白之器；募紫衣吏轩昂闲雅若书司、客将者十数辈，卒徒百人。乐饮逾月，忽飘然浮海去，逾岁而归。珠犀香药之外，且得骏马，获利几十倍。时诸将皆缺马，惟循王得此马，军容独壮。大喜，问其何以致此，曰：‘到海外诸国，称大宋回易使，谒戎王，馈以绫锦奇玩。为具招其贵近，珍馐毕陈，女乐迭奏。其君臣大悦，以名马易美女，且为治舟载马，以珠犀香药易绫锦等物，馈遗甚厚，是以获利如此。’王咨嗟褒赏，赐予优渥。问：'能再往乎？' 对曰：'此戏幻也，再往则败矣，愿仍为退卒老园中。'" 老卒有循王撑腰，敢作敢为，老谋深算，冒充"大宋回易使"，凭借特殊的政治权势，私营海外贸易。他的这种海上贸易方式，反映出社会上层一些实质，对他们的嗜好以及他们之间的供需关系揭示得入木三分。这个老卒是一位个性鲜明的海商，他看透了各国社会上层人物的本质特点，摸清了海上贸易的行情，阅尽人间商情。他也有自知之明，能进能退，善始善终。

一些海商惨遭不幸，被岛人欺侮折磨或被海盗杀害。如《夷坚甲志卷第十·昌国商人》，描写宣和年间明州昌国有一些人做海商，到一个巨岛砍柴，其中一个海商不幸被岛人抓住。岛人把他当作玩物，用烧红的铁箸灼其股使他顿足号呼，他们把游戏和快乐建立在中国海商的痛苦之上。这个海商经过多次折磨，逐渐看出其中的名堂，在遭灼时忍痛不作声，后来找机会终于脱离魔掌。这篇小说真实地描写出中国海商的苦难生活，也表现出他们坚强的意志和超人的耐力。再如《夷坚丙志第十三·长乐海寇》："绍兴八年，丹阳苏文灌为福州长乐令，获海寇二十六人。先是，广州估客及部官纲者凡二十有八人，共僦一舟，舟中篙工、舵师人数略相敌，然皆劲悍不逞，见诸客所赍物厚，阴作意图之。行七八日，相与饮酒，大醉，悉害客，反缚投海中。" 海盗图财害命，这批海商便葬身鱼腹。海商不仅受到狂风巨浪的袭击，而且时常遭到海盗的残害，可见他们生活之艰辛悲惨。宋代笔记小说反映海商生活在深度和广度上皆达到较高的水平。

三

宋代笔记小说塑造出一系列外国海商形象。

唐代外商居留中国做买卖的已经很多，宋代海外贸易比唐代更加发达，因此宋代的外商在中国比唐代更多。在广州、杭州、明州、扬州等城市，有大批外国海商。"越商海贾，朝盈夕充。"[36]"广州多蕃汉大商。”[37]这里所说的蕃商多数是指外国商人，而其中大多数是大食和东南亚各国商人，太祖“开宝四年，置市舶使于广州，……凡大食、古罗、者婆、占城、勃泥、麻逸、三佛齐诸蕃，并通贸易”[38]。“大贾自占城、真腊、三佛齐、者婆涉海而至，岁数十舵。”[39]

随着宋代对外贸易的扩大，中国的蕃商越来越多，有的蕃商长期居住下来，与华人杂处，“诸国人至广州，是岁不归者，谓之住唐”[40]。“番禺有海獠杂居，其最豪者蒲姓，号白番人，本占城之贵人也。既浮海而遇风涛，惮于复反，乃请于其主，愿留中国，以通往来之货。”[41]当时有所谓“土生蕃客”[42]之称，和“诸国蕃客到中国居住已经五世”之事。在泉州“三佛齐海贾，以富豪宅，生于泉者，其人以十数”[43]。

宋政府在广州、泉州、明州等城市划定一个地区给外商居住，称为“蕃坊”[44]。蕃坊也有称作“蕃巷”的。[45]据日本学者桑原骘藏考证，海山楼“在广州府城之南，珠江之北岸，蕃坊亦在此”[46]。泉州称外商聚居处为蕃人巷。《方舆览胜·福建路·泉州》载：“诸蕃有黑白两种，皆居泉州，号‘蕃人巷’。”“广州蕃坊，蕃人衣装与华异，饮食与华同。海外诸国人聚居，置蕃长一人。”[47]“蕃长”在蕃人中挑选，由中国政府任命，授予官衔。蕃长的办事机关称为“蕃长司”，所用的“巾袍履笏如华人”，其职责是“管勾蕃坊公事，专切招邀蕃商入贡”[48]，协助市舶司摘引外商来华贸易。

为了专门培养外商子弟和外国学生，宋政府在广州等地办有“蕃学”。北宋中叶，程师孟知广州时说：“大修学校，日引诸生讲解，负笈而来者甚众，诸番子弟皆愿入学。”[49]宋徽宗“大观政和之间，……广州泉南请遣番学”[50]。有了专门为外国子弟设立的蕃学，“将见诸蕃之遣子弟，仰承乐育者，相望于五服之南矣”[51]。“蕃学”之外还有“蕃市”[52]，是专门为外商设置的贸易市场。为了增进海外贸易，宋政府对外商还给予多种优待。例如广州的外商若需要贷款，随时可以专门向海商放债者借贷，债息并不重。“广人举债总一倍，约舶过回偿，虽任蕃十年不归，息亦不增。”[53]又如宋真宗咸平元年（998年）八月，大食国王托人在广州“买钟，除纳外，少钱千三百余贯”，宋政府认为“宜示优恩，特免追收”[54]。为了招徕外商，广州官吏特地开凿了内河，以便外船停泊：“邵晔知广州，凿内濠以舶舟楫，不为飓风所害。”[55]

宋代海上贸易发达，外商居留中国人数多而且时间长，与中国人互通婚姻的机会自然增多。如知广州“连南夫奏至其一项市舶司全藉蕃商来往贸易。而大商蒲亚里者，既至广州，有右武大夫曾纳利其财，以妹嫁之。亚里因留不归。上今委南夫劝诱亚里归国，往来干运蕃货，故圣谕及之”[56]。

宋代笔记小说描写出外国海商的形象特征及其对中国友好的态度。如《夷坚乙志卷第八·无缝船》：“绍兴二十年七月，福州甘棠港有舟从东南漂来，载三男子、一妇人，沉檀香数千斤。其一男子，本福州人也，家于南台。向入海，失舟，偶值一木浮动，得至大岛上。素喜吹笛，常置腰间。岛人引见其主，主夙好音乐，见笛大喜，留而饮食之，与屋以居，后又妻以女。在彼十三年，言语不相通，莫知何国。而岛中人似知为中国人者，忽具舟约同行，经两月，乃得达此岸。甘棠寨巡检以为透漏海舶，遣人护至闽县。县宰丘铎文昭招予往视之。其舟刳巨木所为，更无缝罅，独开一窍出入。内有小仓，阔三尺许，云女所居也。二男子皆其兄，以布蔽形，一带束发，跣足。与之酒，则跪坐，以手据地如拜者，一饮而尽。女子齿白如雪，眉目亦疏秀，但色差黑耳。予时以郡博士被檄考试临漳，欲俟归日细问之。既而县以送提舶司未反，予亦终更罢去，至今为恨云。”海商外貌描写准确生动，突出了他们的眼睛、皮肤、服装等的独特之处，寥寥数笔便勾勒出外国海商的形象特征，也揭示出他们美好的内心世界。他们在中国海商落难之际，伸出援救之手，后结为姻亲，这是原始人道主义精神的一种表现。十三年后，他们共同来中国进行贸易活动，表现出对中国的友善。中国人对他们也很友好。在这些外国海商身上，海上贸易与友好往来融为一体，他们会给世界贸易带来福音，永远值得人们尊敬。

描写外国海商的家庭日常生活，如洪迈《夷坚支戊卷第二·海船猴》：“广州海山楼下客商舶船……”海山楼是外商在广州居住的蕃坊。本来这个外国海商家庭的日常生活是很幸福的，但与所养猴子过分亲密，结果导致婴儿被猴摔死。海商气愤地把猴杀死。此篇细节描写逼真传神，生动地刻画出这个海商没有及时防患而痛恨无及的心理状态。再如朱彧《萍洲可谈》卷二：“元祐间（1086—1094），广州蕃坊，刘姓人娶宗女，官至左班殿直……”外商娶了皇室宗女为妻，当然当时朝廷并不知道他是外国人。他在中国生活时间很长，并且做官顺利。由此可以看出，外国海商在中国所过的生活与中国人相近。他们中有些人已经把中国当作自己的家乡，中外距离在他们身上已经缩小。

有些外国海商比中国海商更精明，如《夷坚支丁卷第三·海山异竹》：“温州巨商张愿，世为海贾，往来数十年，未尝失时。绍兴七年，涉大洋，遭风漂其船，不知所居。经五六日，得一山，修竹戛云，弥望极目。乃登岸，伐十竿，拟为篙棹之用。……十竹已杂用其九。临抵岸，有倭客及昆仑奴，望桅樯拊膺大叫‘可惜’者不绝口。既泊缆，众凝睇船内，见一竹存，争欲辍买，曰：‘吾不论价。’愿度其意必欲得，试需二千缗。众齐声答曰：‘好。’即就近取钱以偿。愿曰：‘此至宝也，我适相戏耳。非五千缗勿复议。’昆仑尤喜，如其数，辇钱授之，而后立约。约定，愿问之曰：‘此竹既成交易，不可翻悔。然我实不识为是何宝物，而汝曹竟欲售如此。盍为我言之？’对曰：‘此乃宝伽山聚宝竹，每立竹于巨浸中，则诸宝不采而聚。吾毕世舶游，视鲸波拍天如平地。然但知竹名，未尝获睹也。虽累千万价，亦所不惜。’愿始嗟叹而付之。”倭客指日本商人，昆仑奴泛指西域商人和阿拉伯商人。他们知道海山异竹为聚宝竹，是无价之宝。但世为海贾的中国海商张愿却不识此竹价值连城。因此，他虽然在第一个回合凭多年来的海商经验把价格由二千串钱涨到五千串钱，但由于不识宝货而在第二个回合便把无价之宝卖给外国海商了。表现出张愿虽见多识广、老于世故，但外国海商更是善于商战、技高一筹。真是天外有天、人外有人。这篇小说把中外海商的交易活动描绘得活灵活现，把外国海商的声音、行动、神态、心理等描写得惟妙惟肖、细致入微。

四

宋代笔记小说所描绘的中外海商形象在中国古代小说的人物画廊中给人以新鲜感。其中洪迈《夷坚志》、郭彖《睽车志》、曾敏行《独醒杂志》、罗大经《鹤林玉露》、张师正《括异志》、朱彧《萍洲可谈》等对中外海商形象描写较多。

宋代海商形象写实倾向、时代特征相当突出。其中一些海商是实有其人、实有其事。宋代笔记小说中宋代海商与唐代海商具有一些不同的特征。总体而言，宋代海商写实倾向比较鲜明，唐代海商写虚倾向更为明显。随着时代的发展、科学技术的进步，宋人对海洋的认识比唐人更多一些，因而对宋代海商生活的了解也更多一些，描写宋代海商的现实内容自然而然增加了，这些小说在篇首或篇末往往有某某说或某某亲见、某某亲闻等字样。但在塑造唐代海商时更多地借助于丰富的想象力，运用夸张等手法进行虚构，充满浪漫情思。如刘斧《青锁高议》“王榭奇遇乌衣女”。王榭是唐朝时金陵人，祖父、父亲几代人都是以航海为业，到海外做生意。他从小就跟随祖父、父亲出海，长大后不仅熟悉航海技术，而且懂得经商窍门。一天他驾驶着大船到大食国去做生意，船行了一个多月，在海上遇到狂风大浪被吞没，他在危急之中抓住了一块破损的船板漂到燕子国。燕子国人救了他，并把女儿嫁给他。他在那里生活美满，但过了一段时间就非常思念家乡。国王便让他乘上飞云轩腾空而起，飞越重洋回到中原。燕子国的妻子对他非常思念，她与王榭借助燕子传递相思诗。乌衣女指燕子，燕子具有人的情感，亦燕亦人。王榭更是经历不凡，能够飞行。此篇构思独特，充满奇妙的幻想，带有荒诞的意味。这与宋代海商形象写实倾向显然不同。

一些篇章以写实为主，同时在写实中采用了夸张手法，反映了宋代海商对海洋世界的初步认识，也表现出海商和作者对海洋及一些难以了解的事物的探险精神和恐惧心理，展示出一些时代特征。如《夷坚乙志卷第八·长人国》:“明州人泛海，值昏雾四塞，风大起，不知舟所向。天稍开，乃在一岛下。两人持刀登岸，欲伐薪，望百步外有筱篱，入其中，见蔬茹成畦，意人居不远。方蹲距摘菜，忽闻拊掌声，视之，乃一长人，高出三四丈，其行如飞。两人急走归，其一差缓，为所执，引指穴其肩成窍，穿以巨藤，缚诸高树而去。俄顷间，首戴一镬复来。此人从树杪望见之，知其且烹己，大恐，始忆腰间有刀，取以斫藤，忍痛极力，仅得断，遽登舟斫缆，离岸已远。长人入海追之，如履平地，水才及腹，遂至前执船。发劲弩射之，不退。或持斧斫其手，断三指，落船中，乃舍去。指粗如椽。徐兢明叔云尝见之。”篇末说徐兢曾经见到岛上巨人，说明实有其事。但描写巨人高出三四丈，其行如飞，手指粗如椽，便是实上加虚，带有夸张。再如《夷坚丙志卷第六·长人岛》:“密州板桥镇人航海往广州，遭大风雾，迷不知东西，任帆所向。历十许日，所赍水告竭，人畏渴死，望一岛屿渐近，急奔赴之。登其上，汲泉甘甚，……俄有巨人四辈至，身皆长二丈余，被发裸体，唯以木叶蔽形。……海于天地间为物最钜，无所不有，可畏哉。”岛上巨人是原始部落的一个人种，体形高大，与一般人不同。海商对他们不了解。巨人对海商不友好并追捕他们，他们感到害怕异常。篇末是海商和作者的共同感慨，表现对海洋的认识与恐惧。又如，《夷坚志补卷第二十一·海外怪洋》:“大观中，广南有海贾使帆，风逆，飘至一所。舟中一客，老于海道，起，四顾变色，语众曰:‘此海外怪洋，我昔年飘泛至此，百怪出没，几丧厥生。今不幸再来，性命未可知也！’至日没，天水皆黄浊，有独山峙水中央，山巅大石崩，巨声振厉，激水高丈余，黑云亘山，横起云中。两朱塔，隐隐然有光。老者趋移舟，曰:‘是龙怪也。’令众持弓矢满引，鸣钲鼓，叫噪而行。巨人长丈余，出水面，持金刚杵，稍逼舟次。众齐声诵观音救苦经文，乃没……”这些海商尤其是老海商具有强烈的探险精神，一辈子在惊涛骇浪中积累了丰富的航海经验，但对海外怪洋及岛上巨人也了解不透、解释不清。但他们足智多谋，随机应变，能够转危为安。就这篇小说的主导倾向而言，是采用客观叙述的方式，但在对龙怪和巨人的描写上，又是实中含虚。表现出海商对海洋奥秘的探索与惊恐，反映了10世纪至13世纪海洋、海岛以及岛民与海商生活的一些原始性。这篇小说情节描写虚实结合，扣人心弦，给人以惊心动魄之感。

宋代海上贸易与宋代笔记小说中的海商形象，从一个角度表明宋代是开放型社会。宋代丝绸之路不如唐代那样畅通，因而海上贸易就显得更为重要，也从一个角度反映出海洋文明的一些特色。宋代大陆文明程度很高，海洋文明也相当发达。马润潮说："在8世纪以前，中国的国外贸易主要以内陆地区为目标，这种陆上的商业，大都经由骆驼商队，西行穿梭于中国土耳其斯坦及中央亚细亚之间所完成。无可否认，自汉代以来，已经与印度及中东地区有了重大的海上贸易，但一直到晚唐及宋代，海上贸易才在中国的经济上担当了重要角色。大的沿海城市在那时实际上尚未发现，可能广州是唯一的例外。但到宋代时，海上贸易规模之大，已可视为是世界伟大海洋贸易史上的第一个时期。也就是跨过了大海，中华文化的影响力乃得以远播。"(57)所论确有一些道理。宋代笔记小说中的海商与历史上的海商有些是相同的，小说人物与历史人物在一定程度上相吻合。当然有一些海商是虚构的，但也是根据当时的海上贸易和海商形象进行艺术加工的，在一定程度上达到了艺术真实与历史真实的统一，反映了那个时代的一些特征。宋代中外海商通过海上贸易对传播中外文明起了积极的推动作用，这在笔记小说中得到了形象生动的反映。

第三节

宋代笔记小说中的商人形象在中国戏剧影视中的演变与发展

宋代笔记小说中的商人形象为中国戏剧影视提供了新鲜的内容、重要的题材，各种各样的商人形象尤其是海商形象，让人耳目一新，为中国海洋文明发展提供了一个重要的路径。

宋代笔记小说中的儒商形象应该改编成有关戏剧影视。儒商强调并且尊奉道德修养是为人的根本。《礼记·大学》:“君子先慎乎德,有德此有人,有人此有土,有土此有财,有财此有用。德者本也,财者末也。”儒商重视仁爱精神。《论语·雍也》:“子贡曰:如有博施于民而能济众,何如?可谓仁乎?子曰:何事于仁,必也圣乎!尧舜其犹病诸!夫仁者,己欲立而立人,己欲达而达人。”自己对人建立仁爱之心,别人才会对你仁爱,自己对人豁达宽容,别人才会对你豁达宽容。《孟子·告子上》:“有天爵者,有人爵者。仁义忠信,乐善不倦,此天爵也。”遵从仁义忠信,不厌倦地乐于行善。

明清两代儒商形象在有关戏剧影视中表现得比较充分,显得丰富多彩,例如《红顶商人胡雪岩》《乔家大院》《晋商》《白银谷》《票号》《走西口》等。比较而言,宋代笔记小说中的儒商形象改编成有关戏剧影视比较少,应该不断加强。

宋代笔记小说中的义利兼顾的商人形象应该改编成有关戏剧影视。宋代笔记小说中的义利兼顾的商人形象所占比例较大,改编成有关戏剧影视的素材较多,值得积极探索。义利兼顾的商人重视强大者不控制弱小者、富足者不欺侮贫困者。《墨子·兼爱》:“天下之人皆相爱,强不执弱,众不劫寡,富不侮贫,贵不敖贱,诈不欺愚。”《论语·述而》:“子曰:‘饭疏食,饮水,曲肱而枕之,乐亦在其中矣。不义而富且贵,于我如浮云。’”《孟子·滕文公上》:“有恒产者有恒心。”这些经典语录对义利兼顾的商人产生了很大的影响。

宋代笔记小说中的奸商形象应该改编成有关戏剧影视,对一些奸商进行鞭挞,让人们引以为戒。

宋代海上贸易与宋代笔记小说中的海商形象应该改编成有关戏剧影视,这是重点,也是一个薄弱环节。有些人认为中国是大陆文明,欧美是海洋文明,其实这种看法有片面性。中国大陆文明与海洋文明都比较发达,大陆文明在有关戏剧影视中表现得较多,也比较深刻。但是,中国海洋文明在有关戏剧影视中表现得太少,主要集中在有关“郑和下西洋”戏剧影视上，戏剧影视对宋代海上贸易与宋代笔记小说中的海商形象表现得极少。我们应该用戏剧影视大力表现宋代海上贸易与宋代笔记小说中的海商形象，从一个方面表现中国的海上丝绸之路的发展与变化，增强中国人对海洋文明的自信心与开拓精神。宋代海上贸易与宋代笔记小说中的海商形象改编成有关戏剧影视，是一件具有创新意义、具有很高的艺术价值与现实意义的大事。可以说是：海阔凭鱼跃，天高任鸟飞。广阔海洋，大有作为。

宋元明清及近现代，在南海民间海上贸易断断续续地进行，其中有些海商由于台风、海盗、海难等原因，长期滞留在东南亚部分国家，其中部分海商与当地居民结婚生孩子，因此，东南亚部分国家华裔较多。

明代明成祖时期，郑和七次下西洋，从官方来说主要是政治活动，其实对民间海上贸易起了促进作用。郑和七次下西洋之后，明清官方海上活动趋于式微，但是民间海上贸易以各种各样的形式时断时续地保持至今。

《红楼梦》贾探春远嫁爪洼国（今印度尼西亚一带），说明明清时期部分人有海洋意识与航海经验，创新意义比较明显。从一个方面说明清代与东南亚部分国家有海上贸易活动。

据2017年8月4日中国互联网络信息中心发布的《第40次中国互联网发展状况统计报告》显示，中国网民规模达7.51亿，网络普及率达到53.6%，网民规模已经相当于欧洲人口总量。[58]因此，网络影视的现有受众与潜在受众是巨大的，网络影视叙事的方式方法与途径是十分重要的。我们应该把宋代海上贸易与宋代笔记小说中的海商形象改编成有关网络影视，从一个方面传播中国海上丝绸之路以及有关海洋文明，从一个角度探讨一带一路倡议，有助于中国当今海洋文明建设。

注释：
／
Notes

（1）丁特起：《靖康纪闻》。

（2）李焘：《续资治通鉴长编》卷八十五“大中祥符八年十一月己巳”，上海古籍出版社1986年影印本。

（3）吴自牧：《梦粱录》卷十三，浙江人民出版社1984年版。

（4）吴自牧：《梦粱录》卷十六“米铺”。

（5）李焘：《续资治通鉴长编》卷二百六十二。

（6）参见徐松：《宋会要辑稿》选举三之二十五，中华书局1957年影印本。

（7）程颐：《河南程氏遗书》卷二十二《附杂录后》。

（8）《论语》“述而”。

（9）［美］马润潮：《宋代的商业和城市》第三章第一节“海外运输及贸易区域”，马德程译，台湾“中国文化大学出版部”1985年版。

（10）马端临：《文献通考》卷六十二“提举市舶”，四库全书本。

（11）《宋史》卷一百六十七“职官志”，中华书局1985年标点本。

（12）《宋会要辑稿·职官》四十四之一。

（13）《广东新语》卷十五“货语”。

（14）《宋会要辑稿·职官》四十四之二十四。

（15）周去非：《岭外代答》卷三“航海外夷”，四库全书本。

（16）朱彧：《萍洲可谈》卷二，四库全书本。

（17）参见关履权：《宋代广州的海外贸易》，广东人民出版社1987年版。

（18）《宋史》卷一百八十七“食货志”。

（19）《宋史》卷二百九十八“马亮传”。

（20）王应麟：《玉海》。

（21）《续资治通鉴长编》卷五十四“咸平六年五月乙卯条”。

（22）王禹偁：《小畜集》卷十四“记孝”，四部丛刊本。

（23） 朱彧：《萍洲可谈》卷二。

（24） 周去非：《岭外代答》卷二“三佛齐国”。

（25） 《文献通考》卷三百三十二“四裔九·三佛齐”。

（26） 周去非：《岭外代答》卷三“航海外夷”。

（27） 周去非：《岭外代答》卷三“航海外夷”。

（28） 《宋史》卷二百六十八“张逊传”。

（29） 《敝帚稿略》卷一。

（30） 《宋会要辑稿·职官》四十四之四。

（31） 《宋会要辑稿·职官》四十四之二十。

（32） 《宋会要辑稿·职官》四十四之一。

（33） 《宋会要辑稿·职官》四十四之二十四。

（34） 《粤海关志》卷二。

（35） 《文献通考》卷二十“市籴一”。

（36） 《玉照新志》卷二，引李元叔《广汴都赋》。

（37） 《续资治通鉴长编》卷九十四。

（38） 《宋史》卷一百八十四“食货志·互市舶法”。

（39） 洪适：《盘洲文集》“帅吴堂记”，四库全书本。

（40） 朱彧：《萍洲可谈》卷二。

（41） 岳珂：《桯史》卷十一“番禺海獠”。

（42） 《宋会要辑稿·职官》四十四之八。

（43） 林之奇：《拙斋文集》卷十六。

（44） 《宋会要辑稿·职官》四十四之九。

（45） 参见洪迈：《夷坚丙志》卷十六“广州女”。

（46） ［日］桑原骘藏：《蒲寿庚考》，中华书局1954年版译本，第55页。

（47） 朱彧：《萍洲可谈》卷二。

（48） 朱彧：《萍洲可谈》卷二。

（49） 王象之：《舆地纪胜》，《明一统志》卷七十九“广东名胜志”。

（50） 蔡绦：《铁围山丛谈》卷二。

（51） 《宋会要辑稿·崇儒》二之十二。

（52）《续资治通鉴长编》卷一百二十八“康定元年八月己酉”。

（53）朱彧：《萍洲可谈》卷二。

（54）《宋会要辑稿·蕃夷》四之九十一。

（55）释文莹：《玉壶清话》卷三。

（56）《宋会要辑稿·职官》四十四之二十。

（57）［美］马润潮：《宋代的商业和城市》，第23页。

（58）参见2017年8月4日中国互联网络信息中心（CNNIC）发布的《第40次中国互联网发展状况统计报告》。

Chapter 4
第四章

宋代笔记小说中的妇女形象及与其相关的戏剧影视

第一节

宋代笔记小说中的妇女形象及其时代特征

宋代笔记小说中的妇女形象及其时代特征比较明显。

唐代小说中较多的是宦女、妓女、侠女形象，宋代笔记小说中才女、智女、贤女、恶女形象比较突出。妇女形象是时代的风景线，时装往往在妇女身上表现得相当突出，她们常常代表着时尚。小说中的妇女形象与时代气息密切相关，尤其是笔记小说写实性较强，时代气息尤为浓厚。就其主流而言，唐代小说中宦女、妓女、侠女形象表现出唐人风流浪漫、比较开放的时代特点，而宋代笔记小说中的才女、智女、贤女形象则展示出宋人温文尔雅、比较柔弱的时代特征。恶女形象则反映了人们对这一社会问题的重视。

一、才女

我国历史上才女辈出，宋代更为突出，据胡文楷《历代妇女著作考》(1)载，宋代有著作的才女将近唐代的三倍，著名的有李清照、魏夫人、朱淑真、史琰、杨太后、碧桃等。宋代实行文官政治，(2)文士地位比较高，因而女子对文才特别重视，能诗善文的才女所占比例也就比较大。如张端义《贵耳集》“绿衣女童”：“真宗宴近臣，语及庄子忽命秋水，至则翠鬟绿衣一小女童诵秋水一篇。”女童能够背诵《庄子》，可见她受到了较好的文化教育，这个女神童反映出当时女子重文的社会风气。洪迈《夷坚乙志》卷三“陈述古女诗”，写陈述古诸女多能诗文，可见当时家庭注重对女子进行文化教育。但是，女子不能参加科举考试，因此才女出路很少，一些才女性情淡泊，积极追求自己的美好理想，喜欢毕生自由自在。如《夷坚志补》卷十三“刘女白鹅”，写刘女很聪慧，喜欢写诗作文，九岁时能与儒道之人谈论深奥的道理。她从来不吃荤菜，长大后不愿嫁人，父母强迫她出嫁，她勉强同意，但在出嫁路上突然乘白鹅而去。再如《夷坚三志》壬卷五“邓氏紫姑诗”，才女紫姑擅长作诗，才思敏捷，机警迅速，出口成章，如：“武陵溪上旧时花，两岸晴红烂彩霞。试问刘郎缘底事，花开时节未还家。”她受到许多人的重视和欢迎，最后成了女神仙。《夷坚乙志》卷十三“九华天仙”，才女九华天仙赋诗，预见金兵将大举进犯，后来果然不出所料，她具有预言家的本领。

文士非常羡慕才女，从一个方面表现出才女在社会上尤其在青年男士中的良好形象。如张君房《乘异记》“诗会神女”，写文士张士杰对才女非常崇拜，以至出现诗会神女的妙境。再如《夷坚乙志》卷十“梦女属对”，写文士喻叔奇梦见才女与他作诗对吟、流连忘返。有些才女与书生自由恋爱，如《夷坚支丁》卷二“小陈留旅舍女”，写双髻才女与书生黄寅相互爱慕，以诗传情，纯真的感情越来越深。后来才女变成女神，仍然眷恋人间书生，与书生谈情说爱，私自结合。在封建社会，婚姻大事由父母之命、媒妁之言来定。才女与书生冲破了这一封建枷锁，具有一定的进步意义。

一些才女有才无人赏识、遭遇不幸，如刘斧《青琐高议》前集卷三“王琼奴含恨题辞”，写王郎中的爱女琼奴生得聪明俏丽，父母把她视为掌上明珠。她在幸福的家庭中受到良好的教育，读经、吟诗、弹琴、刺绣，样样皆通，被乡邻赞为才女。天有不测风云，人有旦夕祸福，王郎中夫妻突然病逝，心地歹毒的哥嫂不顾妹妹琼奴的死活，将家中所有值钱的东西席卷而去。琼奴孤苦伶仃，独自支撑了一段时间，但粮食和衣服渐渐没有了，只得嫁给一个老头做妾，受尽正房妻子的虐待与折磨。她万般无奈，把满腔悲苦和愤恨用诗倾泄，题写在墙上：“父丧母死，从其家世所有悉归扫地。兄弟散去，各逐妻子，使我流离狼狈，茫然无归。幼年许嫁与清河张氏，追其困苦，遽弃前好，终身知无所偶矣。偷生苟活，将以全身，岂免编身于人，遂流落于赵奉常家。……遽见弃于主母，日加鞭捶……”琼奴的不幸遭遇，反映出女子虽有才华但无依靠和钱财在那个时代没有出路，也表现出世态炎凉、人间冷酷。再如《夷坚支乙》卷八“杨政姬妾”，写将军杨政拥有几十个姬妾，个个长得如花似玉，并且音乐才能出众，但命运掌握在杨政手中，他想打就打、想杀就杀，因而这些才女有才能却得不到正常发挥，过着痛苦的生活。又如《夷坚志补》卷八“真珠族姬”，写才女真珠缺乏社会经验，被人诈骗，惨遭不幸，被人玩弄，被人拐卖。这清楚地表明，才女在封建社会没有地位，社会并不重视才女，她们有各种各样的才华却无处发挥。

历史著作中才女已有一些，如班昭、蔡琰、谢道韫、上官婉儿等在汉书、南北朝史、唐书有关部分有所记述。用小说大规模的描绘才女形象，这在宋代以前是比较少的，这表现了宋代作家对才女的普遍重视。

二、智女

宋代社会重文轻武，这种社会风气影响了许多女子。她们武功不行，但智慧超群，凭自己的聪明才智战胜了各种困难。如《夷坚丙志》卷十三“蓝姐”，写京东人王知军家的婢女蓝姐，在三十几个强盗到主家抢劫时自知无法与他们硬拼，也难以立即喊人来驱盗，便心生一计，于是从容应付，却暗以烛泪遍污各盗的白布袍之背作为破案的线索。事后官府据此捕盗，全数皆获，财物亦无所失。这充分表现了蓝姐仓促应变的奇智。再如《夷坚甲志》卷十四“鹳坑虎”，写一个妇女回娘家看望父母，路上遇到一只老虎，自知根本不是老虎的对手，便突发奇想，以自己对父母的孝心对它晓之以理，因而脱险。这个故事很离奇，突出了这个女子临危不惧，以自己的智慧打动了有灵性的老虎。又如刘斧《青琐高议》“弱女舍己救全家”，写郑路全家十几口乘一条船在江上，突然遇到一伙强盗。这伙强盗准备把郑路全家杀掉，抢走所有东西，见郑路女儿长得漂亮，便想把她抢去做压寨夫人。她心生一计，准备牺牲自己，保全一家，便对强盗说：愿意做压寨夫人，既然两家是亲戚，那么应该放她全家安全过去。强盗见她说得有理，只得同意。郑小姐见父母船已经很远了，完全脱离险境，便伺机跳入江中。郑小姐智救了全家，又不甘受辱，可见她智义兼备。

智和义在一些女子身上往往是紧密相连的，如《夷坚支丁》卷九“淮阴张生妻”，写金兵南侵，张生和妻子卓氏成了难民。卓氏被金兵抓去，她利用计策取得金兵的信任，设法使金兵痛饮美酒，喝得酩酊大醉，拔出刀刺入他的喉管，然后悄悄地骑马跑回，寻找丈夫。《夷坚志补》卷十一“徐信妻”，写徐妻与客妻在战乱中均和丈夫冲散，流离失所，成了乱世难民。夫妻之间很长时间音信不通，不知对方死活。由于一些偶然的因素，徐信与客妻结合，客与徐妻结合。徐信的后妻是客的前妻，客的后妻是徐信的前妻。徐妻与客妻仍然惦记着自己的前夫，暗暗地寻找。几年后一次偶然的机会，四人相聚在一起，又惊又喜，号啕大哭，当天各人仍复前婚，后来两家仍像亲戚一样保持往来。这表明原配夫妻情深，因遭战乱而导致两对夫妻重新组合，冲淡了贞洁观念，突出了夫妻情义，情义重于贞洁，徐妻和客妻在那特殊的时期与环境中把自己的智慧和情义埋在胸中，遇到良机便表现出来。又如，《蓼花洲闲录》“节妇传”：“妇年少美色，事姑甚谨，夫为商，与里人共财出贩，深相亲好，至通家往来。其里人悦妇之美，因同江行，会旁无人即排其夫水中。”里人假装号哭，替其母其妻择地安葬了商人，为她们买米买衣，干各种杂活，骗取了她们的信任，终于阴谋得逞，娶了此女，生了几个孩子。后来此女察觉里人有鬼，是害夫凶手，便不动声色，悄悄地到官府告了里人，让他受刑而死。可见她遇事冷静，机智勇敢地为前夫报仇，伸张了正义。又如，周密《齐东野语》“严蕊守义”，写官妓严蕊长得容貌出众，琴棋、书画、丝竹、歌舞无不精通，并且擅长写诗填词，很有艺术才能。按照宋朝的法律，官府宴会可以招歌妓陪酒唱曲，但不许官员私自留宿，即使与她们调情狎昵，也是属于不轨行为。台州太守唐与正年轻才高，请严蕊来陪酒唱曲。督察浙东提举朱熹听了与唐与正有隙的陈秀才挑拨离间，便把唐与正与严蕊抓起来，严刑拷打逼供，严蕊不愿诬陷、连累唐与正。她忍受痛苦，顽强坚持下来，凭自己的智慧和才能，终于得到提点刑狱官岳商卿的同情而获得释放。

有些女子求生之智比较突出，如《夷坚志补》卷二十一“利路知县女”，写利州路知县女儿从剑阁万丈悬崖上掉下来，既没掉在石头上，也没掉进水中，恰好落在密密交织的藤蔓上，没受什么伤。她的家人认为她摔死了，没有救她，也无法救她，只得悲痛地离开。她孤身一人勇敢机智地攀着藤蔓下去，在草丛中休整一会儿。每天都以花草为食，战胜了饥饿寒冷，过了数十天，终于离开险境。

三、贤女

人们重视贤女，讴歌贤女，呼唤贤女多多益善。宋代笔记小说中出现一些贤女形象，当然她们与封建社会三从四德有所区别，与汉列女传、晋列女传也有所区别。宋代笔记小说中的贤女是从生活中提炼出来的，作家和百姓都认可，没有封建说教意味。这些贤惠女子所表现的是人类美德，具有永恒的价值。

她们把夫妻之情放在重要位置，如《夷坚甲志》卷十五“晁安宅妻”，写晁安宅和妻子在金兵南侵时被冲散。她忠于丈夫，不论是被金人掳去，或是被红巾军王生抓去，她的心里都挂念着丈夫。晁安宅已沦为乞丐，她在一次偶然的机会中认出后，便用脱身之计离开王生，与丈夫团圆。再如,《夷坚志再补》“义妇复仇”，写和尚挑拨离间，使赵某与妻子离婚。赵某妻蒙在鼓里，不知和尚使用了离间计。和尚还俗经商，托媒人娶了赵某妻。赵某妻与他在一起生了两个儿子，后来和尚酒醉说出离间计。赵某妻非常恨他，一气之下杀了他和两个儿子，并到官府自首。官员同情而且敬重她，赦免了她的罪责。赵某知道这事后，痛恨和尚，更爱妻子，与她复合了婚姻。这有力地表现了赵某夫妻情义非常深厚。又如，费衮《梁溪漫志》“中兴以来烈女”，写洪氏、宜思、匀奴、丁氏、陈氏等皆不愿受强盗奸污，纷纷自杀。她们以生命维护夫妻爱情，反抗邪恶势力。

她们孝敬父母和公婆，如《夷坚甲志》卷二十“盐官孝妇”、《夷坚丁志》卷十一“丰城孝妇”、《夷坚支丁》卷一“营道孝妇”等。《夷坚志补》卷一“都昌吴孝妇”，写吴氏丈夫死去，她把对丈夫的思念全部转移到婆母身上，侍奉婆母殷勤周到，受到乡邻的称赞。最后五色祥云在她家房顶盘旋，吴氏受到玉帝召见、嘉奖，这表达了人们对人间美德的赞扬。《夷坚志补》卷一“芜湖孝女”，写詹姑娘对父母很孝顺，有天夜晚，一伙匪徒突然闯进了她家，要杀她父母兄弟。在突如其来的危难之际，她从容不迫地说服匪徒，假装同意做强盗头子的妻子，从而救了全家，然后在与强盗去山上的路上寻机跳水自尽。她的贤惠与智慧令人敬佩，她的生命价值永放光芒。《夷坚支戊》卷四“太阳步王氏妇”，写王氏孝敬父母公婆，感动了人间百姓和地狱阎王，阎王爷让她多活几年，使她起死回生。这表达了人们对贤女的歌颂，希望贤女永远活在人间。

她们的贤能还表现在善于惩恶扬善上。如《夷坚志补》卷十四“解洵娶妇”，剑氏能耐非凡，并且重义，在金兵南侵，漂泊之士解洵处于非常困难之时给予帮助，与解洵结为夫妻。解洵想从中原沦陷区回到南宋，她帮助解洵南归。但解洵南归数年之后，冷落疏远她，并骂她“死老魅”。她忍无可忍，严惩了解洵。再如刘斧《青琐高议》前集卷七“明大义孙氏劝夫”，写周默爱上孙氏，孙氏文才、治家之才皆强，尤其善于劝夫。周默当官后，有时行贿受贿，贪赃枉法。孙氏力劝丈夫应该以民为本，做个清官：“不意子不能奉法爱民，治狱则曲直高下惟利是嗜，去就予夺，贿赂公行，民受其枉多矣。子不害其官，则祸延子孙矣。吾不忍周氏之门无遗类。子不若复归其财于民，慎守清素。况子俸钱所入，用之有余矣。贤者多财损其志，愚者多财益其过。”周默表面听从妻子规劝，实际上不能彻底改掉恶习。孙氏表示：如果周默再这样下去，她将以死抗争。她说：“夫妇大义，死生共处。君自败坏，不若我先赴死地，不忍见子之死也。”周默只好改邪归正，终身不敢再犯错误。由此可见，孙氏具有强烈的爱家爱民精神，她的贤能与老百姓的利益密切相关，她的言行光彩照人。

四、恶女

社会本来就是复杂的，妇女也是各种各样的，有才女、智女、贤女，也有恶女。恶女在宋代成为人们关注的一个社会问题。宋代笔记小说中出现了一些恶女形象，她们缺少做人的基本道德，甚至丧尽天良。如《夷坚乙志》卷九“拦街虎”，有个妇人对众多乡邻和过路者坑蒙拐骗，经常恶人先告状、无理诉讼，而且擅长此道，一时成为县里的祸害，被称为“拦街虎”，这个恶妇表现出地痞流氓的特点。再如《夷坚丙志》卷十六“广州女”，写一户人家有个女儿，父母很喜爱她，替她招了个女婿进家。她很不孝顺，天天与父母唱反调，经常大骂父母。一天她喝醉酒，又大骂母亲，甚至大打出手。左右邻居对她深恶痛绝，突然雷声大作，这个恶女被雷电击死在路上。这是对罪恶之人的应有惩罚，人们拍手称快。又如《夷坚支景》卷一“张十万女”，写豪民张祥姑息强盗桑仲，桑仲强娶张祥之女，张祥之女同意。后桑仲杀害张祥全家，张祥之女眼看着父母兄弟姐妹一个个被杀害，竟然没有丝毫反抗，仍然跟着强盗头子过着行尸走肉般的生活。这种女人丧失人性，行同狗彘。又如《夷坚丙志》卷八“谢七嫂”，农民谢七秉性忠厚，少言寡语，还有些怕老婆。他的妻子七嫂粗野凶暴，心窄量小，对公婆非常凶狠。谢七对她无可奈何，亲戚朋友劝她毫无效果，父母兄弟对她也没有办法。她自认为天下无人能够管她，因此更加肆无忌惮地胡作非为，打骂公婆和谢七。一天有个和尚来化缘，她把和尚痛骂一顿，要求和尚把袈裟脱下给她。她把袈裟穿在身上，洋洋得意，突然袈裟变成一张牛皮，紧紧地裹在她身上，她怎么拽也拽不下来，急得哇哇大叫，眼看着牛皮开始长毛，很快就遍及全身。最后她的头也变成了牛头，头上还长了两只大角，只会发出“哞哞”的哀鸣。作家采用超现实的手法，表达了人们惩罚邪恶的愿望。

有些恶女心狠手辣，如《夷坚支癸》卷四“郑四妻子”，写郑四娶了一个年轻的妻子，她三十多岁，与邻居一个十七岁男孩勾搭，并向郑四要求把这男孩招过来作义子，郑四无可奈何，只得同意。她与男孩胡作非为，使郑四气得生病，卧床不起。她与男孩狼狈为奸，任意折磨郑四，使郑四痛苦不堪，最后自缢而死。再如《夷坚志补》卷二“鼎州兵妻”，写周佑妻与丈夫同营的李平通奸，把周佑看成陌生人。周佑病后，她不熬药喂汤，而与李平更为火热，致使周佑病情加重。周佑病危还没有断气时，她就丢下他走了。又如《夷坚支丁》卷六“上饶徐氏女”，写徐氏二女，长女很放荡，趁着丈夫外出就与年轻的仆人私通，后染病而死，临死前又把镜子给她妹妹，使她妹妹误入圈套，以致神经错乱而死。又如费衮《梁溪漫志》“恶巫婆杀人伏法”，写巫婆与神汉利用宗教迷信欺骗群众，并且不择手段地谋杀不信鬼神的小伙子。

恶女是一个反面的镜子，对恶女的审视与展现，表现了妇女形象的复杂性与多面性。作为社会中的人，她们是恶女。但作为艺术形象，她们具有独特的审美价值。罗丹在《艺术论》中评价老妓女时说她们“丑得如此精美”。由此类推，这些恶女作为艺术形象，她们的确丑得如此精美。恶女形象是艺术美的一个组成部分。

综上所述，宋代笔记小说描绘出众多的才女、智女、贤女、恶女形象，表现了人性的善良，也展示了人性的丑恶。作家把史笔性的概括叙述与具体细腻的形象化描写融为一体，直接描绘与间接的或多侧面的烘托互相映衬。他们往往是直叙实录，寓褒贬于字里行间。作家从尖锐的矛盾冲突和日常生活细节描写中刻画妇女形象，追求写态传神，以精练的笔墨，着重于最具有典型特征的举止言行、形神心态，寥寥数笔便突出了妇女的个性。这些富于艺术生命力的妇女形象，为后世小说创作中妇女形象的描绘提供了经验，其中一些妇女形象在明清小说戏曲中得到了再现和发展。宋代笔记小说中的妇女形象可以与宋代话本小说中的妇女形象相互补充，有助于更全面地了解古代小说史中妇女形象的演变。

第二节

宋代笔记小说中的妇女形象在中国戏剧影视中的演变与发展

宋代笔记小说中的妇女形象为中国戏剧影视提供了新鲜的内容、重要的素材，各种各样的妇女形象尤其是智女形象，让人耳目一新。

宋代笔记小说中才女、智女、贤女、恶女形象在戏曲戏剧电影电视中有所表现。

宋代笔记小说中的才女形象改编成有关戏剧影视，例如李清照系列戏剧影视，表现了李清照的才华与靖康之难后的不幸遭遇，同时也从一个角度揭示了靖康之难给人们带来的巨大灾难与痛苦。

《李清照》在洪迈《夷坚志》、陆游《老学庵笔记》等中有记述，被改编成系列戏剧影视，有电影、五集戏曲电视剧、话剧等。

剧情片《李清照》103分钟，1981年拍摄、放映，编剧是王英琦，导演是张景隆，主演是谢芳、冯福生、丁嘉元、郑大年、朱玉荣等。该片逐步展示了李清照、赵明诚、张汝舟之间的关系，表现了靖康之难给社会带来的巨大灾难。李清照写出："生当做人杰，死亦为鬼雄。至今思项羽，不肯过江东。"李清照按照赵明诚遗愿，完成《金石录后序》。该片矛盾冲突比较尖锐，突出了李清照才华横溢、赵明诚光明磊落、张汝舟阴险狡诈。

五集戏曲电视剧《李清照》由中央电视台第11频道即戏曲频道播出，采用串珠式结构，逐步表现了李清照从少女、少妇、元祐党人牵连、赵明诚到外地当官、靖康之难、颠沛流离、寡妇等各个时期的特点，脉络清晰，唱词动人，摄影较好，节奏比较缓慢，突出了主要人物李清照、赵明诚的个性。该戏曲电视剧善于根据李清照的一些诗词改编为有关情节或者细节。《如梦令》云："常记溪亭日暮，沈醉不知归路。

兴尽晚回舟，误入藕花深处。争渡，争渡，惊起一滩鸥鹭。”生动地表现了李清照少女时期活泼、乐观的性格。李清照、赵明诚喜结良缘，相亲相爱。此时李清照青春靓丽，开朗活泼；赵明诚聪明儒雅，有君子之风。李清照父亲李格非受元祐党人牵连，赵明诚父母让李清照暂时离开赵明诚，到青州居住，李清照与赵明诚身处两地，心心相印，此时李清照成熟稳重，赵明诚温文尔雅。李清照《一剪梅》云：“红藕香残玉簟秋。轻解罗裳，独上兰舟。云中谁寄锦书来，雁字回时，月满西楼。花自飘零水自流。一种相思，两处闲愁。此情无计可消除，才下眉头，却上心头。”深刻地表现了李清照与赵明诚的离别相思之苦。他们以金石为友书为伴，赵明诚逐步写出《金石录》，表明赵明诚喜爱学问胜过当官，但是后来赵明诚被迫出去当官。李清照与赵明诚又是离别，李清照《醉花阴》云：“薄雾浓云愁永昼，瑞脑消金兽。佳节又重阳，玉枕纱厨，半夜凉初透。 东篱把酒黄昏后，有暗香盈袖。莫道不消魂，帘卷西风，人比黄花瘦。”表现她在重阳佳节怀念丈夫赵明诚，把相思之深、独居之苦深刻地暗示出来。李清照中、晚年生活颠沛流离，非常痛苦。李清照《声声慢》云：“寻寻觅觅，冷冷清清，凄凄惨惨戚戚。乍暖还寒时候，最难将息。三杯两盏淡酒，怎敌他、晚来风急？雁过也，正伤心，却是旧时相识。满地黄花堆积，憔悴损，如今有谁堪摘？守着窗儿，独自怎生得黑？梧桐更兼细雨，到黄昏、点点滴滴。这次第，怎一个愁字了得？”李清照通过残秋景色的描写与迭字、舌音字、齿音字的运用，表现晚年国破家亡、丈夫病逝、饱经忧患离乱的愁苦生活与凄惨心情。李清照按照赵明诚遗愿最终完成《金石录后序》，表现了她坚强的毅力。

话剧《李清照》由山东艺术学院与山东省艺术研究院联合出品，在山东艺术学院东校区大剧场精彩上演，通过舞台艺术直观地表现了李清照出众才华、个人命运及其正直性格，也表现了她有时婉约、有时豪放的诗词风格。该话剧以宋徽宗宋钦宗时的战乱为主要背景，从李清照潜心创作，与丈夫赵明诚共理金石，到金兵犯境，宋都汴梁（开封）失守。随后，赵明诚赴任身死，张汝州为索金石骗李清照改嫁。通过李清照的人生经历，从一个比较新颖的角度，表现了李清照大半生的坎坷道路，塑造出一个敢爱敢恨，集才气、正义于一身的女词人形象。该话剧既具有历史内涵的正剧元素，又有令人深思的悲剧意蕴。

《陆游与唐婉》在陆游《老学庵笔记》等中有记载，该故事被改编成系列戏剧影视，例如电视诗歌散文《沈园》等，表现了唐婉的才华与被迫离婚、改嫁以及英年早逝，深刻地揭露了封建家长制对青年人恋爱婚姻的迫害，催人泪下，让人扼腕叹息。

宋代笔记小说中的智女大多智勇双全，她们的形象改编成有关戏剧影视，引人注目。例如电视剧《大宋提刑官》中的竹英姑机智勇敢，为了给冤死的父亲报仇雪恨，主动协助宋慈侦破一个又一个复杂的案件，经验由少到多，判断力由弱到强，终于查出用慢性毒药杀害她父亲的贪官污吏，并且把这些恶人绳之以法。真是大快人心，让人增加了智慧与社会经验。再如，有关“水浒故事”戏剧影视中的孙二娘、扈三娘等，“韩世忠与梁红玉故事”戏剧影视中的梁红玉，她们智勇双全、能文能武，堪称巾帼英雄。

“韩世忠与梁红玉故事”在洪迈《夷坚志》等中有记述，脍炙人口，有关戏剧影视受人欢迎。韩世忠是一位战功赫赫的抗金名将，世人经常把韩世忠与岳飞联系到一起，并称韩、岳。韩世忠为人正直，有胆有识，喜欢救人于危难之时，是一代英雄豪杰。梁红玉自小跟随她的父亲练就了一身好本领，是一个远近闻名的女英雄，力气很大，精通翰墨，射箭百发百中。《潮剧京口良缘》表现了韩世忠与梁红玉喜结良缘的故事：南征邂逅成佳偶，韩世忠与梁红玉结三生。梁红玉沉着冷静，击鼓抗金，韩世忠率军击退金兵。电影《韩世忠与梁红玉》生动地表现了韩世忠与梁红玉机智勇敢地抗敌、平叛，多次立下战功，塑造出一对夫妻英雄的形象。建炎三年，梁红玉在平定苗傅叛变中立下了大功，被封为安国夫人和护国夫人。在随后的几年里，梁红玉多次随同韩世忠出征，并且一起指挥战斗，让入侵者滞留在长江岸边达四十八天。梁红玉成为天下闻名的女英雄。韩世忠与梁红玉多次率军转换战地，一起击败敌军，之后出征楚州。绍兴五年，梁红玉战死于前线。

宋代笔记小说中的贤女形象改编成有关戏剧影视，例如根据《夷坚志补》卷一“芜湖孝女”改编的短片。

宋代笔记小说中的恶女形象改编成有关戏剧影视，例如有关水浒故事戏剧影视中的阎婆惜、潘金莲等。

注释：

／

Notes

（1） 胡文楷：《历代妇女著作考》，上海古籍出版社1985年版。

（2） 参见张智华：《宋代文官政治与宋代笔记小说中的文士形象》，《庆祝聂石樵先生九十寿辰文集》，北京师范大学出版社2017年版。

Chapter 5

第五章

宋代笔记小说的结构艺术及其启示

第一节

宋代笔记小说的结构艺术

宋代笔记小说大部分是短篇小说、微型小说，在结构上具有一些特点。宋代笔记小说精湛、新巧的艺术结构不是从什么窍门里钻出来，而是从题材本身开发出来。生活千姿百态，题材千差万别，结构方法也千殊万类，不是千篇一律。短篇的高手不是死守几种什么方法，而是以其独到的艺术眼光向生活深处探求、索取。一些宋代笔记小说艺术结构具有创造性和深刻性，作家舍弃了那些个人的、偶然的、非本质的成分，强化了普遍的、必然的、本质的特征。

一

宋代话本为说书人所创作，为市民所喜闻乐见，属于俗文学。宋代笔记小说为士人所创作，为士人所欣赏，属于雅文学，在艺术结构、审美追求上与宋话本有所不同。宋代笔记小说大多是短篇小说和微型小说，往往在一则短小的轶事琐闻中，表现出人物性格的某一特征及事件本身的典型意义，具有艺术魅力与认识价值。

短篇小说、微型小说如同绘画艺术的写意画，作家更重视传神写意的表现艺术技法，以简约与细致相结合的笔法，用极其精练的笔墨，着意于最具有典型特征的言行举止、形神心态，寥寥数笔，就使人物形象浮现于读者眼前。

短篇小说、微型小说多种多样，基本结构有两种：横切与直缀。

所谓横切，就是切取一个生活横断面，精雕细琢，使情节、画面集中在很短的一段时间里。[1] 如康骈《剧谈录》“无敌壮士”，写禁军中有一个姓管的军士，力大无比，可以肩扛铁鼎，手提舟车，军中士卒无不佩服，称他管万敌。一天他与几个朋友来到一家饭店饮酒，见一个彪形大汉名叫张盖也在此饮酒。管万敌认为人人皆知道他的名号，便问张盖是否知道他，谁知张盖说不知道他。他非常恼火，便示意几个朋友去揍张盖。可是打了一阵，张盖竟岿然不动，依旧饮酒。管万敌见状，亲自冲上去和张盖比武。张盖说让管万敌先打三拳，然后自己还一拳。管万敌恼羞至极，抡圆了胳膊，使足了力气，狠狠地将铁拳砸下去。三拳下去，张盖竟稳如泰山，丝毫未动，身上无一处伤痕。这时管万敌吓得面如土色，几个朋友个个惊恐万状，知道今天遇到了一位真正的壮士，他们谁也不是对手，于是赶忙如离弦之箭一般飞逃而去。这则故事发生在饭店饮酒的一段时间里，这段时间虽然很短，但是矛盾冲突非常激烈，从而生动地刻画出管万敌狂妄自大、骄横霸道的特点，突出了张盖勇力超群、含而不露、武德高尚，是真正的无敌壮士。两人对比映衬，个性格外鲜明。再如吴曾《能改斋漫录》“监察官认真求实”，写王平担任侍御史，负责全国的监察事务，严格执法，认真调查案情，决不马虎从事，更不轻率定案，以免枉杀无辜。作家选了王平初入仕途，即在许昌担任司理参军时便善于断案的事件，来塑造他的形象，突出他明察秋毫的能力。王平刚刚担任审判官，任职时间很短，选择此时的生活片段更能显示出他的本色。他准确地查明真正的杀人凶手，使无辜者得以释放，充分表现出他的胆识、才能和品格。

所谓直缀，就是从较长时间的生活中，摘取若干片段，细针密线，连缀成篇，简要地展示人物的生活历程或事件的发展过程。[2] 如曾敏行《独醒杂志》“流毒东南”，写朱勔原来是个奸商，年轻时曾伙同他的父亲一起杀人，被判处死刑。但是，他用重金上下贿赂，买回了一条性命。他利用行贿、讨好等手段结识蔡京、童贯，狼狈为奸。蔡京为了投宋徽宗所好，命令朱勔到江南搜罗各种奇花异石运到京城供宋徽宗赏玩。朱勔凭借权势，到处横行霸道，贪污勒索。他们把抢占的花草木石用大量船只运到京城，当时称之为“花石纲”。对过去与自己有积怨的人，他们就寻找借口，设计陷害。过去曾审讯朱勔杀人案的官吏，没有一个能逃脱厄运。他们为了强夺几块太湖石，把别人的住房捣毁。为了强取几棵奇松，把别人的祖坟挖掉。类似这样的事还有很多，百姓们对他们恨到极点。由于宋徽宗宠信蔡京、童贯、朱勔等奸臣，搞得全国上下怨声载道，终于导致了北宋的灭亡。这种结构，有点，朱勔是个点；有线，朱勔、蔡京、童贯以及他们的爪牙组成一条黑线；有面，即北宋末年广阔的生活面。点、线、面结合，反映出社会生活的深度和广度。

这些短篇小说、微型小说受到篇幅的限制，难以浪涛汹涌、惊涛拍岸、高潮迭起、连绵不断，往往以小见大、由点到面，在短篇中见小的波澜，在微型中见小的浪花。篇幅虽短，但注意到结构的完整性和情节发展的波澜起伏，显得曲折有致、耐人寻味。

二

因为宋代笔记小说大多是短篇小说和微型小说，因而作家对开头和结尾特别讲究。

宋代笔记小说受史传文学影响较大，开头多为“某地某人如何”或“某生者某地人也”，似乎很平常，其实有个很大的优点：下笔见人，随即入事。读者只要看上几句即被吸引。这种开头不拖泥带水，比较利落，寥寥数语，矛盾即出。头是故事的头、矛盾的头，从头说起就是从故事矛盾本身说起，这正是开门见山的一种表现。如上官融《友会谈丛》“柳开”“丐者”“朱生”、张师正《括异志》“王廷评”“韩宗绪”“李氏婢”等等。

生活是连续不断的锁链、奔腾不息的长河。短篇小说、微型小说无论横切或直缀，只能切取其中一段，前后各有一个切点。前切点常被用作开头。出色的前切点不是生活链条中随便哪一个环节，应是有足够带动力的紧要一环，是矛盾过程中一个重要着力点，置于篇首就能引人入胜。如吴淑《江淮异人录》“洪州书生”，一开始便描述恶少无赖欺负卖鞋小儿，洪州书生见状便打抱不平，从而把故事很快推向高潮，突出了这位书生路见不平、拔刀相助的豪侠性格。唐代传奇中同类武侠小说篇幅比宋代笔记小说长，可以充分展开描写。宋代笔记小说篇幅很短，必须在开头就描写主要矛盾，突出主要人物的主要性格。

短篇小说、微型小说没有那么多篇幅绕弯子，要尽快表现矛盾。表现方式多种多样，可以开门见山、单刀直入，也可以花竹掩映、曲径通幽；可以大海来潮、奇峰突起，也可以微风拂水、小波靴纹。如张齐贤《洛阳缙绅旧闻记》“浪子回头”开头写汾州人向中令从小就机敏过人，有胆有识，善于骑射，几乎是百发百中，这样一开篇就点出主人公的才能，给人第一印象相当强烈，突出了向中令武艺超群、勇猛过人的特点。再如费衮《梁溪漫志》“施诡诈尉九窃财”开头写道：有句民谚说：“盗虽小人，智过君子。”乍一听觉得这话可笑，仔细琢磨，这话还是很有道理的。尽管拿盗匪与君子作比不大恰当，但说到盗贼狡猾的心计、奸诈的头脑，还确有大大出人意料的地方。下面就讲讲尉九作恶的故事。开篇紧扣主人公所做的一番议论，可以突出主人公的性格和作品的主题。这种由概括到具体的开头，注意到点面结合，作为故事的引子可以提高读者的兴趣，使读者顺着作者的思路向下看。

结尾是给予读者的最后一个印象，负有完成思想主题和形象结构的特别任务。短篇小说、微型小说结尾要刻意经营、悉心安排，但不矫揉造作、过于雕琢。如康骈《剧谈录》“店家新妇”，写将军张季弘住在一家客店，听店主老太太诉说儿媳妇不孝顺，是个恶妇，便表示要打抱不平，教训教训这个媳妇。傍晚此妇背着一捆高高的柴火向店里走来，张季弘在店外一块石盘上坐定，手拿马鞭，要教训这个媳妇。此妇装束朴素、面容端庄，向张季弘耐心辩解，希望他不要听婆母一面之词。她当着众乡亲的面，列举了大量事实证明自己起早贪黑、勤勤恳恳，可是却受到婆母虐待，经常吃不饱，许多人频频点头。她每说一事，便伸出手指在张季弘所坐的石盘上画一道，张季弘一看，不禁冷汗直下，心惊胆战，只见每一道痕迹都刻入石盘几寸深。看到此情此景，张季弘什么都明白了，于是忙起身谢道：“娘子所言有理，请恕末将不知之罪。”说罢赶快回到客店，躺在床上装睡，第二天破晓前悄悄地离开了客店。后来此妇也离家出走他乡。店家媳妇文武双全，对不明事情真相而想惩罚自己的张季弘晓之以理、示之以武，她与虐待自己的婆母斗争有理有节，这篇小说的结尾突出了她反抗封建家长制的彻底性，最后完成了这个贤惠而敢于斗争的良妇形象的塑造。这样结尾，出人意料又合情合理，了结故事又意趣横生，成为整个结构的关键一环。

一般来说，小说尤其是短篇小说、微型小说不宜多发议论，但宋代有些笔记小说以议论结尾却收到了相当好的艺术效果。这些议论往往画龙点睛，与形象画面互相配合，足以产生震撼人心的力量，把读者思想感情的潮水推向一个新的高潮。如陈世崇《随隐漫录》“钱塘游手”，写南宋都城临安（今杭州）集市繁荣，南来北往的生意人很多。那些不事生产、好逸恶劳的游手好闲之徒便滋生出来，多的时候能达到几万人，他们都以骗取别人的钱财作为自己的职业，这些人便被称为游手。作家描写了一些骗子的故事，最后议论道：像这样的事情在当时的临安城真是屡见不鲜。这都是因为朝政腐败、法令不严，致使世风日下，才出现了这么多丑恶现象，实在可悲可叹。结尾议论，深化了主题。

三

宋代笔记小说篇幅虽短，但结构线索多种多样，有单线结构、双线结构，也有多线结构。其中单线结构最多，双线结构次之，多线结构很少。

单线结构。这类结构在宋代笔记小说中有各种各样的表现，大部分以人为线索，少量的以物为线索。以人为线索的，如方勺《泊宅编》“朱晓容”“张孝基”、章炳文《搜神秘览》“杨柔姬”、廉布《清尊录》“狄氏”“王生”、王明清《玉照新志》“姜适”“张行简”、康誉之《昨梦录》“李伦”“中州宦者”“杨氏三兄弟”、无名氏《鬼董》“王氏女”“张师厚”“周浩”“陈淑”等等，举不胜举，兹不赘述。以物为线索的，如刘斧《青琐高议后集》卷九“仁鹿记”，写楚元王带着军队把一群鹿赶到山谷，封住谷口，准备杀个痛快。忽然一头高大健壮的鹿飞也似的跑到楚元王的面前跪下说道：人和鹿虽不是同类，但你应该向古人学习，有节度地杀戮，要爱惜它们的生命，让它们继续繁衍后代以供给人类不断享用鲜美的野味。如果你执意把我们全部杀死，我类将从此种族灭绝，而你再想吃到鲜美的鹿肉也是不可能的了。这对于你究竟有什么好处呢？请你三思！楚元王觉得鹿王的话说得很有道理，下令放走所有的鹿。几年后楚元王带兵攻打吴国，遭到失败后回国，吴王乘胜追击，进一步侵略楚国，楚王与吴军再战，再次失利。楚王没有办法，只得在城堡里固守。吴军把楚军团团围住，楚王非常忧虑。一天夜晚非常黑，鹿王带着万余只鹿在吴军附近奔跑，吴军误认为是万马奔腾的声音，以为楚王的救兵来到，便急忙撤退了。楚王非常感谢鹿王，鹿王对楚王说：楚国地大物博，你作为国王，如果能爱惜百姓，实行仁政，国家定会富强稳固。如果不实行仁政，一旦外敌入侵，人民会不支持你，反而会作为内应开门迎敌，这样敌人可以不战而胜。现在你不注意施行仁政，只喜欢向外侵略。像这次吴国侵入楚国境内，就是因为你先侵略了他们，他们才起来反击，吴国的百姓才支持吴王。你为什么不去以仁政来博取百姓的拥戴，把自己的国家治理好，使江山更加稳固呢？楚王听后非常感动，认为鹿王这番忠告比为他吓退强敌还重要，便为鹿王建了一座庙，名为“仁鹿庙”，从此施行仁政，使楚国逐步富强。这篇小说中的鹿王，代表了作家和百姓的思想。以鹿王为小说线索，正是为了突出仁政思想。此种结构，线在物，但意不在物。作家着力表现的是人，是社会。

双线结构。有些小说两条皆是明线，有些小说一条是明线、一条为暗线。如张齐贤《洛阳缙绅旧闻记》“和尚贪财受骗”，写洛阳甘露寺住持老僧因贪财被一个老人所骗。这个老人面孔古铜色，长着一缕花白色的漂亮胡须，两道白色的长眉，手拿竹拐杖，走起路来步履轻捷，给人一种仙风道骨之感。他带着一个仆人来到甘露寺，拿出金瓶、金盂和数十枚大宝珠，让住持知道自己富贵，然后送给住持一颗大宝珠，逐步取得了住持的好感和信任。他让住持在一个大水盆中看到自己的福像，并教给住持生产黄金的方法，这个方法是到镇上一家药店买一些特殊的药，用这些药可以把黄铜点成黄金。住持财迷心窍，便派人花了数万两白银去那家药店购药，老人说需要三百六十五天才能炼成，自己暂时到王屋山去一下。一年过去了，一两黄金都没有炼成，也不见那个老人回来，镇上那家药店早已悄悄搬走，这时住持才知上当受骗。这个老人与住持的一系列活动是一条明线，与其同伙药店老板设计蒙骗住持是一条暗线，明线和暗线在结尾交织在一起，突出了行骗高手和贪财和尚的形象特征。

多线结构。如洪迈《夷坚志》“凶宅变迁”，写了三个故事，每个故事有一条线索即全篇共有三条线索。温州城里有一所远近闻名的“凶宅”，宅内楼阁精致，绿竹繁茂，生活用具一应俱全，却经常是空无一人。大家都说宅里是伥鬼的天下，谁住进去都凶多吉少。凶宅的第一家住户是一位姓仲的监税官，他卸职后，行囊饱满地住进了凶宅。但没过半年，仲官全家老小都不明不白地死去了。几年以后，又有一个被罢免的吕监税官举家住进了凶宅，人鬼杂处，发生了许多怪事。住了一段时间，吕官一家吃了许多苦头，后来经过反复思考，决定迁离凶宅。又过了一段时间，县衙门一位专破凶杀案的王捕快带着全家搬进了凶宅。有人好心地劝阻他，他豪爽地笑着说：我是活人中的“鬼杰”，过去侦破那些凶杀案时，什么惊险恐怖的场面我没经历过！他们不过是一小撮鬼魂而已，有什么可怕的！王捕快坦然地住进凶宅后，鬼魅再也没有出现，凶宅也就变成了福宅。凶宅里前后三家，三条线索、三个故事，一死、一迁、一安，说明心虚有鬼才生鬼，心里无病不怕鬼。人们常说：“白天不做亏心事，半夜不怕鬼敲门。”人中豪杰王捕快把鬼吓跑了。这篇小说表现了对贪官的憎恶，对清官的赞美。三条线索相互映衬，格外分明，惩恶扬善之意更加明显。

宋代笔记小说的结构艺术为后代短篇小说和微型小说及戏曲、戏剧、电影、电视剧提供了一些借鉴。

第二节

宋代笔记小说结构艺术在中国戏剧影视中的参考价值

宋代笔记小说结构艺术在中国戏剧影视中具有重要的参考价值，有些化用在有关戏剧影视中，例如《孔子》《叶问》《走着瞧》《十月围城》等。

所谓直缀，就是从较长时间的生活中，摘取若干片段，细针密线，连缀成篇，简明扼要地展示人物的生活历程或事件的发展过程，(3) 这是串珠式结构，例如《孔子》《叶问》等。

用直缀、串珠式结构，通过孔子一生中的主要事件，塑造出伟岸、坚强、积极追求理想的孔子形象，从一个方面表现了博大精深的儒家文化。儒家文化在戏剧、电影、电视中表现，难度很大。儒家文化在近十几年我国电影中的展示，可以《孔子》为代表。周润发饰演孔子，演出了孔子的勇敢与智慧，演出了孔子的远见与毅力。电影前半部分，孔子辅助鲁公与齐国抗争，与三桓斗争，矛盾冲突比较激烈，既表现了孔子仁政的理想以及他对仁、义、礼、智、信的积极追求，又展示出现实的困境，电影张力较强。后半部分率领众弟子奔走于列国之间长达十四年之久，表现了孔子追求理想的恒心与顽强的斗志。但是不足比较明显，艺术感染力不够，没有预期的那么好。

用直缀、串珠式结构，通过叶问一生的主要事件，塑造出武艺高强、武德高尚的一代拳师叶问的形象。他虽武功高强，但不轻易动手。抗日战争期间，叶问以双拳捍卫了中国人的尊严，为死难的中国人报仇，打死了日本鬼子军官。《叶问2：宗师传奇》中叶问与洪师傅等比武，掌握分寸，点到为止。有一个细节给人们留下很深的印象。烧完一炷香，不仅仅是计算时间，而且是表示谦逊。他与英国拳王比武，尽管有为被英国拳王打死的洪师傅报仇的因素在里面，出手较重，连续用了咏春派连环拳，把英国拳王打倒在地，但没有把他打死，可见叶问与外国拳击手比赛也是掌握了分寸。叶问击败英国拳王，说了一句话：要求彼此尊重。在《叶问》《叶问2：宗师传奇》中饰演男主角叶问的甄子丹，在第十七届北京大学生电影节开幕式上说：努力把中国文化元素运用到电影中。这句话说出了《叶问》与《叶问2：宗师传奇》成功的一个重要原因。与有些仅仅只是打打杀杀的功夫片不同，《叶问》《叶问2：宗师传奇》突出了要求平等、维护中华民族的尊严的精神。叶问武术境界很高，人品很好。借用钟嵘《诗品》上品、中品、下品之说，《叶问》《叶问2：宗师传奇》达到了一个很高的境界，应该是上品。

《叶问》《叶问2：宗师传奇》与周星驰的《功夫》不同，周星驰的《功夫》虚构、夸张成分较多，搞笑、调侃。《叶问》《叶问2：宗师传奇》真实、严肃，震撼人心。

用直缀、串珠式结构，通过唐代高僧玄奘一生的主要事件，塑造出坚忍顽强，经得起各种考验的僧人形象。中国僧人在近十几年我国戏剧电影电视中展示得比较深刻。中国僧人（主要是和尚）在近十几年我国电影中的展示，可以《玄奘大师》为代表。佛教是由印度传入中国，与中国本土文化相结合，逐步形成了具有中国特色的佛教文化。中国僧人是本土的，深受佛教与本土文化的熏陶。《玄奘大师》与《西游记》不同，《西游记》多采用虚构的手法，想象力很丰富。《玄奘大师》采用纪实手法，塑造出历史人物唐僧玄奘，突出了他的非凡毅力与恒心。

所谓横切，就是切取一个生活横断面，精雕细琢，使情节、画面集中在很短的一段时间里，[4]采用多线结构。例如电影《十月围城》《我的唐朝兄弟》《走着瞧》《寻找刘三姐》等。

用横切、多线结构表现革命斗争，塑造平民形象与领袖形象。电影《十月围城》孙中山的镜头很少，大部分的镜头是平民百姓，塑造出一些鲜明的平民形象，表现的重点是草根文化与草根精神。1906年，为了保护孙中山在香港与革命代表开会，一些默默无名的平凡百姓，在良知与正义的呼唤下，放弃了家庭、爱情、工作、友情甚至生命，对抗清王朝的暗杀军队。一个黄包车车夫、一个在戏班唱歌的女戏子、一个沿街叫卖臭豆腐的小贩、一个潦倒路边的乞丐，还有一个良知发现由坏变好的赌徒，成了保卫孙中山的平民英雄。这正是草根精神的生动写照。

用横切、多线结构表现中国山水与人情。中国山水与人情在近十几年我国戏剧电影电视中展示得比较丰富多彩，从不同角度表现了山美、水美与人情美，例如《寻找刘三姐》等。《寻找刘三姐》塑造出韦文德、刘甜甜两个特点比较鲜明的人物形象，表现了广西山美、水美、人更美。刘甜甜淳朴漂亮、能歌善舞，是广西当代刘三姐。该片充满美感，娱乐性强，让观众感到轻松、愉快。

用横切、多线结构表现草根文化、民间文化。草根文化、民间文化的另一种表现是人与动物的传奇故事，如《走着瞧》。我国民间文化认为万物有灵，牛、马、驴等动物皆有灵性，甚至能够与人对话、交流。李大为导演的《走着瞧》，影片名称来自民间谚语“骑驴看唱本——走着瞧”，根据小说《双驴记》改编。在特定时代、特定环境中，人不如驴子，人与驴子较起劲来。知青马杰在华北山村插队，成了饲养员。种驴黑六因强大的生殖力而享有特殊待遇，马杰对此很不平衡，折磨黑六，使其失去了生育能力，他受命杀掉黑六吃肉。黑六的兄弟黑七从此开始了报复，令马杰身败名裂，狼狈不堪，最终差点同归于尽。表现出一种黑色幽默，让人感到好笑有趣，又感到悲哀辛酸。该片可能受到西方魔幻现实主义创作手法的启发，主要灵感是来自中国民间文化中人与动物的传奇故事。

注释：

／

Notes

（1） 参见马振方：《小说艺术论》，北京大学出版社1999年第2版，第302页。

（2） 参见马振方：《小说艺术论》，北京大学出版社1999年第2版，第302页。

（3） 参见马振方：《小说艺术论》，北京大学出版社1999年第2版，第302页。

（4） 参见马振方：《小说艺术论》，北京大学出版社1999年第2版，第302页。

Chapter 6
第六章

宋代笔记小说的虚实艺术及其价值

第一节

宋代笔记小说的虚实艺术

宋代笔记小说的虚实艺术十分成熟，取得了累累硕果。

宋代笔记小说作家有意运用虚实艺术，力求虚构与真实的统一。如洪迈《夷坚志》几篇序，对小说的信与疑即实与虚的问题进行了探讨。《夷坚乙志序》前部分强调信实，后部分指出信、疑皆重要。《夷坚支丁序》云："稗官小说言不必信，固也。信以传信，疑以传疑。"再如郑樵《通志乐论》对小说的虚实问题谈得相当深刻："又如稗官之流，其理只在唇舌间，而其事亦有记载。虞舜之父，梁之妻，于经传所言者，数十言耳，彼则演成万千言。东方朔三山之求、诸葛亮九曲之势，于史籍无其事，彼则肆为出之。《操》之所记者，又此类也。顾彼亦岂欲为此诬罔之事？正为彼之意向如此，不得不如此。不说无以畅其胸中也。"他们要求编造故事与真实情思相和谐。

虚实艺术在宋以前小说中已经达到了一定的水平，宋人有所借鉴，有所发展，在一些方面具有特色。宋代笔记小说拟实和表意两种皆有。拟实小说以人生世事为蓝本，内容符合现实的逻辑，以生活本身的样式反映生活，表达作家的见识、感情和理想。表意小说以表意为旨归，内容是超验的、非现实的，或是现实的变形变态，以奇思异想为意念，塑造幻诞的形象，传达作家的生活感受和奇思妙想。宋代笔记小说虚实艺术多种多样，大致可以分为三类，即梦境与现实、鬼域与人间、仙境与社会。

一、梦境与现实

有些美好的愿望在现实中难以实现，作家便通过对梦幻境界的描绘，表现生活中理想与现实之间的矛盾。这种借梦幻以反映现实的方式，六朝和唐人小说中就有，宋人进一步发挥。梦境是虚幻的，但梦幻中所经历的情景，却是有深厚的现实生活为基础的，具有生活的真实性。其中所写的生活大多通过人物心理屏幕的折射，既间接，又零散，而且朦胧。人物心态成为主要内容，多为人物意识中既虚且散的印象。他们写出意识的各个层次，有表层的与深层的，有理性的与非理性的；写出意识的各种状态，有被动的与主动的，有思想的与情感的；从而使人的内心世界在小说作品中呈现出一定的复杂性与真实性。人物的心理活动和感情因素成为结构的主要依据，心理时空成为结构的中心线索，外观世界的现实时空经常被心理时空打乱、分割，形成两者错杂多变的结构形态。梦境内容是多方面的，除了对客观世界的感知，还有种种非感知成分，如思索、幻想、情感、意绪等，有聚合心态与散乱心态，有冲突心态与宁和心态，有社会性心态与自然性心态。他们借助梦境将人们的惆怅、烦恼、苦闷描写得细致入微、深切可感。如《夷坚甲志》卷四“胡克己梦”、卷六“史丞相梦赐器”、卷九“邹益梦”“黄司业梦”、卷十一“瓦陇梦”“李邦直梦”“赵敦临梦”，《夷坚乙志》卷十五“宣城冤梦”，《夷坚支景》卷九“谢枢密梦”，《夷坚三志》已卷五“泰宁牛梦”、已卷十“林刘举登科梦”，《夷坚三志》辛卷一“李彦胜梦赋”，《夷坚三志》壬卷一“邹状元书梦”、壬卷五“黄子由魁梦”，《夷坚志三补》“梦天子”“梦见王者”“梦得富妻”“梦前妻相责”“梦亡夫置斋”“梦五人列坐”“梦同年友”“梦龙拏空”“梦芝山寺熊”“梦怪物针口”“梦五色葫芦”等。《夷坚乙志》卷二十“梦得二兔”，写龙深父梦见自己得了两只兔子，当时他妻子正怀孕，他们圆梦，认为肯定能得儿子。三个月后，她爱人果然生个儿子。这种梦表达了人们对子嗣的渴求，是人的美好愿望的一种曲折反映。《夷坚支甲》卷八“戴之邵梦”，写穷困的文士戴之邵长久没有考中进士，只好到富人家教书，有天晚上做了一个神奇的梦，梦见有人推荐他当官，过上荣华富贵的生活。梦中情景给他激励，他根据梦中提供的线索探寻新的人生道路。后来他果然得到要人推荐，一步一步进入上流社会，并见到皇帝，被封为承务郎，不久被提拔为均州太守。这种升官发财的美梦，正是许多文士积极追求的人生理想。《夷坚支癸》卷五“陈泰冤梦”，写布商陈泰到中介人曾小六家收钱，被曾小六谋杀。陈泰的冤魂托梦给自己妻子，使她三次梦见丈夫被曾小六杀害。她便据此向县府告状，要求捉拿凶手归案。县官觉得凭梦作为破案线索，证据不充分。陈泰妻子要求对有关犯罪嫌疑分子和证人进行细致的审理，县官同意。了解内情的人把曾小六杀害陈泰的事揭发出来，并把埋陈泰尸体的竹林也说出来。在人证、物证俱全的情况下，曾小六只得低头认罪，被依法处死。人们常说，日有所思，夜有所梦，陈泰妻子的梦境正是对丈夫日夜思念所致，她对丈夫的结局进行思考、分析，连续三次做同样的梦，梦境与案情得到了高度的统一。借用弗洛伊德《梦的解析》理论，可以说陈泰妻子的梦境是她的心理的一种表现，这种梦境是自然而然的，具有一定的科学道理。清人阮元《揅经室外集》卷三评《夷坚志》云：“书中神怪荒诞之谈居其大半，然而遗文轶事可资考镜者，亦往往杂出其间。”这是比较准确的。再如，聂田《祖异志》“梦中见父”“梦擒虎”、无名氏《灯下闲谈》“梦与神交”、钱易《洞微志》“卢绛梦曲”、沈括《清夜录》“梦妻抚儿”、刘斧《摭遗》“玉溪梦”、李献民《云斋广录》“钱塘异梦”、释惠洪《冷斋夜话》“梦迎五祖戒禅师”等，从这些题目中便可以看出宋人梦境多种多样、丰富多彩。总之，与六朝和唐人梦境小说相比，宋人梦境小说所反映的社会生活面和人物心理更为广阔，有些部分更为细致。

二、鬼域与人间

宋人描写鬼域世界比六朝和唐人更多，有些作家认为鬼神是客观存在的，有些作家对鬼神信疑参半，有些作家虽然不相信鬼神但把它作为一种艺术来积极追求。人间有些事情和活动不便直接表现，作家便把艺术触角伸向鬼域，借鬼怪与人的关系的描写，表现人间各种类型的矛盾。他们以变幻之奇吸引人，通过鬼域奇特景象的描绘，展示奇思妙想。鬼域世界主要可以分为幻异型与变态型。

幻异型指整个作品是鬼域幻想与表意结构浑成和谐的统一体，似真而实幻，似幻而实真。通过超越现实自然性的奇幻意象，创造了一种以写鬼域为主的象征模式。如刘斧《青琐高议后集》卷三“程说梦入阴府证公事”，写县吏程说在梦中进入冥界，见阎王秉公办事，爱惜民力和耕牛，严惩罪恶之人。他手下的官吏廉洁奉公，严格执行他的命令，不敢怠慢 。阴府流行的话，也是他们的办事准则：“地狱罪恶不容私饰，见王便直陈其事，慎勿隐讳。”程说在冥界深受教育，决心实行善政。这里的阎王是人间清官的缩影，冥界成了秩序井然、政治清明的社会，虽是鬼域，却胜过人间，这种构思表达了人们的善良愿望。

变态型指把自然性变异与社会性变异结合起来，往往对社会的嘲讽不遗余力，有夸诞式、奇想式、佯谬式和假实式等。如洪迈《夷坚甲志》卷十一“高俊入冥”，写士兵高俊在阴间看见许多犯人被严刑拷打，奢侈无度者被倒悬着，造谣生事者被钳住舌头，滥杀无辜者被千刀万剐，这些犯人在作者笔下变得人不像人、鬼不像鬼，虽然夸张显得有些过度，显得荒诞不稽，但也给人以强烈的印象，具有震撼人心的力量。这种变形艺术有力地表现出惩恶扬善的倾向。再如《夷坚甲志》卷十九“毛烈阴狱”，写泸州合江县村民毛烈，常常以不法手段谋财致富，别人有好的田地宅屋，他就千方百计地筹划，一定要得到才肯罢休。昌州人陈祁，是毛烈的朋友，被毛烈用卑鄙伎俩把良田诈骗去。陈祁去县府告他，县吏受了毛烈的贿赂而判陈祁犯了诬陷罪。陈祁不服，向州转运使诉讼，也没有胜诉。陈祁非常悲愤，万般无奈，只得向东岳神灵祷告求助。结果阴府派人把毛烈、陈祁带到冥间，对簿公堂，毛烈在证据面前低头认罪，被判死刑，受贿的县官被烧了房子、减掉一半阳寿。可见阴间明察秋毫、执法如山，而人间却行贿受贿、阴暗腐败。诈骗犯在阳间逍遥法外，需要阴间清官审理追捕，人间与阴间对比鲜明，人间不如阴间，阴间的光明反衬了人间的黑暗。

但阴间也充满黑暗，鬼类蛮不讲理、凶残狠毒，如同贪官污吏。如无名氏《异闻总录》“横鬼索牛”，写中牟县染匠叶诚家有一头牛，筋骨健壮、两只角锋利、毛色很纯而漂亮，能够拉重车、行远道，全州没有牛比得上它，全家人都很喜欢这头牛。谁知恶鬼看上了这头牛，说是阎王的小女儿要嫁给南海君的小儿子，随行的喜车五百辆，选的牛都是最健壮、最漂亮的，叶诚家的这头牛是被征的五百头牛之一。于是几十名鬼子骑兵向叶诚家飞驰而来，要把牛抢走，叶诚舍不得，在他们未到之前迅速把牛染成蓝色。恶鬼一看牛的颜色不对，便把叶诚抓去审讯，只见叶诚中风倒地，人事不省。叶诚妻无可奈何，只得用水把牛身上的蓝色冲掉，让鬼把牛牵走，把叶诚的命救活。叶诚不禁垂泪悲叹：“这些恶鬼同官府一样蛮不讲理、横行霸道。”这些恶鬼是土豪劣绅的缩影，他们欺压百姓，鱼肉良民，随心所欲，无恶不作。

宋代笔记小说的鬼域描写很容易使人联想起蒲松龄《聊斋志异》里的鬼域世界，这些鬼域描写对蒲松龄的《聊斋志异》创作有一定的启示作用。

三、仙境与社会

人们喜欢描绘仙境、向往仙境，产生这种艺术的土壤，是人们的主观愿望与客观现实的矛盾，幻想以主观愿望征服、驾驭客观现实，创造一种现实中不存在或者极为罕见的艺术世界。他们借助仙境，展示人与自然环境、人与社会环境、人与人之间的矛盾，既反映社会现实，又表现主观理想，两者水乳交融、浑然一体。

宋代笔记小说作家吸取了前代文学描绘仙境的经验，善于以虚幻的想象表现真实的理想，以虚而用实、幻中见真。他们对富丽豪华而自由自在的仙境生活的描写，给人以神话艺术的美感。仙境洞府，与其说是神仙家虚无缥缈的幻境，不如说是人们理想中的桃花源，是以仙境的自由、幸福和光明，来反衬现实社会的残酷、苦难与黑暗。如徐铉《稽神录》“神仙乞食”，写山神饿了三天没有吃饭，山村袁老翁盛情款待山神，并不解地问道：“山神庙里每天祭品不断，您为什么还要到外面求食呢？”山神说：“老伯有所不知，人们祭祀我，都是求我给他们降福庇护，可我也有为难之处。有的人不该受福，我就不能享用他的祭品，所以常常有挨饿的时候。”山神说完即告别了老翁，直腾云天而去。袁老翁想到世间有许多贪赃纳贿的污吏，远不如这位山神廉洁，不由得感慨万分。这位山神使人自然而然地联想到清官形象，他两袖清风，秉公办事，不受不义之财，宁愿过清贫的日子，不愿做对不起百姓、对不起良心的事。

好奇乃是人类的本能之一，人们对仙境充满好奇心。奇妙的仙境，经过作家艺术夸张，予以理想化，具有较浓厚的浪漫主义色彩，往往以意境之清幽使人流连忘返，表现了人们的美好愿望，满足了读者的审美心理。如《夷坚丁志》卷八“华阳洞门”、《夷坚支癸》卷七“苏文定梦游仙”、《夷坚志补》卷二十“章仲骏游仙梦”等。如张邦基《墨庄漫录》“陈生出海”，写文士陈生等乘船在大海上航行，忽然遇到了狂风暴雨，数日后船被吹到了天涯海角。烟雾茫茫的海上传来隐约的钟声，大家欣喜若狂，连忙向钟声传来的地方驶去。烟雾渐渐散去，只见前面出现一个大岛，上有高山峻岭，非常雄伟。他们来到岛上，道路两旁树木葱翠，百鸟鸣叫，景色十分宜人。行了大约有十里路，绿荫中出现一处精美的房舍，金碧辉煌，巍峨壮观，琉璃瓦在阳光下闪闪发光。陈生走近大门，见高悬的匾额上写着“天宫之院”四个大字，便施礼而入。院内楼台亭榭，长廊画坛，美丽无比，十分清幽。穿过几道院子，来到一座大堂前，只见堂上有一个老人据床而坐，庞眉鹤发，面目清癯，旁边有丫鬟侍从三百余人，个个穿白袍，戴乌巾。他们十分好客，询问了陈生的有关情况后，便为陈生收拾了一间干净的房子供他休息。房子内牙床锦帐，熏香扑鼻，舒服无比。又设宴招待陈生，用的酒具器皿都是用黄金做成的，吃的除了山珍海味外，还有一些极精极美而不知名的药苗。过了一段时间，仙人带陈生游览蓬莱仙岛。这时夜色正浓，只见一轮明月当空，玉宇琼楼清光满，仙乐阵阵随处闻，陈生显得神清气爽，飘飘欲仙。黎明降临，一轮红日从东方的海面上升起，海浪汹涌澎湃，涛声沸腾就好像雷霆一样。红日倒映在海面上，直映得海天一色。顷刻之间，天色大明。再看蓬莱山上，一片片楼台亭阁，仿佛正在天外，祥瑞的云气缭绕其上。遥望远处，有一座险峰，突入云霄，峰顶积雪皓白。这种仙境，自然环境优美，人情醇厚，堪称自由的乐土，令人神往。再如张君房《乘异记》“诗会神女”，写名儒张士杰信步来到一座龙王庙前，见里面的神像塑造得栩栩如生。尤其是那位神女像，容颜秀美、姿态端庄，宛如妙龄淑女，格外引人注目。他被神女塑像吸引住了，呆呆地凝望着，心醉神迷，无法按捺内心的激动，于是写了两句诗给神女：“我是梦中传彩笔，书于叶上寄朝云。”他在大殿里看着神女像漫步，忽然发现神女向他走来，殷切地向他打招呼，带他来到庙舍后面一间幽雅的房子里，然后布置酒菜，并十分热情地亲自提壶倒酒请他同桌共饮。酒过三巡，神女为他吟诗一首：“落帆且泊小沙滩，霜叶无波海上寒。若向江湖得消息，为传风水到长安。”真是酒逢知己千杯少，张士杰不知不觉喝得酩酊大醉。他们沉醉在美好的意境之中。偶然与神女相遇，互相以诗唱和，这是才子浪漫情思的一种曲折表现。他心目中的理想女子是容貌漂亮、气质高雅、富有才情的妙龄女郎。人神之恋，在屈原《离骚》、曹植《洛神赋》以及一些故事中均有所表现，大多借用神话传说来表现人神之恋。在小说中描写男子望着神女塑像而想入非非、如痴如醉、似梦非梦，则是很少的；而这正是这篇小说的创新之处。作者围绕着艺术塑像，表现出一种扑朔迷离的神奇幻境。

综上所述，宋代笔记小说虚实艺术富于情趣和艺术魅力，引人入胜，达到了较高的水平。“假作真时真亦假，无为有处有还无”，这是曹雪芹《红楼梦》“太虚幻境”的一副对联，也可以借用来作为对宋代笔记小说虚实艺术的概括。

第二节

宋代笔记小说虚实艺术在中国戏剧影视中的参考价值

戏剧影视艺术家应该有气静意平之时，艺术品应该有适当的虚处，这样才能传神写意，达到较高的艺术境界。创作主体心气平和、意兴高远、气静神凝，有利于洞察万物之精髓，把握人与物的深层内涵，从而创作出思想深刻、意境深远、耐人寻味的艺术品。中国戏剧影视艺术家运用虚实艺术，取得了一些成就。主要可以分为两种，即虚化处理与静态处理。虚化处理可以加快戏剧电影电视的节奏，增强戏剧影视的表现力。静态处理可以产生特殊的艺术效果与持久的艺术感染力，使观众感受深刻而回味无穷。虚离不开实，虚静必须与动作、对话、镜头、色彩、音乐、音响等元素配合使用，才能产生作用。虚与实相辅相成，相得益彰。从接受美学观点来看，虚静是欣赏者进入艺术境界的一个重要心理基础。虚是使观众内心保持清澈澄明的状态，虚以应物；静则是对戏剧影视艺术作静观默想。虚实相生，动静相宜，不仅对戏剧影视是如此，对观众心理也是如此。虚静是中国戏剧电影电视成功经验之一，给当代世界戏剧影视的发展以有益而深刻的启示。

一

虚静是艺术的一种表现形式，具有深厚的哲学基础。庄周《南华真经·天道》云："意有所随；意之所随者，不可以言传也。"意有可以言传的部分，也有难以言传的部分，这为实与虚的关系奠定了坚实的基础。刘安《淮南子·原道训》说："是故有生于无，实出于虚，天下为之圈则名实同居。”他辩证地阐述了有与无、实与虚的关系。

历代学者对虚静艺术都很重视，虚实艺术在我国诗歌、绘画、书法、戏曲等艺术中得到了成功的运用，取得了丰硕的成果。绘画中的空白，音乐中的休止符，便是虚静。南朝刘勰《文心雕龙·神思》云：“是以陶钧文思，贵在虚静。”元代陈绎曾《文说》云：“养气之法，宜澄心静虑，以此景此事此人此物默存于心中，使之融化，与吾心为一，则此气由然自生，当有乐处，文思自然流动而不可遏矣。”明代何景明《与李空同论诗书》云：“夫声以窍生，色以质丽，虚其窍，不假声矣，实其质，不假色矣。”他们精辟地论述了虚静在艺术构思时的重要性，准确地论述了虚静有助于文思自然流动。

明代王骥德《曲律·杂论》云：“剧戏之道，出之贵实，而用之贵虚。”明代唐志契《绘事微言·大小所宜》云：“小幅宜用虚，愈虚愈妙。大幅则须实中带虚。”清代况周颐《蕙风词话》云：“词境以深静为主。……境至静矣。而此中有人，如隔蓬山。思之思之，遂由浅而入深。”清代魏际瑞《伯子论文》云：“古大家文虽极奇崛，必有气静意平处。故忙处能闲，乱处能整，细碎处有片段，险兀处有安顿，顺处不流，逆处不费筋力，穿插处不小家，示正处不板硬。”清代王昱《东庄论画》云：“未动笔前须意兴高远，已动笔后要气静神凝。无论工致与写意皆然。”清代张式《画潭》云：“言身之文，画心之文也。学画当先修身，身修则心气平和，能应万物。”他们从戏曲、绘画、诗文等不同方面、不同角度指出了虚静的重要特点与巨大作用，虚可以补充实，实可以带动虚，艺术家静思默想可以使艺术品由表及里、由浅入深。

从以上论述中我们可以看出，艺术家应该有气静意平之时，艺术品应该有适当的虚处，这样才能传神写意，达到较高的艺术境界。创作主体心气平和、意兴高远、气静神凝，有利于洞察万物之精髓，把握人与物的深层内涵，从而创作出思想深刻、意境深远、耐人寻味的艺术品。

二

中国戏剧、电影、电视艺术家运用虚实、静动艺术，取得了一些成就。主要可以分为两种，即虚化处理与静态处理。

虚化处理包括背景的虚化处理、人物的虚化处理、情节的虚化处理等等。

背景的虚化处理。一般来说，背景都是具体的，但在特殊的情境中，背景可以虚化，可以概括化。如《小城之春》中的小城，小城是什么样子，影片拍得并不具体、明确，展示在观众面前的是一堵城墙，女主人公周玉纹不断地挎着篮子由那里买菜、抓药。这就为观众提供了一个想象的空间。大家可以根据自己的生活经验，想象那里有药铺、医生、菜场、商店；可以想象那里的热闹或冷清；可以想象它在江南或者在江北。像周玉纹那样的不幸婚姻在那个时代实在太多了，具有一定的普遍性。背景的虚化处理，突出了这种不幸婚姻不限于江南或江北，或者东部与西部，到处都有。

人物的虚化处理。从叙事方式与叙事效果来看，有的人物应该用镜头重点表现，有的人物则可以通过有关人口中交代，在镜头中可以不出现，这样既可以减少镜头，又可以留给观众一些想象的空间。如《城南旧事》中秀贞向小英子讲述她和思康第一次见面的一段，影片给观众留下了很好的空白。在秀贞的画外音中，出现几处空镜头：小屋的窗户，又一扇窗户，然后摇向跨院月亮门，又摇向小屋，推近窗户……没有思康这个实在的人物出现，但是留给观众很多悬想和遐思。在每一个空镜头前，每一个人都等待着看到思康，然而又看不到思康，于是每个人都按照自己的想象塑造心目中的思康，而这个思康肯定是符合每个人的审美标准的，人人都得到了艺术上的满足。而且没有思康其人出现，那些破旧衰败的小屋、小屋窗户更能增添人们的惆怅……再如《黄土地》拍了许多空镜头，只有无边无际的黄土，没有人物出现。这块巨大的黄土似乎在说话，显得有时温暖，有时沉重，有时让人感到舒畅，有时让人感到压抑，有时让人感到冷峻。这样便突出了黄土地的意象，突出了黄土地给人们的思索，突出了黄土地所蕴含的丰富复杂的内容。又如电影《村路》只拍公社书记一双穿皮鞋的脚，脚下有几根香烟头，同时传出“鼓励扎根”的讲话，用“以物代人”的暗示法把公社书记“虚”掉了。出自同一用意，乔叶叶在公社讲话，在县委礼堂、地委礼堂讲话，有一些自我感觉良好的人物出场，导演把他们符号化了，只出现三个礼堂的大门，用门口停放的车辆间接地暗示出场人物的身份。这些人物只是政治的传声筒，导演把这些人物彻底虚化了，从而节省了画面，也表达了对假、大、空的一种厌恶之情。

情节或细节的虚化处理。一般来说，戏剧影视都是以情节或细节取胜，编导总是强化情节或细节，但在特定情况下，可以淡化乃至虚化情节或细节。如《黄土地》，为了突出黄土地意象，编导有意淡化乃至虚化一些情节或细节。影片主要通过画面，通过视觉形象来打动观众，让观众去细细体会其中内在的含义。除那块巨大的黄土外，婚礼、求雨、腰鼓阵等也都充满象征意义。影片开始展示一个姑娘的婚礼，在尘土飞扬的山道上，抬过来一顶花轿，唢呐声中却感受不到多少喜庆的气氛，表情呆滞的宾客、席桌与端来的木鱼，都毫无生气。身穿浅红色服装的翠巧在门边怯生生地看着这一切，这已经预示着她今后不幸的命运。第二次婚礼中的主角是翠巧，但观众始终没有看到新娘。在干涸的土地上，尘土飞扬，迎亲的花轿随着唢呐声远去。抬轿的轿夫与四周的背景都是一片土黄色，只有一顶花轿是红的。这顶花轿并未给人轻松明快的感觉，相对于画面中大块的黄色，更让人觉得压抑得喘不过气来。在单调地重复了一切程序后，镜头到了洞房里，红被子、红枕头，在昏暗的灯光下并未给人一种喜庆感，反而让人觉得沉重。突然一只粗黑的大手伸进画面，扯去盖头……镜头转黑。一般来说，洞房花烛夜，新郎和新娘一拜天地、二拜高堂、夫妻对拜，新郎和新娘有诉不完的情话、看不完的眼神，并伴随着许多亲昵动作，这些都是重要的情节、细节，但都被淡化乃至虚化了，从而突出了翠巧婚姻的不幸。

虚化处理可以加快戏剧电影电视的节奏，可以增强戏剧影视的表现力。

三

静态处理可以分为声音的静态处理和动作的静态处理。一般来说，戏剧电影电视离不开画面，也离不开声音，音乐与音响对拓展空间具有极其重要的作用。但是，在特定的情况下，对声音与动作进行静态处理，可以产生特殊的艺术效果与持久的艺术感染力，使观众感受深刻而回味无穷。

此时无声胜有声——声音的静态处理，减弱声音或没有声音，让画面表意传情。“电影的‘画中有诗’‘画中有歌’，既可以是媒介性的，也可以是表现性的。”[(1)] 此话确有道理。如《城南旧事》佣人宋妈的儿子小栓子死了，这是宋妈悲剧的顶点，她蒙着脸哭，还不敢哭出声，这种处理是符合宋妈的性格和地位的。她的悲哀不是由她的大声哭诉表达出来，而是通过这无声的哭泣感染观众。再如《一江春水向东流》，素芬抱着儿子张抗，望着明月，思念远在他方的丈夫张忠良，她的酸甜苦辣都在这无声的画面中表现出来。此时在重庆的张忠良也望着明月，却与王丽珍紧紧拥抱在一起。两种无声的画面形成强烈的对比，有力地表现了素芬贤惠却被蒙在鼓里，张忠良忘恩负义、灵魂肮脏。

又如《悲情城市》，导演侯孝贤利用主人公林文清的聋哑人特征，恰当地化用了默片字幕技巧，以宽美的日记体、阿雪书信体的女性抒情独白为辅，加以音乐、歌曲的插入，从而使无声与有声紧密结合，有时声画对位，有时声画错位，使无声的画面具有象征、隐喻的功能。又如《黄土地》，翠巧正在看迎亲的场面（中景），“啪”镜头一下跳到天地桌上的那个红纸糊成的牌位（特写镜头）。这时，任何音响都没有了，似乎造成一种情绪的中断。这个无声的、用热烈的红色构成的画面，比五音俱全要好，暗示了这种没有爱情基础的婚姻的不牢固，也突出了旁观者翠巧的紧张心理。

又如电影《小花》“兄妹和好”“人桥”“母女相会”“三兄妹团圆”等几场戏，几乎没用一句台词，而是充分运用电影艺术在视觉上的感染力，着重表现视觉情绪。其中“兄妹相见”一场戏尤为突出。人在最喜和最悲的时候，常常是很难用语言来表达情感的。导演在兄妹相见的那一瞬间，扩大了视觉上时间和空间的距离，从而细致地表现兄妹的情绪。第一个镜头是小花撕开窗帘，拿着战刀，这是一个全景，利用了户外的太阳，造成小花逆光的剪影。第二个镜头是赵永生的中景，他看不清窗户旁的人是谁。第三个镜头是小花的特写。运用长镜头，细致地刻画了小花这一瞬间由判断到惊喜的转换过程。第四个镜头是赵永生兴奋地喊着“小花”的特写。第五个镜头是俯瞰的大全景，兄妹俩奔跑着，抱在一起。五个镜头，全景—特写—全景。两极镜头的运用，与长度上急、缓的变化，就像诗歌中长句与短句的结合，在人物情绪的渲染上造成抑扬顿挫的鲜明节奏。接着妹妹急于看到哥哥身上的伤痕，绕着哥哥转起圈来。这里打破了逻辑蒙太奇的传统组接方法，运用情绪蒙太奇展示兄妹童年在林中旋转，然后用笑声和音乐加以烘托和衔接，把彩色片和黑白片组接起来，使兄妹过去与现在、童年与现实浑然一体，使兄妹悲喜交集的情绪得到充分的表现。

在特殊情境中，沉默是黄金。例如电影《老井》在将近一半戏里，只有三句话，两次问答。旺泉说：“啥时回来的？”“前晌。”巧英问：“旺才埋在哪？”旺泉动了动下颏。观众从除此外的所有沉默中可以感受到很多东西。可以联想到老井村为打井所献出的一切；可以想象到他们两人爱情悲剧的始末：登记被追，山口相遇，深山找水乃至在深井垂危之际那炽热疯狂感情的奔泻……再如电影《香雪》拍摄香雪一家在河滩开地，他们从晨到暮，辛勤劳作。香雪和她父亲一块一块地搬着石头，她母亲周而复始地推着碾子。劳动是沉重的，但是生活就在这样的艰难之中开辟着，搬开沉重的石头，就出现了可以播种作物维系生存的土地。中国农民世世代代就是这样生存着、奋斗着。他们是可尊敬的，像石头一般厚重，像大地一般质朴的人们。最后，当父女俩终于在石滩上开出一小片地，导演用三级跳的全景、远景、大远景，表现堆起的石头与开的地一般大，两个人在悠悠天地间苦干着。画面是静默的，凝重的，这与农民的性格相一致。在这博大的静穆中，寄予了编导对耕耘者很深的敬意，观众也会从中得到一些启示。

淡化人的声音，用精彩的画面与自然界的声音、音乐声或无声来表现人物的主要特征和内心世界。例如，电影《香雪》中姑娘们围在一位画家身边，香雪以她的聪慧和文静引人注目，画家给她画了一张速写。电影用了一个中景，透过玻璃窗上的水流拍过去，声音和影像都具有朦胧的意味，只是到最后，才回到姑娘们挤在一起笑着的特写，这真是天籁。香雪冒雨回家，珍藏起画像，装满一篮青玉米又跑到车站。在音乐与火车声中镜头转到车厢，玉米篮已摆在窗前，画家沉思着，闪回香雪在大雨中举着玉米奔跑的镜头。此时音乐与火车声隐去，只留下雨声和脚步声。画家又在作画，一幅传神的香雪送玉米的速写。画笔下，雨声和踏着泥水的脚步声愈来愈大，突出了香雪的赤诚、质朴和善良。这画笔没有声音，但比声音更有效地表达了香雪、画家以及编导一种美好的情愫。再如《老井》“雪地告别”一场，巧英来向旺泉告别，万水爷在场，无言。万水爷曾经阻止他俩的婚事。这时音乐响起，万水爷驼着背、袖着手蹒跚而去。银幕上看不见老人家的面部，只有苍老的背影。然而，这一背影就够了。他把老人在年轻人面前的负疚感以及此时此刻他对两个情投意合的年轻人爱情的理解都表达出来。望着老人后背，听那婉转悠扬的琵琶声，观众会产生许多思考、联想。这与片头万水爷追赶旺泉和巧英、迈着大步高喝一声“站住”时的情景形成一个对比。万水爷走后，又是一阵沉默。巧英欲言又止，旺泉只缓缓收拾打井工具，细雪伴着音乐，把这对恋人酸甜苦辣的内心世界充分展示出来。

动作的静态处理。一般来说，动作总是伴随着响声，但在特定环境中可以作静态处理，以突出人物特殊的心境与情感。例如《老井》“双井械斗”一场孙旺泉跳井的动作，导演拍这场戏用了三台摄影机，一台总瞰全局，拍摄械斗的全过程，突出其悲壮场面；另两台抓拍各种激动人心的镜头。械斗场面相当逼真，令人惊心动魄。在处理最关键的镜头——孙旺泉跳井时用了静态处理。这时，镜头一动不动从斜上角对准井口，孙旺泉并没有大喊大叫，而是笨拙地爬到井边，起初当土石倒在他身上时，还用手挡着自己的头。只是当一筐筐土石继续从他身上倾进井里时，他才很困难地挪了身子，一下跳了进去，其实说滑了下去更准确。在这里，没有铿锵高呼的壮烈动作，就是那么一滑，名副其实的静态处理。紧接着，一个仰拍的惨白的井口，在银幕上凝固了很长时间，而此时此刻所有可能发生的惊骇万状的反应镜头都被这惨白的一动不动的井口代替了。这又是一个静态处理，观众被强烈地感染，自然会联想到刚才所发生的一切，也会推想到即将发生的一切。

四

戏剧影视艺术强调动作与对话，强调镜头与色彩，强调音乐与音响，强调视觉与听觉，虚静与此并不矛盾，虚静是特殊状态下的视觉与听觉。运动是绝对的，静止是相对的。虚离不开实，静离不开动，虚静必须与动作、对话、镜头、色彩、音乐、音响等元素配合使用，才能产生作用。虚与实、静与动对立统一，相辅相成，相得益彰。杨义说："两极而中和，事物存在的辩证法就一分为三，而且是不同方向、不同层面、不同深度上的一分为三，它赋予事物的发展以丰富而身后的合力机制……在两两成对立之间，涉及了时空、疏密、顺逆、断续、预补、分合等一系列对立的范畴。"(2)所言确有道理。虚与实、静与动是对立的范畴，也存在这种关系与作用。

虚静对编剧、导演、表演、摄影、剪辑具有一定的启发意义，虚实转化、动静交替是他们使用的重要方法之一。

大音希声，虚静对人来说是一种很好的修养，对艺术来说则是一种很高的境界。人们常说：宰相肚里能撑船，将军额上能跑马。冬天是虚静，有一股寒冷肃杀之气。陈道明在电视剧《黑洞》《冬至》《中国式离婚》中的表演就是如此，他善于以静制动。他像打太极拳一样，催刚为柔，以柔克刚。在《中国式离婚》中，蒋雯丽所饰演的林小枫经常疑神疑鬼、大吵大闹，陈道明所饰演的宋建平则尽量克制自己，两人一动一静，一张一弛，动静相生，相得益彰。不在沉默中爆发，就在沉默中灭亡。两人长期进行热战、冷战，最后自然在沉默中分手。中国戏剧《茶馆》《天下第一楼》《枣树胡同》等、中国电影《那山 那人 那狗》《孔雀》《立春》《青红》《芳香之旅》《海角七号》、中国电视剧《暗战》、韩国电影《八月照相馆》《春逝》《爱有天意》、日本电影《情书》《梦旅人》《燕尾蝶》《四月物语》《豆蔻年华》、法国电影《雪地里的情人》等在虚静方面也是表现得比较充分，展示出一种玄幽之美，具有震撼人心的艺术效果。

虚静在电视剧《潜伏》中表现生动，余则诚潜伏下来就得安静，不能轻举妄动，该动时就动，不该动时就得沉住气。即使在行动时也得维持表面上的安静，以静来掩护动。因此，该剧虚化处理与静态处理的镜头运用得比较多，也比较精彩。余则诚暗中联合吴敬中、陆桥山致马奎于死地，之后又悄悄地联合陆桥山合击李涯。余则诚在不动声色中逐步击败对手，他的敌人纷纷倒下，他自己地位逐步上升。这些虚化处理与静态处理的镜头形象而深刻地表现了余则诚逐步成熟、城府渐深、足智多谋的特点。

虚静在张艺谋《山楂树之恋》中得到比较成功的运用。静秋与老三相识是静静的，他俩相爱是静静的，相别是静静的，最后永别也是静静的。他们的爱情平淡而有真味。山坡上的山楂树安静地站在那里，脸盆上的山楂树更是安静地贴在那里。该片从女主角静秋的名字、重要场景、重要情节，到主题，都贯穿着虚静的手法与精神，让人回味无穷。当然，由于一些原因，其中有些细节如静秋的父亲为什么被打成右派？老三的母亲为什么自杀？老三没有展开表现，让观众去体会，有相关生活阅历的观众会理解其中的酸甜苦辣，但是没有相关生活阅历的观众理解起来会比较困难。

五

从接受美学观点来看，虚静是欣赏者进入艺术境界的一个重要心理基础。虚是使观众内心保持清澈澄明的状态，虚以应物；静则是对戏剧电影电视作静观默想。人们通常说：要想提高效率、进入某种状态，必须静下心来。老子《道德经》提出“涤除玄鉴”思想。庄子《人间世》云：“若一志，无听之以耳而听之以心，无听之以心而听之以气。耳止于听，心止于符，气也者，虚而待物也。唯道集虚，虚者，心斋也。”《天道》云：“水静则明须眉，平中准，大匠取法焉。水静犹明，而况精神。圣人之心静乎，天地之鉴也，万物之镜也。”《庚桑楚》云：“不荡胸中则正，正则静，静则明，明则虚，虚则无为而无不为也。”由此可见，虚静艺术的效果是显著、广泛、长远而持久的。

人们在特殊情况下相见或离别，往往说不出话来，这种无言的描写反映了特定的心理状态，常常胜过千言万语。柳永《雨霖铃》词写道：“执手相看泪眼，竟无语凝噎。”苏轼《江城子》词云：“相顾无言，惟有泪千行。”这些词句生动地反映了这种特定的情绪，突出了虚静所产生的强烈而持久的艺术效果。戏剧电影电视艺术恰当地表现虚静的场面，能够唤起观众类似的生活积累和情感积淀，从而产生强烈的共鸣，取得很好的效果。

观众的心理有张有弛，紧张之后的虚静符合这一心理规律。虚实相生，动静相宜，不仅对戏剧电影电视是如此，对观众心理也是如此。如果一味地打打杀杀、喊喊叫叫，则显得单调乏味。把虚静与动作及声音有机地结合起来，则给观众以有起有伏、变化有序、丰富多彩之感。

虚静艺术会使戏剧电影电视中人物与人物之间、人物与观众之间产生心照不宣的交流，具有强烈的艺术感染力量，使戏剧电影电视显得深沉、淡雅。

虚静是中国戏剧电影电视成功经验之一，给当代世界戏剧电影电视的发展以有益而深刻的启示。

注释：
/
Notes

（1） 王迪、王志敏：《中国电影与意境》，中国电影出版社2000年版，第296页。

（2） 杨义：《中国叙事学》，人民出版社2009年版，第24、25页。

Chapter 7
第七章

宋代笔记小说的语言特征及其价值

第一节

宋代笔记小说的语言特征

宋代笔记小说的语言特征比较明显。宋代笔记小说以文言为主，间杂少量的白话、口语。韵散结合，适当用了一些词，多用小令、中调。叙述人语言精练雅洁，人物语言时用文言、时用白话，均体现出个性化的特点。有些笔记小说语言具有一定的地域性。

一

宋代话本小说主要由题目、入话、正话、篇末语组成，在语言上有其基本格式。入话和正话是小说主体部分，均用白话口语。篇末语多是诗歌。因此在语言上其基本特征是口语。唐代小说基本上是用文言写成。比较而言，宋代笔记小说则显得比较灵活。宋代笔记小说以文言为主，间杂少量的白话、口语，有些语言介于文言与白话之间。如黄休复《茅亭客话》“景山人”结尾：“谁谓天盖高，何惩恶劝善如反掌耶！”再如，司马光《涑水记闻》“钱若水”，写钱若水精明能干、正直无私，别的官员准备为他奏请功劳，他说：“若水但求狱事正，人不冤死耳，论功非其本心也。”又如，沈括《清夜录》“梦妻抚儿”，写士人刘复与漂亮的李氏结婚，生下一个男孩一个女孩，李氏不幸早逝。刘复梦见她说：“欲君抚幼儿，聊复相劝耳。”这些半文半白的语言生动地表现了人物各自的心态和情绪。

一些社会地位不高、逐渐市民化的中下层士人，对市民的生活习惯、思想意识、审美观念是比较了解的，他们所创作的笔记小说受话本的影响，变得比较通俗浅显，具有文不甚深、白不甚俗的语言特征。冯梦龙托名“绿天馆主人”作的《古今小说序》云：“大抵唐人选言，入于文心；宋人通俗，谐于里耳。天下之文心少而里耳多，则小说之资于选言者少，而资于通俗者多。”所言有一定的道理。有些语言在今天看来是文言，但在当时尤其是上流社会和知识分子中属于口语。如罗烨《醉翁谈录》甲集卷二“张氏夜吕星哥”一节的开头：“会稽张，有一男一女，男名阿鳞，女名琼娘。”“我们现是熟亲，情爱无间。”以及“两个天生一对儿”等。再如，张君房《缙绅脞说》“淳化看蛇”中写到有人大声说：“看蛇！”又如，马纯《陶朱新录》“范氏女”写范氏女留恋青山绿水，不愿回到城市，对她兄弟说：“此间甚乐，不愿归也。”又如，洪迈《夷坚乙志》卷七“布张家”，写邢州富人张翁，以买卖布匹为业，逐渐发了大财，资产达十千万，邢州人把他家经常呼为“布张家”。又如，王明清《投辖录》“猪嘴道人”，写西京来了一个道士，他嘴巴很长，能预言未来之事，被人们称为“猪嘴道人”。又如，鲁应龙《闲窗括异志》“三姑庙”，写华亭县湖水泛滥，被三姑庙镇住，渔人说一妇人乘他的船，然后飘然而去，众僧惊讶地说：“此必三姑显灵。”又如，沈徵《谐史》“我来也”，写一个身手不凡的盗贼每于人家作窃，必以粉书“我来也”三字于门壁，虽缉捕甚严，久而不获。这些实际上都是当时的口语白话，富有生活气息，使人物显得神情毕肖，栩栩如生，今天看来仍然具有活力，可见宋代笔记小说深受当时口语影响。

二

口语、白话与文言相渗透还表现在韵散结合上，散文用以叙事，韵文用以抒情，韵文对人物形象的塑造具有烘托作用。唐代小说、宋代话本小说也有韵散结合，宋代笔记小说与之有一些区别。一般来说，宋代笔记小说篇幅较短，因而用的韵文较少、也较短。唐代小说篇幅较长，因而用的韵文时少时多、时长时短。宋代话本小说在正文用白话口语，在篇末用诗歌，而这首诗往往是总结性的感慨或评论。宋代笔记小说韵文有的在篇首，如钱易《洞微志》“刘景直”开头，描写刘景直在华清宫门上题诗：“天子多情宠太真，六宫专幸掌中身。渔阳鼓动长安破，从此香肌委路尘。”然后他梦见唐玄宗、杨贵妃与自己谈论天宝之事，展示出刘景直天下兴亡、匹夫有责的胸怀。有的在篇中，如释文莹《湘山野录》“锺辐”，写才子锺辐与才貌双全的樊小姐结婚，他不久离家进京赶考，考中甲科第二，他在得意之际携另外一个女郎到处游荡而不回家。一天晚上梦见妻子樊氏给他写了一首诗：“楚水平如练，双双白鸟飞。金陵几多地，一去不言归。”流露出很深的埋怨与责怪之情，烘托出浓郁的哀婉与悲伤气氛。这首诗既表现了人物的个性，又推动了情节的发展。有的在篇末，如张君房《乘异记》“李煜为狮子国王”结尾诗曰：“异国非所志，烦劳殊未闻。风涛千万里，无复见锺山。”表现了李煜身在海外、心回故国的深沉感叹。由此可见，宋代笔记小说韵散结合，灵活多变，不拘一格。

唐代小说韵文多是诗赋，极少用词。宋代笔记小说用了一些词，多用小令、中调，这正是宋词盛行的时代风气在笔记小说中的反映。如吴坰《五总志》“秦观临江仙词”，王明清《玉照新志》“张生雨中花词”“周美成瑞鹤仙词”“左与言”，洪迈《夷坚志补》卷二“义娼传”等。如李献民《云斋广录》“钱塘异梦”，写才子司马槱考中方正贤良科后，梦见一个美人送他一首《蝶恋花》词，醒后记得其半：“妾本钱塘江上住。花开花落，不管流年度。燕子衔将春色去，纱窗几阵黄梅雨。”他很喜爱其词旨幽凄，乃续其后云：“斜插犀梳云半吐。檀板朱唇，唱彻黄金缕。望断行云无觅处，梦回明月生春浦。”他常常以此梦为念，并作《河传》词以表达对她的思念之情：“银河漾漾。正桐飞露井，寒生斗帐，芳草梦惊，人忆高唐惆怅。感离愁，甚情况？春风二月桃花浪。扁舟征棹，又过吴江上。人去雁回，千里风云相望。倚江楼，倍凄怆。”梦境和词意流露出他对意中人的追寻，表现出他多才多艺、风流浪漫的特点。再如周密《齐东野语》卷二十“台妓严蕊”，写严蕊色艺冠一时，作诗词有新语。天台太守唐与正请她参加酒宴，命赋红白桃花，她立即完成一首《如梦令》词：“道是梨花不是，道是杏花不是。白白与红红，别是东风情味。曾记，曾记，人在武陵微醉。”又七夕，郡斋开宴，有个豪士谢元卿请严蕊赋词，以他的姓为韵。酒方行，严蕊已写成《鹊桥仙》词：“碧梧初出，桂花才吐，池上水花微谢。穿针人在合欢楼，正月露、玉盘高泻。蛛忙鹊懒，耕慵织倦，空做古今佳话。人间刚道隔年期，指天上、方才隔夜。”谢元卿为之心醉。这两首词清新而缠绵，婉约而动人，十分符合当时的情景，充分表现出严蕊温柔多情、才思敏捷、善于临场发挥的特点，也展示出宋代才子才女们往往以词作为传情达意之方式，以填词唱词来增添酒兴和艳情的时代风气。

三

宋代笔记小说叙述人语言精练准确、文辞雅洁，作家吸取史传文学、《世说新语》、唐代小说及散文的语言特点，善于锤炼语言，使语言具有雅洁之美。这点与宋代话本小说明显不同。宋代话本小说作为说话人的底本，说话人不慌不忙、不紧不迫地慢慢道来，叙述人语言往往详尽较长。有些话本为了吸引听众，有意拉长叙述人语言，并且增加一些枝节，显得比较拖沓冗长。宋代笔记小说作家不是这样，他们直奔主题，善于在较短的篇幅中叙事写人，抓住中心事件，着力描写，删去不必要的枝蔓，文简字约，寥寥数语，便写出人物某一方面的性格特征。描写世态人情，则善于抓住其特征，以简洁明快的语言生动地表现出来。叙述性语言要言不烦，没有冗长拖沓之弊。作家善于用春秋笔法，对人物思想言行往往只作客观描述，而读者在字里行间能够看出其爱憎之情和创作倾向。

宋代话本小说多采用一种方式，即第三人称。宋代笔记小说叙述人语言主要有两种方式，即第一人称和第三人称。用第一人称作叙述，叙述人“我”是作品中的一个角色，叙述角度是固定的，叙述语言受“我”的年龄、身份、性格等多种条件的影响和限制，带有鲜明的感情色彩。用第三人称作叙述，不仅可取人物的角度，还可化用人物的语言，把叙述人语言在某种程度上转化成为人物语言，让人物代替作者叙述。如洪迈《夷坚志》有第一人称，也有第三人称。而周去非《岭外代答》基本上是第一人称。

宋代笔记小说人物语言个性化比较明显，人物说话符合人物的身份、地位、经历、教养，符合由此形成的思想和性格，也就是什么人说什么话，不同的人说不同的话，收到闻其声如见其人的艺术效果。这点与宋代话本小说也有所不同。宋代话本小说人物语言均用白话口语，宋代笔记小说人物语言有些用文言，有些用白话口语，根据人物的教养、身份、个性等来确定。如洪迈《夷坚丙志》卷八“谢七嫂”，写谢七嫂对婆婆很不孝顺，自己天天吃雪白的大米饭，却给婆婆吃粗麦饭，还经常抢走饭碗，不让婆婆吃饱。一天有个和尚来化缘，请给一碗白米饭，七嫂一听就火冒三丈，厉声叱骂和尚：不要脸的秃驴，我哪有饭白送你吃！和尚也不生气，只是苦苦恳求，最后七嫂说：“脱尔身上袈裟来，乃可换。”这个场面描写，真是绘声绘色，惟妙惟肖，把谢七嫂刁钻泼辣、粗野凶暴的个性逼真地刻画出来，使人如耳闻目睹。作家紧扣谢七嫂的身份、地位和心理特征，措辞用语，传神写态，显得自然真切、细致入微。再如，胡微之《芙蓉城传》，写王迥遇仙女周瑶英的故事，仙女周瑶英对王迥颇有好感，一天晚上飘入他的房中与他谈情说爱。王迥不知这位美女的身份来历，有点害怕，便询问她有关事情。她答道：“少顷至君寝。”并立即付诸行动。表现出这位仙女对性爱的渴望与追求，展示出她大胆炽烈、热情奔放的个性。人神之恋在有关故事中多表现为精神情感之恋，可望而不可求，很少有性爱。即使有性爱，表现得也是若即若离、含蓄朦胧。这位女神不愿压制自己的自然本性，主动勇敢地追求意中人，展示出独特的性格。

作家在写人物对话时，善于以简洁而贴切的白话口语，表达人物较为复杂的身世经历和思想感情。如洪迈《夷坚志补》卷五“湖州姜客”，写卖姜者被王富人打了一顿，在回家路上对摆渡人说：“使我一跌不起，今作他乡鬼矣！”表现了他差点被人活活打死的不幸遭遇，倾泻了深沉的哀叹和悲愤。

作家洞悉人物的心态，把握其感情脉搏，体贴入微，从而运用人物口语，细致真实地表现了蕴藏在灵魂深处的喜怒哀乐之情。通过对环境气氛的渲染，使不同人物的语言具有浓郁的感情色彩，甚至同一人物在不同场合所说的话，语调声息具有不同的特色。如刘斧《青琐高议》卷三“王琼奴含恨题词”，写宦女王琼奴在父母健在时，活泼开朗，无忧无虑。父母去世后，哥嫂把家产卷走，她孤苦伶仃、无依无靠，在无可奈何之下只得嫁给一个老头做妾，又被正妻虐待，最后她向人们哭诉，催人泪下。

四

有些笔记小说的语言具有一定的地域性。

宋代笔记小说口语中有许多方言，人物语言要口语化，适当用了一些方言土语，因而具有一定的地方色彩。

北宋时期以中原方言为主。如宋庠《杨文公谈苑》“党太尉”，写党进壮勇直爽，不喜欢朝秦暮楚之人，对优者怒道：“汝对我说韩信，见韩信即当说我。此三面两头之人。”即命杖之。作者成功地运用了当时的习惯用语和方言，表示对动摇不定的风派人物的痛恨与厌恶，“三面两头之人”活画出此类小人的丑恶嘴脸，这句方言很有表现力。

北宋时期也有一些吴方言，如方勺是婺州金华人，熟悉吴方言，在《泊斋编》中恰当地运用了一些吴方言。他在“朱晓容”这篇小说中，写朱晓容当过官，也当过和尚，他在不高兴时必骂道：“贼秃！”这在吴方言中表示对有关人和事的不满，“贼秃”这两个字几乎成了朱晓容的口头禅，突出了他那愤世疾邪的心理和不平则鸣的个性。

南宋时期吴方言比较突出，闽越岭南色彩也有一些。吴方言中的“侬”等在宋代部分笔记小说经常出现。如费衮是无锡人，在其《梁溪漫志》中准确地运用了一些方言俚语，在“俚语智盗”开篇便写道：

“俚语谓盗虽小人，智过君子。”这句方言俚语揭示出盗贼的过人智慧和高超技术，也表现出当时一般人对他们的看法。

宋代笔记小说在语言上的这些特点，对元明清有关小说的语言产生了一些影响，如词和方言口语得到进一步的运用。

第二节

韵味、和谐在中国戏剧影视中的参考价值

一、韵味与戏剧影视

中国是一个诗的国度，《诗经》《楚辞》和“唐诗”“宋词”等美妙的诗歌熏陶了每个时代的文人。因此，中国诗歌、散文、小说、戏曲等都自觉或不自觉地追求韵味。韵味熏陶着中国戏剧电影电视。

韵味是中国戏剧电影电视艺术经验之一。韵味不仅表现在形体上，更重要的表现在心灵里。韵味具有东方民族特色。韵味要求编剧、导演、演员具有很高的艺术素养。韵味是衡量戏剧电影电视艺术水平高低的重要标尺之一。韵味的美感远高于感官的快感。韵味与传神有共同点，但也有重要的差别。不同的演员具有不同的韵味，同一演员在不同戏剧电影电视中往往表现出不同的韵味，不同的韵味形成不同的风格美。韵味与戏剧电影电视中的具体形象不同，它看不见、摸不着，具有间接性和伸缩性。因而欣赏韵味应该采用品味、领悟等整体直觉的方式。韵味为戏剧电影电视增加了丰富的内涵，在新世纪多元文化的交流与发展中，韵味会使戏剧电影电视在争奇斗艳的世界戏剧影视百花园中发出绚丽的光彩！

（一）

世界文化的多元发展与戏剧电影电视的关系表现在许多方面，韵味与戏剧电影电视是其中之一。中国与韩国一些优秀的戏剧、电影和电视剧具有韵味，如《台湾往事》《孔雀》《青红》《如果·爱》《理发师》《疯狂的石头》《三峡好人》《云水谣》《历史的天空》《幸福像花儿一样》《醉画仙》《春香传》《大长今》《商道》《明成皇后》等。

韵味是中国戏剧电影电视艺术经验之一。韵味不仅表现在形体上，更重要的表现在心灵里。韵味是东方气派的，既表现出真善美品格，又具有东方民族特色。韵味要求编剧、导演、演员等具有很高的艺术素养，是衡量戏剧电影电视艺术水平高低的重要标尺之一。中国与韩国在文化上有渊源关系，有一些共同点，儒家、道家等传统文化等对中国与韩国均产生了很大而深远的影响，韵味是其中一个组成部分。

韵味是一个重要的美学范畴，在电影、电视、戏剧、戏曲、诗歌、音乐、舞蹈、绘画、书法等文艺部类中均有体现。韵味在艺术作品中是非常重要的，其有与无或者多与少，直接影响艺术作品水平的高与低。陆时雍《诗镜总论》说："诗之所贵者，色与韵而已矣。……有韵则生，无韵则死。有韵则雅，无韵则俗。有韵则响，无韵则沉。有韵则远，无韵则局。"范温《潜溪诗眼》说："韵者，美之极。"他们认为韵味与美感是密切相关的，并且把韵味作为美的一种极致。这虽然有点极端，但表现了他们对韵味的一种精辟的见解，因而具有一定的合理性。

韵味对人来说，指一个人的气质、修养等的表现，韵味对演员来说尤其重要。就文艺作品而言，韵味指展示在文艺作品中的精神气质和格调风度，包括美的内涵和形式，能激起欣赏者美感。韵味可以用来评价女子，也可以用来评价男子。

韵味的美感远高于感官的快感。韵味的美感是精神的享受，情操的陶冶，感官的快感是官能的享受，因而前者高于后者。

韵味与传神有共同点，但也有重要而显著的差别。传神是以形写神，取韵也必须有实在的形象表现，这是二者一致之处。不同点在于：传神重在生动鲜明地传达出客观事物的神态情状、个性特征，取韵则注重抒情写意，要求形象特征与编导主观情意相契合，用以表现编导对现实生活的独特审美感受、审美情趣和审美理想。有韵味的艺术形象不单纯是事物或人物的形体，而是含蓄、曲折地表现出言外之意、象外之象、味外之味的形象。这些言外、象外、味外之韵，与实在的形象有机地统一在一起，形成戏剧影视艺术的魅力。在某种意义上可以说，韵味比形象具有更为重要的审美价值和更大的美感力量，并且使形象获得以一驭万的审美效果。韵味是编导形象思维的产物，而又在审美时为观众的联想、想象和幻想所补充。较之内容单纯而确定的神似境界，韵味的内涵具有丰富多样性和不确定性，欣赏者因各自审美判断力和审美经验的差异，联想、想象和幻想的内容不尽相同，常常有见仁见智的情形。因此，韵味比神似的境界更加高远、阔大，韵味比传神的主观色彩浓厚，审美能动性也要强烈得多。

一些戏剧影视中的人物很有韵味，便让观众回味无穷。例如，中国电影《一江春水向东流》中的素芬、《早春二月》中的陶岚与韩国电视剧《大长今》中的徐长今，均具有美的形体和美的心灵，因而都很有韵味。《一江春水向东流》与《早春二月》结局归于困窘与迷惘，流露出一种伤感和失落；《大长今》充满挫折，也充满希望，其主演受到观众的高度赞赏，被称为永远的戏剧影视明星，在世界戏剧影视界闪耀着东方的光芒。她们与一些庸俗的性感明星不同，她们不仅容貌美丽，更重要的是具有很好的气质、情趣和表演艺术，所以很耐人寻味。

相反，一些戏剧影视中的人物缺少韵味，便会让观众感到失望。例如，有的戏剧、电影、电视剧《红楼梦》中的林黛玉、薛宝钗、贾宝玉演得不够好，主要原因是该演员缺少林黛玉、薛宝钗、贾宝玉的气质、才华、情感等，即缺少林黛玉、薛宝钗、贾宝玉的韵味，人们看了以后总觉得与曹雪芹《红楼梦》中的林黛玉、薛宝钗、贾宝玉相差较远。

（二）

不同的演员具有不同的韵味。例如，李羚在《宋庆龄和她的姊妹们》中饰演宋庆龄，对宋庆龄的精神气质和情感风度把握得很准确，显得仪表端庄，韵味高雅，表现出一个从内心到外形都是那么完美的东方女性形象。她美丽、高洁、楚楚动人，又平易近人、亲切温和。这一切来源于她崇高的思想品质和坚定的信念，无论是爱还是恨，都是发自她的肺腑。如宋庆龄从日本回到家中，父母碍于世俗，不同意她与孙中山结合。全家人集合在一起强迫她与孙中山终止关系。她在全家的高压下感到惊恐，却不肯屈服，终于晕倒，这场激情戏，演得淋漓尽致，没有一点火气，把宋庆龄的修养和韵味充分表现出来。再如，《台湾往事》女主角由当代著名女影星蒋雯丽饰演，她是一个很坚强、富有时代气息的女性，表现出韵味的当代性。她言谈举止、穿着打扮既热情大方，又朴素本色，家庭主妇服是她的常装，她充满自信、自强、自尊、自爱、自主的精神，也是一个温柔的女性，她深爱丈夫和孩子。该片展示了家庭、民族与时代之间错综复杂的关系，在严峻的矛盾冲突中融进一种温馨的情愫。她具有高尚的人格美，在权势面前，坚持自己的人格。日本人侵占台湾，她的丈夫坚持民族正义，便受到严重摧残，被迫害得精神不正常，乃至悲惨地死去。她的几个孩子比较小，公公年龄很大，家庭的重担主要压在她身上，这对她是一个严峻的考验。她挺直腰杆，含辛茹苦地渡过一个又一个难关，把几个孩子培养成优秀人才，展示了人格美。台湾光复后，她的大儿子以优异成绩考上了厦门大学，后来因为内战，她与大儿子隔海相望，二十多年未能见面。但她心里时刻惦记着大儿子，希望全家以及海峡两岸早日团圆，她的人格美折服了广大观众。该片以她与阔别很久的大儿子相逢来结尾，充满光明，让人感到欣慰、受到鼓舞，突出了她人格美的巨大影响力，显示了真、善、美，战胜了假、恶、丑。这样结尾，音响止而情未绝，画面完而意无穷，显得韵味绵长无尽。

同一演员在不同戏剧影视中往往表现出不同的韵味，例如上官云珠在《一江春水向东流》中饰演时髦的阔太太何文艳，显得风骚无聊；在《希望在人间》中饰演教授妻子陶静寰，显得聪明贤淑；在《早春二月》中饰演文嫂，显得凄惨忧郁。再如，潘虹在《人到中年》中饰演陆文婷，显得质朴深沉；在《井》中饰演徐丽莎，显得干练精细；在《末代皇后》中饰演末代皇后，显得忧郁困惑。又如，刘晓庆在《垂帘听政》中饰演慈禧太后，显得高贵、专横；在《芙蓉镇》中饰演胡玉音，显得坚忍不拔；在《原野》中饰演花金子，显得泼辣勇敢；在《春桃》中饰演春桃，显得精干多情。

不同的艺术家具有不同的个性，因而表现出不同的韵味，所体现的风格也不同。不同的韵味形成不同的风格美。陈道明修养深厚，温文尔雅；葛优逢场作戏，幽默风趣；姜文刚强有力，自然而然；张丰毅粗犷不羁，能硬能软；陈宝国豪迈大气，阳刚风流；周润发不怒自威，强悍霸气；刘德华潇洒倜傥，巧夺天工；张曼玉才华横溢，绚丽多彩；张柏芝天生丽质，光彩照人；成龙文武兼备，刚柔相济；周星驰想象丰富，善于搞笑；李英爱美丽端庄，柔中有刚；崔岷植狂放浪漫，不拘一格。

巩俐、章子怡与刘晓庆、林青霞韵味不同，因而表现出不同的风格美。张艺谋对李翰祥说：巩俐更重要的是她自己的味道，如论美，她没有林青霞美，但她有自己的个性，独特的气质，吸引人的东西。（参见李尔葳《东方美女巩俐》）他们说得确有道理。巩俐的气质既朴实又有现代感，追求自然天成，不矫饰加工，充满激情，显得韵味纯正，风格明快，这在《红高粱》《秋菊打官司》中表现得很充分。而林青霞在《绝代双娇》《东方不败》《神龙教》《射雕英雄传》《杨乃武与小白菜》等中所饰演的角色，给观众的总体感觉是清纯甜美、柔和清丽。

（三）

韵味与戏剧电影电视中的具体形象不同，它看不见、摸不着。对同一部戏剧或同一部电影或同一部电视剧，在不同人的感受中，有人觉得有韵味，有人觉得无韵味；有人觉得韵味长，有人觉得韵味短；有人认为是甲种韵味，有人认为是乙种韵味。也就是人们常说的仁者见仁，智者见智，一千个读者有一千个哈姆莱特。很显然，韵味具有间接性和伸缩性。

韵味不像文字、颜色、音符或人物形象等直接呈现在观众面前或听众耳中，而是蕴含在艺术形象之中，可以间接感受到，但难以直接看到或听到。韵味如镜中之花、水中之月，可以欣赏，可以感受，但又可望而不可即。

就戏剧电影电视而言，确实存在形象与韵味两个部分。形象是具体实在的载体，韵味是一种浮游于载体和意义之间的形态。

韵味是间接的，因而欣赏韵味应该采用品味、领悟等整体直觉的方式。这种整体直觉的方式要求欣赏者全身心地投入戏剧影视形象之中，与戏剧影视中的人物同喜同悲、同哭同笑，从而逐步欣赏出形象所蕴含的韵味，并与形象所蕴含的韵味达到契合。通过品味、领悟等整体直觉的方式，可使韵味由间接变为直接，由伸缩不定变为具体可感，从而完成审美主体与审美客体的和谐统一。

观众感受戏剧电影电视的韵味，客观上要求戏剧电影电视具有美感；主观上则需要观众具有品味它的能力。韵味的获得，需要观众对戏剧影视进行体味、玩味、品味，即对戏剧影视进行审美的内心体验活动。这种审美活动的心理基础是感觉，是在理性指导下对戏剧电影电视艺术形象或艺术境界进行体会玩味的感性欣赏活动，韵味只有在具体的欣赏过程中才能被感知。

韵味是伸缩的，能伸长，也能缩短；它是有限的，也是无限的。如果观众艺术感受力较强，那么在戏剧影视中便能领悟到各种各样的韵味。如果观众对戏剧影视缺少感受力，那么所得到的韵味必然是有限的、较少的。当欣赏者与编导、演员的几颗心能一同体味同一种心境，能一同感受同一种情绪，能够为同一种形象、景物、事件、情境或梦想而激动、颤抖，那么便可以从有限的戏剧影视形象中品尝出无限的韵味。戏剧影视韵味的长短与欣赏的时间及次数往往成正比，欣赏次数越多、时间越长，常常会感到韵味无穷而新鲜。

一些戏剧影视韵味伸展性很大，常常绵延不绝；一些戏剧影视的韵味似淡实浓、似浅实深，如《茶馆》《龙须沟》《雷雨》《原野》《台湾往事》《孔雀》《青红》《如果·爱》《理发师》《疯狂的石头》《三峡好人》《醉画仙》《春香传》《大长今》《商道》《明成皇后》等韵味绵长，值得反复品味。《醉画仙》不同于好莱坞电影，也不同于欧洲电影，表现出韩国电影的魅力。该片突出了画家张承业的鲜明个性，在导演、摄影等方面堪称绚烂之极归于平淡，其中一个重要的原因是它吸取了中、韩优秀传统文化的营养，从而具有山水画与山水诗的意境，让人感到耳目一新。它荣获第五十五届戛纳电影节最佳导演奖，当之无愧，从一个方面说明了中、韩优秀文化的沃土能够培育出具有东方神韵并在世界上大放光彩的戏剧影视之花。

联合国教科文组织发布《世界文化多样性宣言》："文化多样性是交流、革新和创作的源泉，对于人类来说，就像生物多样性对维持生物平衡那样必不可少。……多样性的文化是人类共同的遗产，我们应该认定并应该确认，这种多样性有益于人类的当代和未来。"[1]诚然。文化多元化有利于促进艺术发展与人类进步。

韵味为中、韩戏剧影视增加了丰富的内涵，在新世纪多元文化的交流与发展中，韵味会使中、韩戏剧影视在争奇斗艳的世界戏剧影视百花园中发出绚丽的光彩！

二、和谐与戏剧影视

（一）

戏剧电影电视艺术固然以表现各种各样的矛盾冲突为主要内容，矛盾冲突能够动人心弦、引人入胜，较多戏剧、电影、电视以表现矛盾冲突取胜。冲突之后以一方战胜另一方或者同归于尽，这是一种构思方式。另一种构思方式是冲突之后往往归于和谐，而和谐常常被一些编导所忽视，或者没有被充分重视、充分表现。这的确是一个值得关注的问题。

冲突是一种美，和谐也是一种美。我们不能因为冲突而贬低和谐，也不能因为和谐而贬低冲突。冲突与和谐各有其妙处，不可偏废。

人类与自然有冲突的一面，也有和谐的一面。《老子·四十二章》云："道生一，一生二，二生三，三生万物，万物负阴而抱阳，冲气以为和。"其深刻而精辟地阐述了：阴阳和谐，人与自然和谐，万物才会欣欣向荣。

汉代董仲舒的天人感应理论虽然有一些荒谬之处，但是在揭示人与自然和谐方面还是有一些合理因素。他说："三者（天、地、人）相为手足，合以成体，不可一也。"（《春秋繁露·天地阴阳》）天人之间相互感应，人能够影响天。"天长之而人伤之者，其长损；天短之而人养之者，其短益。夫损益皆人，人其天之继欤？出其质而人弗继，岂独立哉？"（《春秋繁露·立元神》）"天亦有喜怒之气、哀乐之心，与人相副。"（《春秋繁露·循天之道》）在这里如果把天当作神灵来看待，那么当然是错误的。如果把天理解为自然规律，要求人们顺应自然、按照自然规律办事，那么这是具有一定价值的。

儒家提倡仁爱，提倡和为贵。墨家主张兼爱。基督教强调博爱。佛教倡导普救众生，宽大为怀，不杀生。总之，儒、墨、佛、基督各家都强调人类与自然的和谐、人类与社会的和谐。

如果人类与自然不和谐，违背自然规律而主观蛮干，那么受到自然规律惩罚的无疑是人类。如果温度太高，那么南极、北极冰雪会融化，上海会被淹掉。如果温度太低，那么会再来一次冰期。

我们认为，戏剧电影电视艺术既要表现人类与自然的冲突、人类与社会的冲突，也要表现人类与自然的和谐、人类与社会的和谐。人在某种特定环境下，生命经历与社会、与自然剧烈磨合，最终能与历史的、自然的必然要求保持和谐一致。和谐美具有拓展人的精神空间的力量，使人们既感受到生命的壮阔与沧桑，又感受到生命的尊严和可亲。

戏剧电影电视艺术的和谐美，通常指戏剧电影电视所表现的对象由过程的不和谐，最终达到结果的和谐；或者是指编导运用现代文明观念，在原本很传统、很平常的生活中，发现了新的、符合现代人需要的和谐，并把它摄录下来、表现出来。前一种和谐主要表现在人与社会关系的戏剧电影电视里，后一种和谐则主要表现在人与自然关系的戏剧电影电视里。这种和谐，显示出生命在正常状态下追求新境界、追求更高的文明、追求历史的必然与自然的必然的美。

和谐，不是说要表现从头到尾、从外到里、从过程到结果都是静止的、没有矛盾的、死水一潭式的生活。世界上没有绝对和谐的事物，死水一潭式的和谐等于不和谐，因为缺乏活力，所以谈不上美。风欲平而浪不静，流水不腐，户枢不蠹，这样才充满活力。和谐侧重于冲突之后的协调，矛盾双方或多方在统一体内的相融。

戏剧电影电视艺术表现和谐，不是粉饰太平，不是无冲突论，不是和稀泥。

戏剧电影电视艺术表现和谐往往比表现冲突难度大。鱼死网破或你死我活的斗争容易形成高潮，矛盾冲突容易形成细节和情节，容易表现人物的性格和作品的主题。而和谐常常是不显山、不露水，在风平浪静中塑造艺术形象，表现作品内涵，展示戏剧电影电视艺术的魅力。如果处理不好，那么会使作品变得没有波澜、平淡无奇甚至平庸乏味。

（二）

人与自然环境的和谐，包括人顺应自然环境的和谐与人保护自然环境的和谐。人顺应自然环境的和谐，例如电视剧《藏北人家》（四川电视台、西藏电视台），表现藏北牧民在西藏高原巨大的、压倒一切的自然力面前，始终与自然环境保持和谐一致的劳动与生活、家庭与宗教、审美与娱乐活动等等。透过藏北牧民与大自然恬静淡远、和谐安宁的关系，编导执着地追寻着藏北牧区文明的实质以及人类生命的本质意义等等这样一些永恒的命题。这种活生生的、从和谐的天人关系中体悟出来的关于生命本质、文明实质的答案，对于处在自然力仿佛已变得微不足道却又莫名其妙地感到疲惫不堪的现代都市人来说，实在具有太多耐人寻味的东西。再如《最后的山神》(中央电视台)，记录东北大兴安岭中国境内鄂伦春族最后一位萨满、六十七岁的猎人孟金福的游猎生活。别人的山林是山林，而孟金福的山林则是有神灵的，是至高无上、不容侵犯的，是保障人类生存、保佑人类与万物共荣的监护神。在现代文明人看来仿佛很无奈、很落后的孟金福们的山林狩猎生活中，有着猎人们自己的理解与追求、尊严与乐趣。打破了这种和谐，也就打破了他们的追求与乐趣，拔掉了他们生命的根子。所以孟金福一下山过定居生活就生病。人本身就是大自然的产物，人从生命的根子上就离不开大自然，就像鱼儿离不开水、鸟儿离不开山林。

人与自然环境应该保持和谐。工业革命开始的现代社会对大自然造成了太多的破坏，人类因而也受到大自然严厉的报复，所以提出来要保护大自然。但是这种保护后面仍然有两种不同的认识和态度。一种是高高在上的、以大自然主人自居去保护自然的态度。另一种则是真正把大自然当作人类的朋友，当作人类生死之侣、生死之托。以这样的理性去表现人类保护自然，便蕴含着深刻的现代人文思想，展示出真正的和谐美。例如电视剧《刘老根》，龙泉山是个美丽精彩的场景，人们一边漫步一边说笑话，这时用了几个大全景镜头：群山在远处安安稳稳地矗立着，环抱着静静的河湾，人们的声音在山谷上空飘荡，空气纯净新鲜，声音清澈悦耳，人们融入了大自然，逼真地展示出山水之美，深刻地表现了人与自然的和谐之美。

人与动物的和谐。如电视栏目《动物世界》《人与自然》等，各个国家各种各样的人，采用各种方式保护各种动物，喂养各种动物。既有宏大的场面，又有细小的场景。非洲雄狮，南极企鹅；大海长鲸，山林猛虎；成群大雁，结队蚂蚁；丹顶鹤昂首阔步，鸳鸯鸟对唱情歌；两个黄鹂鸣翠柳，一行白鹭上青天；大熊猫憨态可掬，小松鼠机灵可爱……一幅幅生动的画面展示在人们面前，真是美不胜收，让人流连忘返。这些镜头不仅表现了拍摄者与编导的勤快勇敢和各种生活情趣，而且突出了人类与动物的和谐，从而突出了人类的善良与博爱。

（三）

以文化的“和而不同”为准则，从本土发掘民族文化独有的特色和优势。著名文化学者汤一介提出，以“和而不同”作为21世纪处理不同文化关系的准则，他说：“如何使不同文化的民族、国家和地域能够在差别中得到共同发展，并相互吸收，以便造成在全球意识下文化多元发展的新形势呢？我认为中国的和而不同原则或许可能为我们提供有正面价值的资源。”此语出自孔子的一段话：“君子和而不同，小人同而不和。”（《论语·子路》）汤一介将此语延伸到民族与民族、国家与国家、地域与地域之间文化的交往中，他指出：“‘和而不同’的意思是说，要承认‘不同’，在‘不同’基础上形成的‘和’（‘和谐’），才能使事物得到发展。”[2]这无疑是正确的，具有较大的现实意义。

张凤铸在《中国高等院校影视学会第三届中国影视高层论坛论文集》中发表了《中华文化的精髓——“和而不同”》，他指出：“和而不同”是中国历史上的一个哲学理念，也是中国人的处世、行事、治学精神。中国加入WTO后，“和而不同”成为我国内政、外交和跨文化交流的一面旗帜。“求同”是体现中国海纳百川、融入世界之气魄，“存异”是扬我民族特色，是中国影视艺术屹立于世界影视艺术之林的根基。中国影视既要借鉴“西洋”，也要讲“固本”。“固本”是强化根本，强化“天人合一”“和而不同”的优秀传统，强化影视文化的民族之魂，像费穆《小城之春》和吉林省电视台的《回家》那样洋溢中和之美、温柔敦厚之美。他的阐述很有道理。

人与社会的和谐，即人在特定社会环境中的生存发展与社会历史发展必然趋势和谐。例如电视专题片《远在北京的家》（中央电视台、安徽电视台）表现安徽省无为县五位女青年闯北京做保姆的过程，展示了普通人为争取美好生活而不懈奋斗、坚忍不拔、百折不挠的精神。正是这种精神，推动着每个个体生命追求着与社会历史发展必然趋势的和谐。再如戏剧《护国胡同》《枣树胡同》等、电视剧《编辑部的故事》《我爱我家》《过把瘾》《左邻右舍》《带着孩子结婚》《新同居时代》《家有儿女》等，虽然有矛盾和斗争，但是不激烈；虽然有对立面和冲突线，但是不明显；虽然表现现实生活而涉及实实在在的矛盾，但是不尖锐。表现爱情、婚姻、工作，主人公与当时环境有一种潜在的冲突，但是这种冲突适可而止。表现改革开放，主人公与时代有不协调之处，但总体上是和谐的。导演和主人公皆不是剑拔弩张、锋芒毕露的人，因而采用这种比较温和的形式，更能突出编导和主人公有张有弛、追求和谐的特点。

（四）

乐感文化与戏剧电影电视艺术中的大团圆结局，这也是和谐美的一种表现。我国乐感文化源远流长，《论语·述而》云："其为人也，发愤忘食，乐以忘忧，不知老之将至云耳。""饭疏食饮水，曲肱而枕之，乐亦在其中矣。"在人生观方面，表现了乐感的心理倾向，无论何时何地，都要保持乐观的生活态度，以取得个体身心与社会存在的和谐。这种乐感原则，为中华民族心理结构的形成奠定了基础。王国维《红楼梦评论》云："吾国人之精神，世间的也，乐天的也。故代表其精神之戏曲小说，无往而不著此乐天之色彩。始于悲者终于欢，始于离者终于和，始于困者终于亨。""曲变虽久，大同于和。"他准确指出中华民族乐感文化在戏曲小说中的表现。

这种乐感文化在戏剧电影电视艺术中得到进一步的发展。例如戏剧、电视剧《贫嘴张大民的幸福生活》、电影《没事偷着乐》，张大民带着两个弟弟、两个妹妹还有一个老母亲过着清贫的日子。生活艰辛，但也有天上掉馅饼的事。邻居李云芳，由于男友出国被甩，三天不吃不喝，危难之际张大民用三寸不烂之舌，使李云芳破涕为笑，从而投入了张大民的怀抱。为了安定团结地完成结婚大业，张大民进行了一番总动员，弟弟、妹妹和老母亲如同住集体宿舍一般挤在外屋，张大民终于有了自己的卧室。幸福的生活过了没几天，弟弟张大军带着媳妇向全家郑重宣布："我的春天也来了！"张大民急得冲张大军直嚷嚷："我搬进厕所住行吗？"气话说了，主意也得想，一张板凳将卧室一分为二，两对夫妻在一间屋里安顿下来，可新婚的张大军夫妇那声情并茂所引起的动荡使大民夫妇不堪忍受。张大民借酒壮胆与张大军进行了一次难以启齿的谈话……云芳怀孕了，为了下一代，张大民以挨一板砖为代价，在院子中央围着一棵大树盖起一间小屋。在有大树的屋子里，儿子张小树诞生了。事过境迁，张大民终于带着李云芳、儿子、母亲住上了宽敞的新楼房。家已是新家，可张大民还是既可气又可乐的张大民。他告诫儿子："好好活着，你就能碰到好多幸福，没事偷着乐吧。"《贫嘴张大民的幸福生活》中张大民由梁冠华饰演，他的幽默风趣、善于找乐的特长得到了充分的发挥。这种没事偷着乐的精神正是乐感文化的表现。该剧关注普通百姓的生存状况，张大民以自己的贫嘴和乐观精神化解现实中的各种困难，张大民的妈妈说话生动有趣，李云芳、张大雨、张大雪、张大军、张大国等个性比较鲜明，这些看点把老百姓紧紧吸引在戏剧舞台前、电视机前或者电影院里，人们从中发现生活的真谛，产生强烈的共鸣。

一些戏剧电影电视在表现人生苦难之后，常常以大团圆结尾。和谐之美不仅表现在中国戏剧电影电视艺术之中，而且表现在印度戏剧电影电视艺术之中。例如印度电视剧《阴谋与婚礼》，导演是安努拉格·巴苏，主演是瓦罗恩·巴多拉、桑德娅·姆瑞德尔。主要人物有卡佳拉、尼拉吉、罕纳、瑞卡、苏迪、伊山等。几个人都想控制经济权。为了争夺财产，瑞卡阴谋害死丈夫罕纳的父亲。苏迪看到另一个大家族因为分家而导致力量分散、衰弱，创业者因此萎靡不振。这给苏迪很大震动，他认识到大家庭团结的重要性。编导对瑞卡之死的处理匠心独运，是让她自己去死，还是杀掉她？编导让她误吃毒药而死。这种处理方式表现了编导不赞成血腥暴力，而采用因果报应、咎由自取的形式，这与整部电视剧的基调相吻合。最后罕纳家族绝大部分成员仍然紧密地团结在一起、齐心协力共创大业，突出了家和万事兴的思想，该剧强调家族团结才能办大事。

和谐是一种特点，是一种风格，在哪些戏剧电影电视中可以采用和谐的方式？会产生什么效果？不同观众评价不同，这应该让大家自己思考、自己选择。

注释:
/
Notes

(1) 《世界文化多样性宣言》,《联合国教科文组织关于保护语言与文化多样性文件汇编》,民族出版社2006年版。

(2) 汤一介:《中国文化对21世纪人类社会可有之贡献》,《文艺研究》1999年第3期,第38、39页。

Chapter 8 第八章

宋代笔记小说与“三言”“二拍”及其戏剧影视

第一节

宋代笔记小说与“三言”“二拍”

宋代笔记小说与“三言”“二拍”关系密切。宋代笔记小说为“三言”“二拍”的创作提供了一些素材，在故事情节、人物形象、创作倾向等方面对“三言”“二拍”皆产生了影响。

一

宋代笔记小说为“三言”“二拍”提供了一些故事情节。如洪迈《夷坚甲志》卷四“吴小员外”，写吴小员外与一酒店当垆少女的爱情悲剧。春光明媚，吴小员外与赵应之、赵茂之兄弟去金明池游玩，见一女子年轻可爱，便邀她来饮酒。此女父母从外面回来见此情景，便批评了女儿。此女怏怏不乐，不久病死。吴小员外对此女的思慕日益加深，第二年春天与赵氏兄弟又来到金明池寻找她。结果此女又出现，并且说花了一个春天在找吴郎，两人相亲相爱，欢度蜜月，如胶似漆，难舍难分。这样过了三个月，吴郎逐渐憔悴，他的父亲严加查问，赵氏兄弟只得把实情说出。于是他们请来皇甫法师驱鬼。《警世通言》“金明池吴清逢爱爱”即据此篇改编，男女主人公相同，篇幅增加，情节比原作更加曲折。再如，无名氏《鬼董》卷四“质库樊生”，写樊生所遇的丽人陶小娘子鬼魂，原是清河郡王的宠妾，因她有外遇而被腰斩，这是封建社会中妇女的悲剧。《警世通言》“一窟鬼癞道人除怪”，即以此篇为题材。

宋代笔记小说有些故事虽然没有作为“三言”“二拍”的正文，但成了“三言”“二拍”有关故事的开头。如廉布《清尊录》“王生”，写王生与一女子的悲欢离合，被改编成《初刻拍案惊奇》卷十二“陶家翁大雨留宾，蒋震卿片言得妇”的入话。《夷坚丁志》卷十五“张客奇遇”，写商人张客与一个漂亮女鬼相遇，女鬼报答了讲信用的张客，惩罚了忘恩负义的杨生，演为《警世通言》卷三十四“王娇鸾百年长恨”入话。《夷坚志补》卷十一“徐信妻”，写战乱年代妇女的悲欢离合，两对夫妻离散又重圆，演为《警世通言》卷十一“范鳅儿双镜重圆”入话。《夷坚志补》卷十四“解洵娶妇”，写解洵在战乱中得到一个侠妇帮助，后来解洵背信弃义，受到侠妇严惩，演为《初刻拍案惊奇》卷四“程元玉店肆代尝钱，十一娘云冈纵谭侠”入话。《夷坚丁志》卷十一“王从事妻”写汴京人王从事初到临安，妻子被一伙歹徒用调包计骗走，拐卖给西安知县。后来王从事到这个知县家作客，夫妻重逢，破镜重圆。这个故事演为《初刻拍案惊奇》卷二十七“顾阿秀喜舍檀那物，崔俊臣巧会芙蓉屏”入话。《夷坚支戊》卷五“任道元”，写方士任道元生了恶习，自招大祸，演为《初刻拍案惊奇》卷十七“西山观设录度亡魂，开封府备棺追活命”入话。《夷坚丙志》卷十四“王八郎”，写富翁王八郎与一娼女相好，逐渐与妻子疏远，最后离婚，演为《二刻拍案惊奇》卷六“李将军错认舅，刘氏女诡从夫”入话。《夷坚志补》卷六“叶司法妻”，写台州司法长官叶荐的妻子，生性嫉妒而残忍，丫鬟侍女们长得好一点的，她总要无端痛打，甚至把人打死，演为《二刻拍案惊奇》卷十“赵五虎合计挑家衅，莫大郎立地散神仙”入话。《夷坚志补》卷五“楚将亡金”，写南宋将领袁彦忠被人盗去四百多个银锭，却误认为是另一将领盛彦所为。后来因偶然的机会，抓到了真正的强盗，从而释放了盛彦。这个故事演为《二刻拍案惊奇》卷二十一“许察院感梦擒僧，王氏子因风获盗”入话。《夷坚丁志》卷六“奢侈报”写镇江酒官和京城郭信奢侈无度，最后穷困潦倒，演为《二刻拍案惊奇》卷二十二“痴公子狠使噪脾钱，贤丈人巧赚回头婿”入话。《夷坚支甲》卷六“西湖女子”写一个官员与西湖一个女子恋爱，此女父母不同意他们结婚，此女郁闷而亡，后来魂魄与他欢会，演为《二刻拍案惊奇》卷二十九“赠芝麻识破假形，撷草药巧谐真偶”入话。《夷坚志补》卷十“魏十二嫂”写刘浆夫妇多次生小孩，多次养不活。后来梦见有人告诉他们得子的方法，果然好梦成真，演为《二刻拍案惊奇》卷三十二“张福娘一心守贞，朱天锡万里符名”入话。为了让大家一目了然，列表如下：

宋代笔记小说	“三言”“二拍”
《夷坚甲志》卷四“吴小员外”	《警世通言》卷三十“金明池吴清逢爱爱”
无名氏《鬼董》卷四“质库樊生”	《警世通言》卷十四“一窟鬼癞道人除怪”
廉布《清尊录》“王生”	《初刻拍案惊奇》卷十二“陶家翁大雨留宾，蒋震卿片言得妇”入话
《夷坚丁志》卷十五“张客奇遇”	《警世通言》卷三十四“王娇鸾百年长恨”入话
《夷坚志补》卷十一“徐信妻”	《警世通言》卷十一“范鳅儿双镜重圆”入话
《夷坚志补》卷十四“解洵娶妇”	《初刻拍案惊奇》卷四“程元玉店肆代尝钱，十一娘云冈纵谭侠”入话
《夷坚丁志》卷十一“王从事妻”	《初刻拍案惊奇》卷二十七“顾阿秀喜舍檀那物，崔俊臣巧会芙蓉屏”入话
《夷坚支戊》卷五“任道元”	《初刻拍案惊奇》卷十七“西山观设录度亡魂，开封府备棺追活命”入话
《夷坚丙志》卷十四“王八郎”	《二刻拍案惊奇》卷六“李将军错认舅，刘氏女诡从夫”入话
《夷坚志补》卷六“叶司法妻”	《二刻拍案惊奇》卷十“赵五虎合计挑家衅，莫大郎立地散神仙”入话
《夷坚志补》卷五“楚将亡金”	《二刻拍案惊奇》卷二十一“许察院感梦擒僧，王氏子因风获盗”入话
《夷坚丁志》卷六“奢侈报”	《二刻拍案惊奇》卷二十二“痴公子狠使噪脾钱，贤丈人巧赚回头婿”入话
《夷坚支甲》卷六“西湖女子”	《二刻拍案惊奇》卷二十九“赠芝麻识破假形，撷草药巧谐真偶”入话
《夷坚志补》卷十“魏十二嫂”	《二刻拍案惊奇》卷三十二“张福娘一心守贞，朱天锡万里符名”入话

二

宋代笔记小说中的一些人物形象在“三言”“二拍”中得到再现和发展。如《夷坚支庚》卷一“鄂州南市女”，写富人女吴氏，为爱慕茶店仆彭先而死。她复活后又主动追求彭先，却遭到彭先批脸而骂。《醒世恒言》“闹樊楼多情周胜仙”据此改编，周胜仙对范二郎一见钟情，不肯“当面错过”，便借故与卖水人“吵架”，而将自己的家庭住址、姓名年龄介绍一番，并强调“我是不曾嫁的女孩儿”。范二郎也对周胜仙有意，听出这些话“分明是说与我听”的，便借故介绍自己，也强调“我不曾娶浑家”。这种充满生活气息的自我介绍与自由恋爱，的确是对传统婚姻的离经叛道。女主角的性格更显得大胆泼辣，但仍然摆脱不了悲剧命运。她为了爱情而“两遍死去”，的确是一出非但生离且成死别的真正的爱情悲剧。《夷坚丙志》卷三“杨抽马”，写杨抽马容状丑怪，双目如鬼，有特异功能，经常预言一些事情，往往能够兑现。《二刻拍案惊奇》卷三十三“杨抽马甘请杖，富家郎浪受惊”据此改编。杨抽马的骗子特征得到更充分的表现。他花言巧语，装疯卖傻，到处招摇撞骗。《夷坚志补》卷十九“蔡州小道人”，写蔡州一个青年棋艺很高，自称小道人，把太原、真定等地高手皆打败了。他来到燕京，燕京棋艺最高的是个女子，称妙观道人，她长得很漂亮。蔡州小道人与妙观道人比试，好事者集资二十万以观胜负，蔡州小道人说：如果自己赢了，不要钱而要娶妙观道人为妻。蔡州小道人战胜了妙观道人，妙观道人却反悔，不同意嫁给他，后来经过一位皇族公子的周旋，两人终于结婚。《二刻拍案惊奇》卷二“小道人一着饶天下，女棋童两局注终身”据此改编。细节描写和场面描写增多，人物个性更为鲜明。如小道人与妙观道人的几场比赛是棋艺的较量，也是心计的较量。妙观道人自知棋艺不如小道人，但又想保住第一的宝座，于是暗中派人传话给小道人，希望他输掉，便可以拿到许多赠银。小道人照顾妙观道人的面子，第一场比赛就这样做了。小道人爱棋，更爱妙观道人，他运用心理战术，到处宣传妙观道人不敢与自己进行最后决战，妙观道人迫不得已，只好应战。小道人在最后决战关头拿出真本事，战胜了妙观道人，并且终于如愿以偿地娶到了妙观道人。萧相恺在《宋元小说史》中说："《夷坚志》一书，对当时的市人小说和后世的文言、通俗小说都有极大的影响。"[(1)]李剑国在《宋代志怪传奇叙录》中说："《夷坚志》对后代戏曲小说产生过重大影响。"[(2)]他们所言确有道理。《夷坚支戊》卷九"董汉州孙女"，写董汉卿、董元广父子在四川做官，董汉卿不幸去世，董元广带着一家人继续在四川生活，他的妻子生了两个女儿后就死了，他又娶了一个武士的女儿。他与一个朋友吕使君朝夕相处，亲如兄弟。董汉卿不久死去，他的后妻颇有姿色，吕使君把她娶为外室，董汉卿的女儿被卖给薛媪。董汉卿的亲戚祝次骞派人打听董汉卿的女儿的下落，在绵阳县令吴仲广的帮助下终于找到了。《二刻拍案惊奇》卷七"吕使君情媾宦家妻，吴太守义配儒门女"据此改编。写吕使君与董汉卿结为兄弟，但他对董汉卿年轻美貌的妻子垂涎三尺，算计着怎样据为己有。不久董汉卿病死，吕使君便借帮助董家办丧事之机，不断接近董妻，最后把董妻娶为自己小妾，把董汉卿的女儿卖掉。绵阳县令吴太守查明了事情的真相，把董汉卿女儿赎回，送还给董家亲戚祝次骞，并共同为她置办嫁妆，找了一个合适的婆家。这篇小说对吕使君和吴太守的描写所用笔墨增多，进一步展示出吕使君重色虚伪、寡廉鲜耻，吴太守重义正直、德高望重。《夷坚志补》卷十六"嵊县山庵"，写嵊县山庵有个旧鬼借新尸向客人诉冤，控诉妻子在他死后嫁给别人而不管儿子死活，把家产全部带走，让儿子沦为乞丐。县府为了探究是否真实，便进行调查，从而使旧鬼所说的冤情得到昭雪，他的儿子得到了抚养。《二刻拍案惊奇》卷十三"鹿胎庵客人作寺主，剡溪里旧鬼借新尸"据此改编，情节更为离奇，扣人心弦。写旧鬼借新尸复活，向鹿胎庵客人诉说自己的冤情。客人非常害怕，他便安慰客人，希望客人把他的冤情公之于众，让政府来调查审判。在冤案没有得到昭雪之前，他紧紧抱着柱子不放，死不瞑目。《夷坚志补》卷二十四"贾廉访"，写贾廉访假借官府文牒把岳父商家许多金银财宝骗去，后来受到阴曹地府的惩罚。《二刻拍案惊奇》卷二十“贾廉访赝行府牒，商功父阴摄江巡”据此改编，人物心理描写增加，进一步描绘出贾廉访的肮脏灵魂和卑鄙行径。他一直隐瞒自己的骗子行为，直到他得了重病才逐渐觉得心虚有鬼，被抓到阴曹地府后开始忏悔、反省自己所做的亏心事，要求把岳父家的钱还掉以减轻在地狱所受的苦楚。

“三言”“二拍”有些小说把宋代笔记小说两篇或三篇融合为一篇。例如，岳珂《桯史》卷一“南陔脱帽”，描叙神宗时王韶的幼子王采非常聪敏机警，《夷坚志补》卷八“真珠族姬”写贵族少女真珠被一伙歹徒蒙骗欺负，明凌濛初把王采故事和真珠族姬故事改编成《二刻拍案惊奇》卷五“襄敏公元宵失子，十三郎五岁朝天”。再如《二刻拍案惊奇》卷十四“赵县君乔送黄柑，吴宣教甘偿白强”入话由《夷坚志补》卷八“临安武将”改编，正话由《夷坚志补》卷八“李将仕”“吴约知县”融合改编。《二刻拍案惊奇》卷十六“迟取券毛烈赖原钱，失还魂牙僧索剩命”，入话由《夷坚支戊》卷五“刘元八郎”改编，正话由《夷坚甲志》卷十九“毛烈阴狱”改编。《二刻拍案惊奇》卷三十二“张福娘一心守贞，朱天锡万里符名”，入话由《夷坚志补》卷十“魏十二嫂”改编，正话由《夷坚志补》卷十“朱锡安”改编。《二刻拍案惊奇》卷三十六“王鱼翁舍镜崇三宝，白水生盗物丧双生”，入话由《夷坚志补》卷七“丰乐楼”改编，正话由《夷坚支戊》卷九“嘉州江中镜”改编。

三

宋代笔记小说对“三言”“二拍”的创作倾向产生了较大影响。原作和改编者皆同情正义者，反对霸道者。如周密《齐东野语》卷二十“严蕊守义”，记天台营官妓严蕊被朱熹系狱折磨，即明凌濛初《二刻拍岸惊奇》卷十二“硬堪案大儒争闲气，甘受刑侠女著芳名”一回故事所本。两者皆对严蕊甘受折磨而不愿诬陷别人的精神充分肯定，对她的不幸遭遇充满同情，对朱熹不明事情真相而滥用权力进行批判，后者在题目和内容上表现得更为明显。

原作和改编者皆惩恶扬善，如《夷坚志补》卷十一“满少卿”，写满少卿在落难时受到焦大郎一家的帮助，焦大郎把女儿焦文姬嫁给他，支持他参加科举考试。他刚考中进士，还没有变心，后来当官便逐渐变心了，不给焦家任何音信，另娶朱氏为妻。焦大郎和焦文姬相继含恨死去，二十年后焦文姬的鬼魂在满少卿的房中出现，把他杀死。《二刻拍案惊奇》卷十一“满少卿饥附饱扬，焦文姬生仇死报”据此改编，两者都对满少卿忘恩负义持批判态度，并对焦文姬的报仇精神给予肯定。《夷坚支戊》卷四“吴云郎”，写吴泽贪财害死了一个少年，这个少年托胎转为他的儿子，取名云郎。云郎在年轻时死去，变成厉鬼严惩了吴泽。这个故事演为《初刻拍案惊奇》卷三十“王大使威行部下，李参军冤报生前”入话。两者虽然皆流露了一些因果报应思想，但主导倾向还是惩恶扬善。《夷坚丁志》卷七“大庾疑讼”，写大庾县吏黄节的妻子李四娘与人通奸、私奔，把三岁儿子丢到路边草丛中。邻村李三发现小孩后捡回抚养，黄节误认为李三谋杀了他的妻子、抢去了他的儿子，便把李三抓到县衙审问、拷打，审讯官把李三定为死罪。在李三即将被杀之际，突然乌云翻滚、雷电齐鸣，审讯官被雷打死，李三身上的枷锁自动脱落。县官吓得要命，认为这是一桩冤案，立即下令把李三释放。这则故事演为《二刻拍案惊奇》卷三十八“两错认莫大姐私奔，再成交杨二郎正本”入话。两者皆同情含冤茹苦者，憎恶不明真相、草菅人命的审判官。

原作和改编者对社会丑恶现象皆进行批判，如《夷坚志补》卷八“王朝议”，描写沈将仕被女色所诱，中了一伙歹徒所设的“局诈计”，所携钱财被诈骗殆尽。“局诈计”是黑社会中敲诈勒索钱财的一种卑鄙手段，纨绔子弟最易上当受骗。《二刻拍案惊奇》卷八“沈将仕三千买笑钱，王朝议一夜迷魂阵”据此改编。两者对好色之徒和黑社会皆持批判态度。再如《夷坚支乙》卷五“杨戬馆客”，写杨戬等挥霍无度、荒淫无耻，是十足的社会蛀虫。《二刻拍案惊奇》卷三十四“任君用恣乐深闺，杨太尉戏宫馆客”据此改编。两者对社会腐败分子皆进行无情的揭露和批判。《夷坚志补》卷五“湖州姜客”。写卖生姜的商人与富人王某发生口角，被王某打昏在地。王某等他醒后立即赔礼道歉，并给他一匹绢。卖姜商人回去经过渡口时，把他所遇到的事情告诉了船夫。船家顿生恶念，便把这匹绢买下，借一具无名尸体来敲诈王某。王某信以为真，吓得魂飞天外，全家人苦苦哀求，送给船夫二十万铜钱。王家有个奸猾的仆人，听到这事后，就多次向主人讹诈。后来王某实在厌倦了，而这仆人欲壑难填，还是向县衙告发了。于是王某被逮捕入狱，经不起拷打，病死在牢里。一年后卖姜商人又来到王家探望，终于使真相大白。官府严惩了恶船家和狠仆人这两个诈骗犯。《初刻拍案惊奇》卷十一“恶船家计赚假尸银，狠仆人误投真命状”，即据此改编。两者对社会诈骗犯皆进行了鞭挞。

原作和改编者对理想人物皆进行歌颂，如《夷坚甲志》卷十二“林积阴德”，写文士林积拾金不昧，凭官府作证，把一小袋宝珠全部奉还给原主。原主和官府要给林积一半宝珠，林积坚决不同意，一颗宝珠也不要。原主为了感谢林积的恩德，便去佛寺为林积做了一次大斋戒，替林积祈祷祝福。后来林积科举和仕途都很顺利。这个故事演为话本《阴骘积善》，载《清平山堂话本》，明凌濛初取为《初刻拍案惊奇》卷二十一“袁尚宝相术动名卿，郑舍人阴功叨世爵”入话。两者对林积的高尚品德进行了热情的赞美。

第二节

“三言”“二拍”及其改编与翻拍的戏剧影视

一

“三言”“二拍”改编与翻拍戏剧、电影、电视剧隐藏着巨大的商机。虽然部分改编与翻拍戏剧、电影、电视剧出来以后，常常批评的人较多，但是上座率、票房、收视率依然较高，依然带来较高的经济效益。

“三言”“二拍”影响较大，改编成戏剧、电影、电视剧，在海内外传播更加广泛，两者相得益彰，相互促进。“三言”“二拍”各种版本戏剧、电影、电视剧之异同比较明显，各有千秋。

“三言”“二拍”各种版本戏剧、电影、电视剧都有一个认真的创作态度，把这种气度呈现了出来，同时更有一种思考的态度折射在其中。

“三言”“二拍”各种版本戏剧、电影、电视剧在叙事上都是清晰讲故事、稳健铺展、沉稳扎实，这是比较令人满意的。呈现在影像上就是不急不躁的创作态度，大部分段落均演绎得井井有条。这应该是编导对“三言”“二拍”认知的贯彻起了主要作用。

“三言”“二拍”各种版本戏剧、电影、电视剧在人物形象塑造上均强调人物个性。

二

民族文化元素在“三言”“二拍”改编的戏剧、电影、电视中的展示多种多样，其中中国武术、儒家文化、草根文化及民间文化表现得尤其突出，从几个方面有力地加深了中国民族戏剧、电影、电视的影像记忆。

中国武术在我国有关功夫的戏剧、电影、电视中展示较多，比较成功。可以《锦衣卫》《龙门客栈》《新龙门客栈》《卧虎藏龙》《黄飞鸿》等为代表。

中国功夫片与外国功夫片有共同点，也有不同点。共同点是均以动作吸引观众，不同点是中国功夫片具有鲜明的中国文化内涵。中国武术具有鲜明的中华民族特征，继承了武侠精神，惩恶扬善，维护中华民族的尊严。

《锦衣卫》塑造出功夫非凡、智勇双全的青龙形象。青龙武术高强，精忠报国，从一个杀人工具逐步变成一个有头脑的武士。明朝末年，皇帝昏庸，曾保家卫国屡建功勋的锦衣卫被奸臣利用，沦为杀人工具，令世人闻风丧胆。因谋权篡位而被施以刖刑的庆亲王虽被流放塞北多年，但是野心不死，暗中勾结大太监贾精忠，企图卷土重来。贾精忠在中土掀起一场腥风血雨，不愿苟从者格杀勿论。锦衣卫指挥史青龙在执行任务过程中因发现贾精忠阴谋而被追杀。青龙联合盗亦有道的天鹰派大漠判官，粉碎了贾精忠的阴谋，夺回了玉玺，完成了艰巨的任务，维护了和平。

《锦衣卫》与《龙门客栈》《新龙门客栈》有共同点，也有区别。共同点是大侠保护忠良，反对奸臣。不同点是《锦衣卫》中青龙以自己的性命保护了玉玺，避免了一场大规模的战乱，保卫国家与百姓的意义更大一些。雁门关的风光、大漠的景物，进一步衬托出青龙超人的武功与壮烈的情怀。看了《锦衣卫》，让笔者自然而然地想到唐代一些边塞诗。“大漠孤烟直，长河落日圆”的景象在该片中多次出现，该片适当借鉴了美国西部片的一些手法，成功地运用了一些中国文化元素，显得刚健有力，表现出雄浑粗犷的风格。

“野火烧不尽，春风吹又生。”我国的草根文化、民间文化源远流长，生命力很强。草根文化、民间文化在“三言”“二拍”改编的戏剧、电影、电视中展示得十分感人，可以《卖油郎独占花魁》《杜十娘怒沉百宝箱》等为代表。由此可见，草根文化、民间文化给我国戏剧、电影、电视提供了丰富的滋养。

注释：

／

Notes

（1） 萧相恺：《宋元小说史》，浙江古籍出版社1997年版，第215页。

（2） 李剑国：《宋代志怪传奇叙录》，南开大学出版社1997年版，第354页。

Chapter 9
第九章

宋代笔记小说与《水浒传》系列戏曲、小说及其影视

第一节

宋代笔记小说与《水浒传》系列戏曲、小说

宋代笔记小说为《水浒传》系列戏曲、小说的创作提供了一些素材，奠定了坚实的基础，在思想内容、创作倾向、人物形象、故事情节等方面对《水浒传》皆产生了影响。

一

宋代笔记小说对《水浒传》系列戏曲、小说的思想内容、创作倾向产生了较大影响。

首先，乱自上作、官逼民反的思想内容、创作倾向在宋代笔记小说和《水浒传》系列戏曲、小说中是比较一致的。曾敏行《毒醒杂志》"流毒东南"，写宋徽宗不关心国家大事，整天沉溺在玩乐之中，是个贪图奢华享受的昏君。蔡京、高俅、童贯、朱勔等大奸臣投其所好，派人在东南到处搜罗各种珍奇的花草木石，用大量船只运到京城供宋徽宗享乐，当时称之为"花石纲"。他们不仅占用了许多官船，连许多民船也不放过，他们把掠夺来的船只组成浩大的船队，在江南淮河一带做生意，牟取暴利。他们为非作歹，搞得民怨沸腾。百姓们恨不得生食蔡京、高俅、童贯、朱勔等乱臣贼子的肉。由于宋徽宗宠信蔡京、高俅、童贯、朱勔等，搞得全国上下怨声载道，终于导致了北宋的灭亡。《水浒传》系列戏曲、小说，乱自上作、官逼民反的创作倾向更为鲜明。

其次，他们对宋徽宗荒淫无道进行讽刺，对蔡京、高俅、童贯、朱勔等大奸臣进行鞭挞。如张端义《贵耳集》"道君幸娼"，写宋徽宗荒淫无道，拥有那么多的妃子仍不满足，还要到妓院嫖娼，他与周邦彦为了

争夺名妓李师师而争风吃醋。一次他去李师师家，周邦彦已先在那里。周邦彦发现宋徽宗来了，慌忙躲到床下。当时李师师家有二邦彦，一为周美成，一是李士美，皆为宋徽宗狎客，李士美因而为宰相。君臣遇合于倡优之家，国之安危治乱可想而知矣。《水浒传》系列戏曲、小说、影视中，宋江为了招安，想办法与宋徽宗会谈，苦于找不到机会，结果想尽办法，终于在李师师的家中即妓院找到了宋徽宗，这是颇有讽刺意味的，深刻揭露了宋徽宗荒淫无道、误国误民。

再次，他们对梁山泊英雄好汉持同情态度，对杀害梁山泊英雄好汉的刽子手进行批判。如洪迈《夷坚乙志》卷六“蔡侍郎”，写梁山泊五百人被招安即投降后被郓州安抚使蔡居厚杀害，作家同情他们的不幸遭遇，借鬼神之事恶有恶报。宣和七年，户部侍郎蔡居厚被罢了职，改任青州知州，因为患病，没有去赴任，回到金陵。不久他背上生了疽，没过几天就死了。他的朋友王生做了一个梦，见蔡居厚被关在地狱中戴着枷锁受刑、痛苦不堪，蔡居厚说这是因为他在郓州杀害五百强盗一事引起的，希望他的妻子赶快做点功德事来救他。他的夫人听了王生的话后，大声恸哭道：“当初我多次力劝他不要杀害梁山泊已经投降的五百强盗，他不听我的话，以至于今日受到报应，实在太令人痛心了。”他夫人的态度反映了作家的倾向。

二

《水浒传》系列戏曲、小说中主要人物形象在宋代笔记小说中已经出现。如宋徽宗与蔡京、高俅、童贯、朱勔等大奸臣出现在曾敏行《毒醒杂志》“流毒东南”、张淏《艮岳记》、王明清《挥麈录》后录卷二“艮岳”，余话卷二“蔡京”，后录卷七“高俅”、张端义《贵耳集》“道君幸娼”等。

梁山一百零八将有一个演变的过程。宋代笔记小说中主要有宋江、武松、鲁智深、杨志、燕青、张横、雷横、朱仝、李逵等三十六人，他们的绰号也是由少到多。《水浒传》中一些主要人物形象的主要外貌特征及其特长和所使用的兵器在宋代笔记小说中已经出现。如南宋《醉翁谈录》"舌耕叙引"在"小说"类著录的说话名目中有"石头孙立""青面兽""花和尚""武行者"等。

《水浒传》中一些主要人物形象的主要性格特征在宋代笔记小说中已经出现，如《醉翁谈录》中，宋江等人的绰号及其评语便表明了各自的主要性格特征。呼保义宋江"不假称王，而呼保义"，揭示出他对百姓的爱护、对君王的妥协，宋江的两面性在其早期形象中已经出现。大刀关胜"其云长孙，云长义勇，汝其后昆"，突出关胜像其先祖关云长一样有义有勇，而这正是《水浒传》系列戏曲、小说关胜的主要性格特征。

宋代笔记小说中的一些人物形象在《水浒传》系列戏曲、小说、影视中得到再现和发展。如张淏《艮岳记》写宋徽宗为了贪图享乐，扩建皇家花园，不顾百姓死活。《水浒传》系列戏曲、小说紧扣宋徽宗的性格特点，描绘了花石纲情节和李师师情节，使作为艺术形象的宋徽宗与历史人物宋徽宗得到了高度的统一，使荒淫无道的昏君具有一定的典型性。再如方岳《青溪寇轨》写方腊起义。宣和二年十月，睦州青溪县竭村居人方腊号召民众起来斗争，他自号圣公，改元永乐。置偏裨将，以巾饰为别，自红巾而上共六等，旬日有众数万，很快攻下青溪县与睦州，又攻下桐庐、新城、富阳等县，并乘势攻下杭州。童贯带大军围剿方腊，平方腊后，残杀平民不下二百万。《水浒传》"方腊起义"及其被围剿部分，尤其是童贯滥杀无辜平民，与此相近。这充分揭示出童贯等人的残暴，使艺术真实与历史真实得到了和谐的统一，使小说更具有震撼人心的力量。

宋代笔记小说中有些人物性格在《水浒传》系列戏曲、小说中被改变。如在宋代笔记小说中智多星吴用是"酒色粗人"；行者武松是"酒色财气，更要杀人"；拼命三郎石秀"志在金宝"；两头蛇解珍"左啮右噬，其毒可畏"；黑旋风李逵"山谷之中，偶而亦凶"。《水浒传》系列戏曲、小说中，吴用酒色越来越少，智慧越来越多。行者武松是个爱酒但不贪色更不贪财的英雄好汉，他的品行光彩照人。石秀并不贪财，解珍并不狠毒。李逵是个爱民的赤子，根本不会乱杀人。

《水浒》故事是元人杂剧重要题材之一。康进之、李致远、高文秀、杨显之、李文蔚等均写有《水浒》剧本。《水浒》剧存目有二十多种，流传至今的还有六种：康进之《梁山泊李逵负荆》、李致远《都孔目风雨还牢末》、高文秀《黑旋风双献功》、李文蔚《同乐院燕青博鱼》、无名氏《争报恩三虎下山》《鲁智深喜赏黄花峪》。其中康进之《梁山泊李逵负荆》比较突出，写李逵下山喝酒，酒店主人王林说自己女儿满堂娇被宋江、鲁智深抢去了。李逵一听，怒火万丈，跑上山来大闹忠义堂，痛斥宋江、鲁智深强夺民女的罪恶。后来一同下山调查，弄清楚满堂娇是被两个冒名的歹徒抢去的。李逵认识到误会了宋江、鲁智深，便向他们负荆请罪，并把那两个歹徒捉来杀了。作者突出了李逵忠于梁山、疾恶如仇的正直精神和坦率粗豪的性格与高尚的品质。正因为他热爱梁山、爱戴宋江，所以一听到宋江强抢民女、损害了梁山威信时，就毫不留情地面斥宋江："他道俺梁山泊水不甜、人不义"，这是李逵最痛心的。因而他不惜与宋江"赌头"相争了。这件事显示了李逵鲁莽急躁的一面，但这全然是为了梁山事业的纯洁，因而更加衬托了他那这正直无私的品质。他那烈火似的性格，在面对爱憎时显得极不含糊、格外分明。待到真相大白，他知道自己错了，就毫不犹豫地向宋江负荆请罪，这种态度是多么光明磊落。在这场戏中，宋江显得宽厚从容，不急不迫，正因为他深知李逵公而无私，所以最后便原谅他了，突出了宋江作为一个领导者的宽广胸怀。

三

宋代笔记小说为《水浒传》系列戏曲、小说提供了部分主要故事情节。如曾敏行《毒醒杂志》"流毒东南"，写蔡京、高俅、童贯、朱勔等大奸臣派人在东南地区搜罗各种珍奇的花草木石，用大量船只运到京城供宋徽宗享乐，当时称之为“花石纲”。“花石纲”故事便成为《水浒传》中一个重要的故事情节。再如王明清《挥麈录》后录卷二“艮岳”，余话卷二“蔡京”，后录卷七“高俅”，描写宋徽宗荒淫无道，蔡京、高俅、童贯、朱勔等当权乱国，为《水浒传》系列戏曲、小说提供了一个社会背景。

宋代笔记小说撰写了宋江故事和方腊故事，宋江故事和方腊故事流传广泛，这两大故事是《水浒传》系列戏曲、小说的重要组成部分。如张邦基《墨庄漫录》“关注”写方腊起义：“宣和二年，睦寇方腊起帮源，浙西震恐，士大夫相与奔窜。关注子东在钱塘避地，携家于无锡之梁溪。明年腊就擒，离散之家悉还桑梓……”再如王明清《玉照新志》“周美成瑞鹤仙词”也写到方腊起义：“未几青溪贼方腊起，逮其鸱张，方还杭州旧居，而道路兵戈已满，仅得脱死。始入钱塘门，但见杭人仓皇奔避，如蜂屯蚁沸。……天下承平日久，吴越享安闲之乐，而狂寇啸聚，径自睦州直捣苏杭，声言遂踞两浙。浙人传闻，内外响应……”方腊主要在东南地区活动，这在各种宋代笔记小说和《水浒传》系列戏曲、小说是相一致的。但是，关于宋江故事的活动地点宋代笔记小说记载不一致，有的说主要在山西，有的说主要在山东。方岳《青溪寇轨》写到宋江此时在京东活动，这给《水浒传》系列戏曲、小说英雄好汉主要在京东活动提供了线索。龚开《宋江三十六赞》评述宋江等三十六人在山西太行山活动，后来的有关水浒戏曲小说影视中宋江等三十六人主要活动地点由山西变化为山东，应该说宋代笔记小说在其中起了一些作用。《水浒传》不论哪一种版本，宋江等人的主要活动地点均在山东。

宋代笔记小说为《水浒传》系列戏曲、小说、影视提供了一些次要故事与插曲。如无名氏《李师师外传》写李师师原是汴京工匠王寅的女儿，母亲早逝，王寅心中悲伤。她两岁多时父女二人来到宝光寺拜佛，当时习惯凡成为佛弟子的人都称为“师”，王寅就给女儿正式取名叫师师。她四岁时王寅犯了罪被关进监狱，她成了孤儿沿街乞讨流浪，被开妓院的李姥收养起来，把她叫作李师师。她长大以后，聪敏伶俐，非常漂亮，很有风采神韵，成为汴京名妓，许多客人慕名而来。宋徽宗过惯了奢靡生活，对皇后、妃子、宫女等逐渐缺了兴趣，便想出了一个游乐的新花招：化装成普通百姓，到汴京的妓院逛逛，他把这个想法告诉了太监张迪。张迪在没有进宫做太监前，常在汴京的妓院中狎妓，知道李师师在名妓中为第一，便把这些情况告诉了宋徽宗。宋徽宗大为动心，第二天便命张迪从宫中拿出世间少有的珠宝、紫茸白金等，谎称是大商人赵乙送给李师师的。夜深人静后，宋徽宗换上了平民百姓的衣服，打扮成商人的模样，来到李师师家。李师师不施脂粉，衣服也是淡淡的颜色，不像一般妓女那么喜欢浓妆艳抹，而她娇艳的美色却胜过出水芙蓉。她坐在一张桌子前弹琴，指法灵活，音韵淡雅，宋徽宗被这美妙的音乐深深吸引住，神思飞扬。第二年正月，宋徽宗又派张迪送给李师师五十两白金与一架名贵的古琴，然后来到李师师家玩乐。后来为了保护宋徽宗的安全，他们从艮岳的离宫向李师师家盖房子，作为守卫军队的营房，又在营房边筑起高墙，从高墙边挖地道通到李师师家。宋徽宗常常从地道中到李师师家行乐，前后共赠送给李师师金银、器物等不下十万两白银。《水浒传》系列戏曲、小说、影视，把宋江与宋徽宗会谈的地点安排在李师师家，合情合理，符合宋江与宋徽宗两人的性格，有力地突出了宋徽宗荒淫误国，也揭示出宋江一心为了招安，什么办法都想得出。

宋代笔记小说为《水浒传》系列戏曲、小说、影视提供了一些细节。如无名氏《苏小卿》，写苏小卿与双渐恋爱、私订终身。《水浒传》第五十一回写有行院白秀英在勾栏演唱诸般品调“豫章城双渐赶苏卿”的故事。再如，洪迈《夷坚甲志》卷十四“舒民杀四虎”：“其人曰：‘吾村有妇人为虎衔去，其夫不胜愤，独携刀往探虎穴，移时不返。今谋往救也。’久之民负死妻归，云：‘初寻迹至穴，虎牝牡皆不在，有二子戏岩窦下，即杀之，而隐其中以俟。少顷，望牝者衔一人至，倒身入穴；不知人藏其中也。吾急持尾，断其一足，虎弃所衔人，踉跄而窜。徐出视之，果吾妻也，死矣。虎曳足行数十步，堕涧中。吾复入窦伺牡者，俄咆跃而至，亦以尾先入，又如前法杀之。妻冤已报，无憾矣。’乃邀邻里往视，舆四虎以归，分烹之。”这对《水浒传》第四十三回

"黑旋风沂岭杀四虎"应该有启示，两者情节和细节很相似。李逵也是在母亲被虎拖走的情况下，独自一人进虎穴杀虎。他先杀掉两只小虎，然后钻入虎穴之中杀掉母虎，最后出洞杀掉公虎。

宋代笔记小说中的一些地名在《水浒传》系列戏曲、小说中出现，如洪迈《夷坚乙志》卷六"蔡侍郎"，写梁山泊五百人的不幸遭遇。《水浒传》系列戏曲、小说中梁山泊的位置和特点与此基本相同。再如洪迈《夷坚志补》卷六"金源洞"，写方腊起义，《水浒传》系列戏曲、小说中方腊起义地点与此基本相同。

第二节

《水浒传》系列戏曲、小说及其影视

一

宋代笔记小说为《水浒传》提供了丰富的滋养。宋代笔记小说所写的北宋的宋江起义是《水浒传》创作的历史依据。

宋末元初画家龚开的《宋江三十六人赞》完整地记录了三十六人的姓名、绰号，可见当时水浒故事已成为民间艺人讲唱的重要内容。以水浒故事为题材的话本和戏剧也相继问世。

南宋罗烨《醉翁谈录》"小说开辟"条，记载的说话名目中有"朴刀类青面兽""杆棒类花和尚、武行者"等，都是水浒故事。

元刊《大宋宣和遗事》话本记叙了杨志押送花石纲，到征方腊为止的比较完整的水浒故事，展示出《水浒传》的雏形。同时，元杂剧也出现了一批水浒戏。故事发展逐渐趋于成熟，水浒英雄由三十六人发展到七十二人，又发展到一百单八将。起义根据地的描写也逐渐接近《水浒传》，即主要在山东、河北、山西等地。

施耐庵、罗贯中在宋元以来民间传说、话本、戏曲的基础上进行加工创作，最后完成了这部长篇巨著。

《水浒传》描写了北宋末年宋江、晁盖等农民起义发生、发展直至失败的全过程，深刻地揭露了“官逼民反”的社会现实，同时也揭示了起义失败的原因。塑造出林冲、武松、鲁智深、李逵、宋江、晁盖、吴用、公孙胜、刘唐、阮小二、阮小五、阮小七、高俅、宋徽宗等众多个性鲜明的人物形象。宋江有勇有谋，行侠仗义，但有时顾虑重重，具有多面性。林冲由一忍再忍到忍无可忍，终于走上杀人报仇、逼上梁山的道路。鲁智深豪爽洒脱，路见不平，拔刀相助。武松刚烈猛武，见义勇为。李逵憨厚纯朴，粗中有细。《水浒传》深刻而生动地表现了乱自上作、官逼民反的思想，揭露了花石纲、生辰纲给百姓与社会带来的巨大灾难。充分展示了阳刚之气与抗争精神，也表现了宋江等接受招安以及招安后被迫害的命运与悲剧色彩。《水浒传》在我国小说发展史上乃至世界文学史上具有重要的影响。

二

根据《水浒传》改编的戏剧、电影、电视剧多种多样，丰富多彩。新版电视剧《水浒传》与老版电视剧《水浒传》之异同比较明显，各有千秋。

新版电视剧《水浒传》八十六集，筹拍将近三年，由郑晓龙担任艺术总监，香港导演鞠觉亮执导，张涵予、李宗翰、李子雄、安以轩、严宽、陈龙、黄海冰、黄晓明、杜淳、佟大为等主演。老版电视剧《水浒传》四十三集，新版电视剧《水浒传》比老版篇幅长，容量相应大一些。

新版电视剧《水浒传》与老版电视剧《水浒传》都有一个大气而认真的创作态度，把这种气度呈现了出来，同时更有一种思考的态度折射在剧中。它们在讲述技巧上的有条不紊、娓娓道来，整体结构上的稳重整肃，也是对于这种认真态度的佐证。

新版电视剧《水浒传》与老版电视剧《水浒传》在影像叙事上都是清晰叙事、稳健铺展、沉稳扎实，这是比较令人满意的。呈现在影像上就是不急不躁的创作态度，大部分剧集段落均演绎得井井有条。这应该是编导对水浒故事认知的贯彻起了主要作用。从宋江与公孙胜交流，晁盖、吴用、阮小二等七星聚义开始，从叙述上它的比例就集中在锻造细节与不枝不蔓地呈现这两点上。使《水浒传》既鲜活动人又比较稳重，体现了编剧导演对水浒故事认知的一致性与聚合性，前后逻辑联系比较紧密。

新版电视剧《水浒传》与老版电视剧《水浒传》战争场面壮观，气势恢宏。不仅武打场面精彩，而且战略战术表现得也比较准确。如“三打祝家庄”“大败高太尉”等。

《水浒传》向来有两个难点，一个是宋江问题，另一个是后四十回问题，当然也是争论的焦点。新版电视剧《水浒传》与老版电视剧《水浒传》都没有回避这两个难点。相比较而言，新版电视剧《水浒传》对后四十回问题展示得更为充分一些。

老版电视剧《水浒传》李雪健扮演宋江，新版电视剧《水浒传》张涵予扮演宋江，两人表演均比较精彩，各有所长。新版电视剧《水浒传》张涵予扮演宋江，有宋江的那么一股干劲，他行侠好义，有勇有谋，忠于职守，善于谋略，替天行道，能够团结众弟兄。他想给众弟兄奔一个前程，因此在抗争与招安的道路上充满矛盾。他反对贪官，不反对皇帝。他把聚义厅改为忠义堂，希望招安能够成功，便是这一矛盾的表现。张涵予把宋江的矛盾性、复杂性、变化性与多侧面性展示得比较透彻，把宋江的思想、感情、风度、状态表现得比较感人。

新版电视剧《水浒传》与老版电视剧《水浒传》在人物形象塑造上均强调人物个性。例如，林冲一忍再忍，到忍无可忍，风雪山神庙是个转折点，他被逼上梁山。不仅主要人物三十六天罡、七十二地煞个性鲜明，一些次要人物表现也比较出色。例如，陆谦前后变化与追杀林冲，既表现了陆谦的势利与狠毒，又衬托出高俅权高位重、阴险毒辣。这些人物都是因为他们的心理依据充足，相关的情节比较充分。

老版电视剧《水浒传》起伏稍微不够，人物前后照应稍有点遗憾，抒情性也稍有欠缺。新版电视剧《水浒传》在这方面有所加强，但也不能尽如人意。

新版《水浒传》部分剧集令人耳目一新。这些剧集展现兄弟情深，血浓于水，温情催泪，真切自然，感动人心。例如宋江做押司的时候冒着生命危险给晁盖、吴用、阮小二等人通风报信；鲁智深救林冲；武松为哥哥武大郎报仇雪恨；孙新、孙立救解珍、解宝，等等。

新版《水浒传》部分剧集镜头拍得较好，剪辑恰到好处，如“武松醉打蒋门神”“血战飞云浦”“血溅鸳鸯楼”等。

新版《水浒传》化妆比较浓，具有香港电视剧一些特征。不过这些男士、这些英雄、这些壮汉化妆较浓，有点不恰当。他们不是女士，不能过多地涂脂抹粉。

老版电视剧《水浒传》节奏比新版电视剧《水浒传》快。新版电视剧《水浒传》部分剧集节奏较慢，拖泥带水，让人着急。

老版电视剧《水浒传》主题歌比新版电视剧《水浒传》好，刘欢演唱刚健有力、响彻云霄，“该出手时就出手”激励人心。

三

其实，新版电视剧《水浒传》可以不拘泥于老版电视剧《水浒传》，也可以不拘泥于《水浒传》小说，可以广泛取材于有关“水浒”故事加以改造创新，有所变化。当然，这些创意应该得到观众的认可。

“水浒”故事早于《水浒传》小说，在民间广泛流传。其中有些“水浒”故事被写成戏曲在舞台上表演。“水浒”故事、“水浒”戏曲在流传过程中不断被进行艺术加工。

“水浒”故事不等于《水浒传》小说，“水浒”故事比《水浒传》小说丰富多彩。“水浒”故事取之不尽，用之不竭，翻拍新版电视剧《水浒传》应该更多地从“水浒”故事中汲取丰富的营养。

名著改编与翻拍电视剧需要创意。如果名著改编与翻拍电视剧与原版电视剧一样，那么就没有必要翻拍了。名著改编与翻拍电视剧需要创新，并且应该得到观众认可，这才是成功的。

四

新版电视剧《水浒传》在传播与市场上的特点引人思考。

新版电视剧《水浒传》是大投资、大制作。投资四亿多元人民币。传播力度较大，调动了媒体和受众的关注与好奇心以及期待感，成为焦点之一。吊足了观众的胃口，引起观众与网友的强烈关注与热烈讨论。

营销是为了获得更好的传播效果与经济利益而与市场主动沟通的一种方式，既要积极主动，又要恰到好处。新版电视剧《水浒传》在营销方面做得比较恰当，不是悄无声息，也不是哗众取宠而太过火。

新版电视剧《水浒传》没有像新版电视剧《红楼梦》那样从“红楼选秀”到“播出争论”持续了漫长的时间，新版电视剧《水浒传》在传播与市场上采用了恰当的方式。

新版电视剧《水浒传》在电视台传播与网络传播以及手机传播等方面形成互动。其在电视台传播产生了较大的影响，在网络上传播也取得了较好的效果。网络传播具有开放性、及时性、直接性、复杂性、广泛性、互动性（交互性）、平等性、匿名性等特点。新版电视剧《水浒传》，编剧、导演、主演把几种水浒故事糅合在一起，塑造出林冲、武松、鲁智深、李逵、宋江、晁盖、吴用、公孙胜、刘唐、阮小二、阮小五、阮小七、高俅、宋徽宗、蔡京、童贯、朱勔等个性鲜明的人物形象。该剧热播期间在网上引起热评，网上片花引人瞩目，网上评点、讨论生动有趣，大家对张涵予、李宗翰、李子雄、安以轩、严宽、陈龙、黄海冰、黄晓明、杜淳、佟大为等的表演有褒有贬。据相关数据统计，中国互联网用户在2010年底达到4.69亿，哪怕只有1%的网民来围观，就能有469万人的知名度。而且，报纸、电视等传统媒体已经开始打通与互联网的新闻信息渠道，不断追随网上的热点进行报道，对各种事件推波助澜。“高关注度”已经成为一种核心资源，谁能“引起注意”，谁发挥的作用也就越来越大。新版电视剧《水浒传》在网络上形成了“高关注度”，在手机传播上也成为热点之一。网络传播与手机传播等形成良好的互动，有力地促进了该剧的传播，扩大了该剧的知名度。

我国微博发展很快。2010年3月至6月微博市场覆盖人群从5412.1万增加到10307万，月度总访问量次数从15364万增加到41740万。新浪微博月覆盖人数从2510.9万增加到4435.8万，同比增加76.7%。7月新浪微博产生的总微博超过9000万。每天产生超过300万，平均每秒近40条。2010年中国互联网报告称：社区&论坛已经成为我国互联网领域极具影响力的信息发布媒介之一，已然成长为我国互联网中的强势媒体之一。据2010年网络监测数据显示，社区&论坛领域网站后来居上，位列中国互联网各热点领域第四位，仅次于综合门户和网络视频，远远超过电子商务类网站。网络传播与海报、研讨会等形成良好的互动，有力地促进了该剧的传播，扩大了该剧的影响力。

五

最近二十几年，名著改编与翻拍电视剧形成一种风气，成为热点之一，名著改编与翻拍电视剧存在一些引人注目的问题。名著改编与翻拍电视剧有得有失，得失明显，毁誉参半。

名著改编与翻拍电视剧隐藏着巨大的商业机密。虽然部分改编与翻拍电视剧出来以后，常常批评的人较多，批评的声音较大，但是收视率依然较高，依然带来较高的经济效益。新版电视剧《三国》爆出1.6亿元的首轮播出权，再次刷新纪录。新版电视剧《红楼梦》则号称每集售价200万元——中国电视剧的售价首次跨入200万元的行列。央视以93万元一集的高价买走了《三国》的首轮播出权。《三国》在海外市场的销售也非常好，日本的NHK以70万元一集的价格买下，仅在日本市场，《三国》就能拿到5600万元的收入。

名著改编与翻拍电视剧的确赚了一些钱，但是不能只顾赚钱。如果为了翻拍而翻拍，为了收视率而翻拍，在文化与艺术上没有什么进步，那么就十分遗憾了。名著改编与翻拍电视剧应该讲究文化内涵，应该强调文化品位。如果在一些选秀等细枝末节上花费过多的时间、精力与经费，但在文化内涵与文化品位上没有投入足够的时间、精力与经费，那么就是主次不分、本末倒置了。

名著改编与翻拍电视剧的电视台播放版权与视频版权有时产生争论，有时产生互补。我国视频版权三年内翻十倍。随着时代的发展，守在电视台前的观众和通过网络收看的观众阵营日益分化。除电视台外，制作商也开始从网络视频版权得到不菲的收益。制片人吴毅在接受采访的时候表示，两三年前精品电视剧的网络版权每集只有两三千，日前最高的《三国》更是爆出每集五万的价码。视频版权的增长速度让制片界看到除电视台以外的另一出路。

我们处在一个网络时代，凡事都可以自己进行阐释、发表评论，可以与权威进行讨论。对名著改编与翻拍电视剧而言，名著与文化的传统，无形地影响着网络时代随意、感性的阐释。所以，我们在网络上经常看到人们对新版电视剧《红楼梦》《三国》《水浒传》的讨论，鲜花与板砖齐飞，这是不可避免的。

实际上，对一个电视剧主要还是从故事、人物、情感、思想、镜头、结构、语言、音乐等方面来评价。此外对于名著改编与翻拍电视剧，还有一个核心的东西，就是对于名著的态度和观众的态度。无论是编剧还是导演，在剧中都渗透着他们对于这些元素的判断。

名著改编与翻拍电视剧在很多方面呈现出名著印迹的扎实判断与现代感知分寸之间的结合。具体表现在对于整个创作体系的判断，大事不失，基本忠实于原著。大事就是名著感知，我们觉得编剧和导演对于名著感知及其精神的把握没有失态，这是非常重要的。名著改编与翻拍电视剧应该秉持严肃的创作态度，编剧和导演对名著整体谨慎对待的精神与对名著理解的严肃态度，决定了名著改编与翻拍电视剧的品位。

名著反复改编成戏剧、电影、电视剧说明了什么？翻拍戏剧、电影、电视剧成风说明了什么？说明我国缺少优秀的编剧，缺少优秀的剧本，剧本原创性不够。华表奖、金鸡百花奖、飞天奖、金鹰奖等对于最佳编剧奖应该加大奖励力度，鼓励优秀编剧脱颖而出。

我们应该把戏剧、电影、电视剧创意放在首要位置，不断提高叙事艺术水平，表现核心价值。戏剧、电影、电视剧是文化创意产业的一个重要组成部分。“实际上创意产业强调的就是创意和创新，它的本质就是把文化思想、知识技能、创造力综合起来，形成新的产品，新的市场，提供新的服务，创造新的就业机会，这样我们就可以看到创意产业在整个社会经济发展当中的一些作用了。”(1)此话确有道理。戏剧、电影、电视剧创意与戏剧、电影、电视剧的娱乐性、认识作用、教育作用与美感作用是相互促进、相得益彰的，值得大力发展。

注释：

／

Notes

（1） 厉无畏：《文化创意，经济寒冬中的一股暖流》，叶朗主编：《北大文化产业评论》，金城出版社2009年版，序言第5页。

附录

Appendix

宋代笔记小说叙录

本叙录以宋代笔记小说为主，侧重于现存之书。其中一些书，笔记散文、笔记小说与史料笔记相混杂，亦收录于此。作者由五代入宋或由宋入元，也包括在内。

1.《稽神录》六卷，徐铉撰。晁公武《郡斋读书志》著录《稽神录》十卷。通行的有津逮秘书、学津讨原等本。

2.《洛中记异》十卷，秦再思撰。《崇文总目》著录《洛中记异》十卷秦再思撰。《通志艺文略》传记类冥异、《郡斋读书志》小说类、《文献通考经籍考》小说家类、《宋史艺文志》小说类同。今节存。

3.《野人闲话》五卷，耿焕撰。《崇文总目》小说类著录，后又著录于《通志艺文略》小说类、《直斋书录解题》小说家类、《文献通考经籍考》小说家类、《宋史艺文志》小说类，皆为五卷。《宋史艺文志》题耿焕，余并作景焕。今节存。

4.《牧竖闲谈》三卷，景涣撰。衢本《郡斋读书志》卷十三小说类著录《牧竖闲谈》三卷，叙曰："右皇朝景溪纂，十九事。景溪蜀人也。"袁本卷三云："右皇朝景涣撰，多记奇器异物。涣自号玉垒山闲吟牧竖云。”《宋史艺文志》小说类作耿涣，亦为三卷。明叶盛《录竹堂书目》子杂类有景涣《牧竖闲谈》一册。今节存。

5.《江淮异人录》二卷，吴淑撰。《宋史》本传及《隆平集》《京口耆旧传》《至顺镇江志》均称吴淑著《江淮异人录》三卷，《崇文总目》传记录、《通志艺文略》道家类、《宋史艺文志》小说类著录同。《直斋书录解题》伪史类作二卷，叙云：“吴淑撰。所纪道流侠客术士之类，凡二十五人。”《文献通考经籍考》同。今存明嘉靖间刊本、明抄本（藏北京图书馆）、四库全书本。今本是从《永乐大典》中辑出。通行的有《函海》《知不足斋丛书》《龙威秘书》和道藏等本。

6.《秘阁闲谈》五卷，吴淑撰。《宋史》吴淑本传、《隆平集》卷十四、《京口耆旧传》卷三云吴淑著《秘阁闲谈》五卷。《郡斋读书志》《直斋书录解题》、《文献通考经籍考》、《宋史艺文志》小说类著录同。今节存。

7.《神告传》，荆伯珍撰。今节存于委心子《分门古今类事》卷四。

8.《乘异记》三卷，张君房撰。《郡斋读书志》《直斋书录解题》《文献通考经籍考》《宋史艺文志》小说类或小说家类著录。今存，有《说郛》本、《龙威秘书》本等。

9.《缙绅脞说前后集》二十卷，张君房撰。《郡斋读书志》小说类著录《缙绅脞说》二十卷，称皇朝张唐英君房撰，误以君房乃张唐英之字。《直斋书录解题》卷十一《乘异记》解题辨云：“君房又有《脞说》……”今节存。

10.《洛阳缙绅旧闻记》五卷，张齐闲撰。《崇文总目》小说类、《直斋书录解题》小说类、《宋史艺文志》传记类著录，均作《洛阳缙绅旧闻记》五卷。《文献通考经籍考》小说家类作十卷，恐误。今存，有明洪武中张氏刊本、《知不足斋丛书》本笔记小说大观本、丛书集成初编本、说郛本等。

11.《葆光录》三卷，陈纂撰。《秘书省续编四库缺书目》小说类著录《葆光录》二卷，注阙。《直斋书录解题》小说类作三卷，云：“陈纂撰，自号袭明子。所载多吴越事，当是国初人。”《文献通考经籍考》《宋史艺文志》小说类著录同。今存。

12.《括异志》十卷，张师正撰。《郡斋读书志》著录，衢本云：“右皇朝张师正撰。师正擢甲科，得太常博士。后游宦四十年不得志，于是推变怪之理，参见闻之事，得二百五十篇。魏泰为之序。”《文献通考经籍考》《宋史艺文志》小说类著录同。《直斋书录解题》小说家类著录为《括异志》十卷，后志十卷，称“襄国张师正撰”。今存，有四部丛刊续编影印影宋抄本、说郛本。

13.《倦游杂录》八卷，张师正撰。衢本《郡斋读书志》子部小说家类著录，云：“皇朝元丰初张师正撰。序言：倦游云者，仕不得志，聊书平生见闻，将以信于世也。自以非史官，虽书善恶而不敢褒贬。”《文献通考经籍考》《宋史艺文志》小说类著录同。今存，有说郛本、五朝小说本。

14.《幕府燕闲录》十卷，毕仲询撰。衢本《郡斋读书志》子部小说家类著录，云：“皇朝毕仲询撰。仲询元丰初为岚州推官，纂当代奇怪可喜之事为二十门。”《文献通考经籍考》《宋史艺文志》小说类著录同。今存，有说郛本、五朝小说本。

15.《友会谈丛》三卷，上官融撰。《四库阙书目》《秘书省续编到四库阙书目》《通志艺文略》《宋史艺文志》小说类均著录上官融《友会谈丛》三卷。今存，有明嘉靖伍守忠刊唐宋元明小说本和《广四十家小说》《稽古堂丛刻》《宛委别藏》《十万卷楼丛书》本等。

16.《祖异志》十卷，聂田撰。衢本《郡斋读书志》卷十三子部小说类著录《祖异志》十卷，叙云：“右皇朝聂田撰。田天禧中进士不中第，至元右初，因记近时诡闻异见一百余事。”《文献通考经籍考》小说家类引晁氏叙录，文同。《直斋书录解题》小说家类亦著录《祖异志》十卷，云：“信陵聂田撰。康定元年序。”今节存。有说郛本。

17.《孙氏记》一卷，邱濬撰。刘斧《青琐高议》前集卷七载《孙氏记》（题注“周生切脉娶孙氏”），题寺丞邱濬撰。今存。

18.《张佛子传》一卷，王拱辰撰。《古今事文类聚》别集卷三十二阴报门载有王拱辰《张佛子传》一卷。今存。

19.《流红记》一卷，张实撰。刘斧《青琐高议》前集卷五载《流红记》一卷，题魏陵张实子京撰。《绿窗新话》卷上节录此记，题《韩夫人题叶成亲》。今存，见鲁迅辑《唐宋传奇集》。

20.《儒林公议》二卷，田况撰。见《四库全书总目》子部小说家类。今存，有明嘉靖庚戌刊本、稗海本、笔记小说大观本、丛书集成初编本、说郛本等。

21.《希夷先生传》一卷，庞觉撰。刘斧《青琐高议》前集卷八载《希夷先生传》一卷，题下注"谢真宗召赴阙表，题南燕庞觉从道撰"。今存。

22.《用城记》一卷，杜默撰。刘斧《青琐高议》前集卷六载此篇，题汉川杜默撰。今存。

23.《唐宋遗史》四卷，詹玠撰。《秘书省续编到四库阙书目》小说类、《宋史艺文志》别史类著录。《玉海》卷四十七引《书目》云："《唐宋遗史》四卷，治平四年（1067）詹玠撰。"

24.《陈明远再生传》一卷，崔公度撰。《墨庄漫录》卷十云："曲辕先生又尝作传，记明远再生事。"

25.《大业拾遗记》二卷，无名豕撰。此书亦名《隋遗录》《南部烟花录》。今存。

26.《迷楼记》一卷，无名氏撰。见《四库全书总目》子部小说家类，云："《迷楼记》亦见《青琐高议》。载炀帝幸江都，唐帝入京见迷楼云云。"今存，有《古今说海》《历代小史》《古今逸史》《五朝小说》《香艳丛书》本等。

27.《海山记》二卷，无名氏撰。见《四库全书总目》子部小说家类，云："考刘斧《青琐高议》后集载有此记，分上下二篇。盖宋人所依托。"今存，有《古今说海》《历代小史》《古今逸史》《说郛》《五朝小说》本等。

28.《开河记》一卷，见《四库全书总目》子部小说家类，云："《开河记》述麻叔谋开汴河事。"今存，有《古今说海》《历代小史》《古今逸史》《说郛》《五朝小说》本等。

29.《广卓异记》二十卷，乐史撰。《直斋书录解题》《文献通考经籍考》《宋史艺文志》小说家类著录。今存，有清初刊本、逊敏堂丛书本、笔记小说大观本等。

30.《绿珠传》一卷，乐史撰。《郡斋读书志》传记类著录《绿珠传》一卷，云："皇朝乐史撰。"《文献通考经籍考》传记类同。今存，有绿窗女史本、说郛本、广四十家小说本、粤雅堂丛书本、十万卷楼丛书本、丛书集成初编本、香艳丛书本、琳琅秘室丛书本等。

31.《杨太真外传》二卷，乐史撰。《郡斋读书志》传记类著录《杨贵妃外传》二卷，云："皇朝乐史撰。叙唐杨妃事迹，迄孝明之崩。"《直斋书录解题》传记类作《杨妃外传》一卷，云："直史馆临川乐史子正撰。"今存，有顾氏文房小说本、绿窗女史本、说郛本、五朝小说本等。

32.《骊山记》一卷，秦醇撰。刘斧《青琐高议》前集卷六收录，未著撰人。鲁迅《中国小说史略》和《唐宋传奇集》"稗边小缀"即定为秦醇撰。今存。

33.《温泉记》一卷，秦醇撰。此记载于刘斧《青琐高议》前集卷六，题下注"西蜀张俞遇太真"，署亳州秦醇子履撰。今存。

34.《赵飞燕传》一卷，秦醇撰。刘斧《青琐高议》前集卷七载《赵飞燕别传》一卷，题下注云"别传叙飞燕本末"，题谯川秦醇子复撰。一题《赵后别传》《赵后遗事》《赵飞燕合德别传》《赵氏二美遗踪》。今存，有绿窗女史本、说郛本、香艳丛书本等。

35.《谭意歌传》一卷，秦醇撰。刘斧《青琐高议》别集卷二载《谭意歌传》一卷，注"记英奴才华秀色"，题谯川秦醇子复撰。今存，见鲁迅辑《唐宋传奇集》等。

36.《张浩》一卷，无名氏撰。刘斧《青琐高议》别集卷四载《张浩》一卷，题注"花下与李氏结婚"，未著撰人。

37.《王幼玉记》一卷，柳师尹撰。此记载于刘斧《青琐高议》前集卷十，篇名下注："幼玉思柳富而死"，题淇上柳师尹撰。今存，见鲁迅辑《唐宋传奇集》。

38.《南唐近事》一卷，郑文宝撰。《直斋书录解题》入史部伪史类，作二卷。《宋史艺文志》入史部霸史类。今存，有百川学海本、宝颜堂秘笈本、唐宋丛书本、说郛本、丛书集成本等。

39.《北梦琐言》三十卷，孙光宪撰。衢本《郡斋读书志》子部小说类著录："荆南孙光宪撰。……取传畋于江南之梦，自以为高氏从事，在荆江之北，故以命编云。"《直斋书录解题》子部小说家类著录："黄州刺史陵井孙光宪孟文撰，载唐末五代及诸国杂事。光宪仕荆南高从诲，三世在幕府。北梦者，言在梦泽之北也。后随继冲入朝，有荐于太祖者，将用为学士，未及而卒。光宪自号葆光子。"今存，有雅雨堂本、丛书集成本等。

40.《灯下闲谈》二卷，无名氏撰。《文献通考经籍考》小说家类著录，注曰："陈氏曰：不知作者。"《宋史艺文志》同。今存，有宋人小说本、适园丛书本等。

41.《贾氏谈录》一卷，张洎撰。衢本《郡斋读书志》子部小说类著录，云："伪唐张洎奉使来朝，录其家贾黄中所谈三十事，归献其主。"《直斋书录解题》史部传记类著录。《宋史艺文志》子部小说家类著录。今存，有明嘉靖伍光中刊唐宋元明小说本、说郛本、守山阁丛书本、广四十家小说本等。

42.《南部新书》五卷，钱易撰。袁本《郡斋读书志》、《宋史艺文志》子部小说家类著录，作五卷。今存，有明刊本、稽古堂丛刻本、学津讨原本、粤雅堂丛书本、丛书集成初编本等。今本十卷，已有散佚、窜乱；以中华书局的排校、标点本为较好。

43.《涑水记闻》十六卷，司马光撰。《直斋书录解题》史部杂史类著录，作十卷。《宋史艺文志》入史类故事类，作三十卷。今存，有学津讨原本、清芬堂丛书本、丛书集成初编本。以《武英殿聚珍版丛书》本为较好，丛书集成本即据此排印。

44.《清异录》六卷，陶谷撰。《直斋书录解题》小说家类著录："翰林学士陶谷撰。凡天文、地理、花木、饮食、器物，每事皆制为异名新说。"《文献通考经籍考》小说家类著录。今存，通行的有说郛六卷本、宝颜堂秘笈、唐宋丛书等四卷本，以及四库全书、惜阴轩丛书二卷本。

45.《醉翁谈录》二十卷，罗烨撰。分十集，每集二卷。现有古典文学出版社排印本。

46.《苏小卿》一卷，无名氏撰。《永乐大典》卷二四〇五引有《苏小卿》一篇，出《醉翁谈录》“烟花奇遇”。

47.《青琐高议前后集》十八卷，刘斧编撰。本书最早著录于《郡斋读书志》子部小说类，作十八卷，叙云：“右不题撰人。载皇朝杂事及名士所撰记传，然其书辞意颇鄙浅。”《文献通考经籍考》小说家类亦据此著录。《通志艺文略》《宋史艺文志》小说类均著录为刘斧撰，亦十八卷。本书作为小说集，既不同于一般的创作集，也不同于一般的小说选集与抄录前人故事的杂纂，而是集三类为一书的混合型小说集。今存重印本，前集十卷、后集十卷、别集七卷。有明万历刊本、说郛本、民国武进董氏诵芬室刊本，1958年上海古典文学出版社据董氏本校订排印二十七卷本。

48.《翰府名谈》二十五卷，刘斧撰。《通志艺文略》《宋史艺文志》小说类均著录《翰府名谈》二十五卷刘斧撰。今节存，引用较多的是《诗话总龟前集》和《新编分门古今类事》。

49.《青琐摭遗》二十卷，刘斧撰。《通志艺文略》小说类均著录，作《摭遗集》二十卷，未著撰人。《遂初堂书目》小说类则作《青琐摭遗》，无撰人卷数。《宋史艺文志》小说类在刘斧《翰府名谈》之后著录“又《摭遗》二十卷”。今节存。

50.《云斋广录》十卷，李献民撰。衢本《郡斋读书志》卷十三子部小说类著录《云斋广录》十卷，叙云：“右皇朝政和中李献民撰。分九门，记一时奇丽杂事，鄙陋无所稽考之言为多。”《文献通考经籍考》同。今存，有说郛本、龙威秘书本等。

51.《月河所闻集》一卷，莫君陈撰。明高儒《百川书志》《四库全书总目》子部小说家类著录。今存，有吴兴丛书本等。

52.《搜神秘览》三卷，章炳文撰。《直斋书录解题》小说家类著录，称“京兆章炳文叔虎撰”。《文献通考经籍考》小说家类、《宋史艺文志》小说类著录同。今存，有续古逸丛书本、说郛本、龙威秘书本、丛书集成初编本。

53.《鸳鸯灯传》一卷，无名氏撰。南宋陈元靓《岁时广记》卷十二《约宠姬》，引《蕙亩拾英集》云：“近世有《鸳鸯灯传》，事意可取，第缀集繁冗，出于闾阎，读之使人绝倒。”今节存。

54.《陕西于仙姑传》一卷，无名氏撰。南宋马永卿《嬾真子》卷五云：“王元道尝言：《陕西于仙姑传》云：得道术，能不食。年约三十许，不知其实年也。”今节存。

55.《甘棠遗事》一卷，清虚子撰。一题《甘棠遗事新录》或《温琬》。刘斧《青琐高议》后集卷七载《温琬》，题下注“陈留清虚子作传”。今存。

56.《吉凶影响录》十卷，岑象求撰。《郡斋读书志》小说类著录《吉凶影响录》十卷叙云：“右皇朝岑象求编。象求熙宁末闲居江陵，披阅载籍，见善恶报应事辄删润而记之。间有闻见者难乎备载，亦采摘著于篇。”《文献通考经籍考》小说家类采入。今存，有说郛本、龙威秘书本、丛书集成初编本。

57.《录龙井辩才事》一卷，秦观撰。本篇载于《淮海后集》卷六，《才鬼集》卷八亦载有全文，题《秀州女》，末云：“秦少游《录龙井辩才事》，见集。”

58.《茅亭客话》十卷，黄休复撰。《郡斋读书志》小说类著录《茅亭客话》十卷，云：“右皇朝黄休复撰，茅亭其所居也。暇日宾客话，言及虚无变化、谣俗卜筮，虽异端而合道旨，属惩劝者皆录之。”《直斋书录解题》小说家类著录同，解云：“江夏黄休复端木撰，所记多蜀事。别有《成都名画记》，盖蜀人也。”《文献通考经籍考》据晁志、陈录而载。今存，通行的为津逮秘书、学津讨原等本。清光绪琳琅秘书丛书本，附有胡珽校勘记一卷、黄金鉴续校勘记一卷。

59.《洞微志》十卷，钱易撰。《郡斋读书志》小说类著录《洞微志》十卷，云：“皇朝钱希白述，记唐以来诡谲事。”《直斋书录解题》小说家类作三卷，云：“学士钱易希白撰。”今存，有说郛本、五朝小说本等。

60.《桑维翰》一卷，钱易撰。刘斧《青琐高议》后集卷六载《桑维翰》一卷，题钱易希白内翰撰。

61.《梅妃传》一卷，无名氏撰。见鲁迅辑《唐宋传奇集》。

62.《野说》三卷，邵思撰。《宋史艺文志》子类小说类著录。今存，有说郛本等。

63.《物类相感志》五卷，释赞宁撰。《宋史艺文志》子类小说类著录。今存，有宝颜堂秘笈本、唐宋丛书本、说郛本等。

64.《西斋话记》一卷，祖士衡撰。《宋史艺文志》子类小说类著录。今存，有说郛本等。

65.《王文正笔录》一卷，王曾撰。见《四库全书总目》子部小说家类。今存，有明翻宋本、百川学海本、历代小史本、说郛本等。

66.《开颜集》二卷，周文规撰。《直斋书录解题》《文献通考经籍考》子部小说家类著录，题周文规撰，作三卷。《宋史艺文志》《四库全书总目》作二卷。今存，有广四十家小说本、说郛本等。

67.《郡阁雅言》一卷，潘若同撰。衢本《郡斋读书志》小说类著录，云："皇朝潘若同撰。太宗时守郡与僚佐话及南唐野逸贤哲异事佳言，辄书之于书，凡五十六条，以资雅言。或题曰《郡阁雅谈》。"《直斋书录解题》《文献通考经籍考》《宋史艺文志》小说家类著录。今存，有说郛本。

68.《晋公谈录》一卷，丁谓撰。袁州本《郡斋读书志》小说类与杂史类互见，云："皇朝丁谓封晋公，不知河人记其所谈。"《遂初堂书目》作《丁晋公谈录》无卷数。《宋史艺文志》入史类传记类，作《丁谓谈录》。今存，有明刻本、百川学海本、历代小史本、说郛本。

69.《渑水燕谈录》十卷，王闢之撰。衢本《郡斋读书志》子部小说类著录，云："皇朝王辟绍圣间撰。渑水，其退居之地也。辟从事四方，与贤大夫燕谈，有可取者辄记之，久而得三百六十余事。"《直斋书录解题》《文献通考经籍考》《宋史艺文志》均入子部小说家类。今存，有笔记小说大观本、丛书集成初编本、说郛本等。通行的稗海本内有残缺，且无序目，以知不足斋丛书本为较完整。

70.《国老谈苑》一卷，王君玉撰。《直斋书录解题》子部小说家类著录，题“夷门君玉撰，不著姓”。《文献通考经籍考》《宋史艺文志》均入子部小说家类。《四库全书总目》题《国老谈苑》，王君玉撰。今存，有明覆宋本、百川学海本、说郛本、学津讨原本、丛书集成初编本、历代小史本等。

71.《东斋记事》一卷，范镇撰。衢本《郡斋读书志》子部小说类著录，云：“皇朝范镇景仁元丰中撰。序言：既谢事，日于东斋燕作，追忆在朝时交游言语与夫俚俗传记，因纂集成一篇。”《直斋书录解题》《文献通考经籍考》《宋史艺文志》子部小说类著录。今存，有墨海金壶本、守山阁丛书本、丛书集成初编本、1980年中华书局点校本。

72.《明道杂志》一卷，张耒撰。《百川书志》小说家类著录，题宋太史宛邱张耒文潜著。今存，有明刻本、续百川学海本、顾氏文房小说本、唐宋丛书本、丛书集成本、说郛本等。

73.《孔氏谈苑》一卷，旧题孔平仲撰。《四库全书总目》入子部小说类。今存，有宝颜堂秘笈本、艺海珠尘本、丛书集成初编本。

74.《道山清话》一卷，道山先生撰。《直斋书录解题》子部小说家类著录，云：“不知何人。跋语称：大父国史在馆阁久，多识前辈，著《馆秘录》《曝书记》，与此而三。……末题朝奉大夫韦，亦不著姓。”《文献通考经籍考》子部小说家类著录。今存，有明覆宋本、百川学海本、续百川学海本、五朝小说本、学津讨原本等。

75.《墨客挥犀》二十卷，旧题彭乘撰。《直斋书录解题》《文献通考经籍考》《宋史艺文志》子部小说类著录，均未题撰人姓名。《四库全书总目》题彭乘撰。今存，有稗海本、笔记小说大观本等。

76.《湘山野录》三卷续录一卷，释文莹撰。《郡斋读书志》子部小说类著录，云：“皇朝熙宁中僧文莹撰，记国朝政事。”作四卷。《文献通考经籍考》《宋史艺文志》子部小说类著录，作三卷。今存，有津逮秘书、学津讨原等本、说库本、古书丛刊本、择是居丛刊本等。

77.《玉壶清话》十卷，释文莹撰。衢本《郡斋读书志》子部小说类著录，云："皇朝僧文莹元丰中撰。自序云：文莹收国初至熙宁中文集若干卷，其间神道、墓志、行状、实录、奏议之类，辑其事成一家言。玉壶者，其阴居之潭也。"《直斋书录解题》《文献通考经籍考》《宋史艺文志》子部小说类著录。今存，有知不足斋丛书本、笔记小说大观本、墨海金壶本等。

78.《牡丹荣辱志》一卷，邱濬撰。《文献通考经籍考》著录，注引陈振孙曰："殿中丞新安邱濬道源撰，专为牡丹作也。其书援引该博，而迂怪不经。 睿天圣五年进士，通数、知未来，寿八十一。"今存，有明刊本、百川学海本、山居杂志本、说郛本、香艳丛书本、丛书集成初编本。

79.《后山谈丛》四卷，陈师道撰。《文献通考经籍考》子部小说类著录。《宋史艺文志》入史类传记类，题《后山居士丛谈》，作一卷。今存，有宝颜堂秘笈本、学海类编本、丛书集成初编本。

80.《冷斋夜话》六卷，僧惠洪撰。《直斋书录解题》子部小说类著录，云："僧惠洪撰，所言多诞妄。"《郡斋读书志》《文献通考经籍考》《宋史艺文志》均入子部小说家类。今存，有明刻本、明崇祯汲古阁刻本。

81.《遁斋闲览》十四卷，陈正敏撰。衢本《郡斋读书志》子部小说类著录，云："皇朝陈正敏崇观间撰。正敏自号遁翁，录其平昔所见闻，分十门，为小说一编，以备后日披阅。"《文献通考经籍考》《宋史艺文志》子部小说类著录。

82.《南迁录》二卷，张舜民撰。衢本《郡斋读书志》子部小说类著录，云："皇朝张舜民芸叟撰。舜民元丰中从军攻灵州，师还，谪授郴州鉴酒，即日之官，记涂中所历并其诗文。"《文献通考经籍考》《宋史艺文志》子部小说类著录。今存，有学海类编本、丛书集成初编本。

83.《张芸叟杂说》一卷，张舜民撰。《直斋书录解题》子部小说类著录，云："吏部侍郎张舜民芸叟撰。"《文献通考经籍考》子部小说家类著录。

84.《画墁集》一卷，张舜民撰。《直斋书录解题》《文献通考经籍考》《宋史艺文志》子部小说家类著录。《四库全书总目》云：“此书乃所作笔记，亦以画墁为名。中多载宋时杂事。”今存，有百川学海本、稗海本、唐宋丛书本、说郛本。

85.《深雪偶谈》一卷，方岳撰。《百川书志》小说家类著录，题“天台方岳元善著。”今存，有续百川学海本、顾氏文房小说本、说郛本、五朝小说本、学海类编本、丛书集成本。

86.《文昌杂录》六卷，补遗一卷，庞元英撰。今存，通行的有学津讨原、雅雨堂丛书等旧刻本和中华书局的排印标点本。

87.《群居解颐》三卷，高择撰。《宋史艺文志》子部小说家类著录。今存，有说郛本等。

88.《东轩笔录》十五卷续录一卷，魏泰撰。衢本《郡斋读书志》子部小说类著录，云：“皇朝魏泰撰。泰襄阳人，曾布之妇弟。为人无行，而有口，颇为乡里患苦。元祐中纪其少时公卿间所闻成此编。”《文献通考经籍考》《宋史艺文志》入子部小说类。今存，有明嘉靖三十四年沈敕楚山书屋刻本、稗海本、笔记小说大观本、湖北先生遗书本、丛书集成初编本、说郛本。

89.《续世说》十二卷，孔平仲撰。《直斋书录解题》子部小说家类著录，作三卷，云：“孔平仲毅父撰，编宋至五代事，以续刘义庆之书也。”《文献通考经籍考》《宋史艺文志》子部小说家类著录，作十二卷。今存，有宛委别藏本、守山阁丛书本、粤雅堂丛书本、丛书集成初编本、四库备要本等，均作十二卷。

90.《谈渊》一卷，王陶撰。《宋史艺文志》子类小说类著录。今存，有历代小史本、说郛本、五朝小说本、说库本。

91.《春明退朝录》二卷，宋敏求撰。成书于熙宁三年。今存，通行的有百川学海本、学津讨原本等。百川本系宋刻，丛书集成初编本即据以排印。

92.《石林燕语》十卷，叶梦得撰。《直斋书录解题》子部小说家类著录，云：“叶梦得少蕴撰，宣和五年所作也。”《文献通考经籍考》子部小说家类著录。今存，有明初刊本、明正德元年杨宗文刻本、稗海本、笔记小说大观本等。

93.《玉涧丛书》十卷，叶梦得撰。《直斋书录解题》子部小说家类著录，云："叶梦得撰。考其中所记，亦当在宣和时所作。玉涧者，石林山居涧水名也。"《文献通考经籍考》子部小说家类著录。今存，有说郛本、五朝小说本、石林遗书本、古今说部丛书本等。

94.《岩下放言》一卷，叶梦得撰。《直斋书录解题》子部小说家类著录，云："叶梦得撰，休致后所作。"《文献通考经籍考》子部小说家类著录。今存，有说郛本、五朝小说本、石林遗书本等。

95.《石林避暑录》二卷，叶梦得撰。《直斋书录解题》子部小说家类著录，云："叶梦得绍兴五年作。"《文献通考经籍考》《宋史艺文志》子部小说家类著录。《郡斋读书志》《四库全书总目》入子部杂家类。今存，有明嘉靖项氏宛委山堂刊本、明万历刊本、稗海本、津逮秘书本等。

96.《萍洲可谈》三卷，朱彧撰。《直斋书录解题》子部小说家类著录，云："吴兴朱彧无惑撰，中书舍人服行中之子。宣和元年序。萍洲老圃其自号也，在黄州盖其侨寓之地，事见《齐安志》。"《文献通考经籍考》入子部小说家类，《宋史艺文志》同，题朱无惑撰。今存，有墨海金壶本、守山阁丛书本、丛书集成初编本、百川学海本、宝颜堂秘笈本、说郛本、古今说部丛书本等。

97.《嫩真子》五卷，马永卿撰。《宋史艺文志》子类小说类著录。今存，有稗海本、子书百家本、养素轩丛录本、笔记小说大观本、丛书集成初编本等。

98.《侯鲭录》八卷，赵令畤撰。《宋史艺文志》史类传记类著录，《四库全书总目》入子部小说家类，作八卷。今存，有明嘉靖甲辰芸窗书院刊本、稗海本、知不足斋丛书本、笔记小说大观本、丛书集成初编本等。

99.《泊宅编》十卷，方勺撰。《直斋书录解题》子部小说家类著录，作十卷，云："方勺仁声撰。泊斋在乌程。"《文献通考经籍考》《宋史艺文志》均入子部小说家类，作十卷。今存，有稗海本、读画斋丛书本、啸园丛书本、明翻宋本等。

100.《王原叔谈录》一卷，王钦臣撰。《直斋书录解题》子部小说家类著录，云："翰林学士南宋王洙之子录其父所言。"《四库全书总目》云：" 朱子惟钦臣一人，则此书即钦臣所录也。"《文献通考经籍考》子部小说家类著录。《四库全书总目》入子部杂家类。今存，有宝颜堂秘笈本、唐宋丛书本。

101.《珍席放谈》二卷，高晦叟撰。《文渊阁书目》载有一册，今本从《永乐大典》辑出，厘出上下两卷。《四库全书总目》子部小说家类曰："晦叟仕履无可考，所记上自太祖、下及哲宗时事，则崇宁以后人也。"今存。

102.《分门古今类事》二十卷，无名氏撰。《四库全书总目》入子部小说家类。今存，有清刻本、十万卷楼丛书本、丛书集成初编本等。

103.《秀水闲居录》三卷，朱胜非撰。《直斋书录解题》子部小说家类著录，云："丞相汝南朱胜非藏一撰，寓居宜春作。秀水者，袁州水名也。"《文献通考经籍考》子部小说家类著录。《宋史艺文志》入史类故事类，作二卷。

104.《翰墨丛记》五卷，滕康撰。《直斋书录解题》子部小说家类著录，云："枢密睢阳滕康子济撰。"《文献通考经籍考》入子部小说家类。今存，有说郛本。

105.《东皋杂记》十卷，孙宗鉴撰。《宋史艺文志》子类小说类著录。今存，有说郛本、五朝小说本。

106.《过庭录》一卷，范公偁撰。《四库全书总目》子部小说家类云："公仕履未祥。据其所言，乃仲淹之玄孙。……其书多述祖德，皆绍兴丁卯、戊辰间闻之其父，故命曰过庭。"今存，有稗海本、笔记小说大观本、丛书集成初编本、说郛本。

107.《猗觉寮杂志》三卷，朱翌撰。黄虞稷、倪灿《宋史艺文志补》小说类著录。《四库全书总目》入子部杂家类，作二卷。今存，有香艳丛书本、知不足斋丛书本、武英殿聚珍版丛书本、龙眠丛书本、笔记小说大观本、丛书集成本、说郛本、学海类编本。

108.《莹雪丛说》二卷，俞成德撰。《宋史艺文志》入子类小说类，作一卷。《百川书志》入小说家类，作二卷，注曰："凡五十九则。"今存，有百川学海本、稗海本、金华丛书本、儒学警悟本、说郛本等。

109.《乐善录》十卷，李昌龄撰。《直斋书录解题》子部小说家类著录，云："蜀人李昌龄伯崇撰。以《南中劝戒录》增广之，多因果报应之事。"《文献通考经籍考》入子部小说家类。今存，有续古逸丛书本、续百川学海本、稗海本、水边林下本、说郛本。

110.《夷坚志》四百二十卷，洪迈撰。尤袤《遂初堂书目》小说类著录。《直斋书录解题》子部小说家类著录全书，云："《夷坚志》甲至癸二百卷，支甲至支癸一百卷，三甲至三癸一百卷，四甲四乙二十卷，大凡四百二十卷。"《文献通考经籍考》入子部小说家类。《宋史艺文志》小说类著录甲至庚七志一百四十卷。今存，有明嘉靖间刊本、清乾隆戊戌钱唐周氏刊巾箱本、笔记小说大观本、十万卷楼丛书本、丛书集成本、宛委别藏本。1927年商务印书馆出版的排印本《新校辑补夷坚志》，计有甲、乙、丙、丁志各二十卷，支志甲、乙、丙、丁、戊、庚、癸各十卷，三志己、辛、壬各十卷，志补二十五卷、再补一卷；为通行本中最完备的本子。其志补二十五卷，系以叶祖荣分类本为主，辅以明抄本辑成；再补一卷，则杂采诸书，而于每条之下注明出处。1981年中华书局何卓校点本以涵芬楼为底本，并辑佚文二十四条。此书今人研究较多，兹不详述。

111.《夷坚别志》二十四卷，王质撰。《文献通考经籍考》入子部小说家类。

112.《侍儿小名录》一卷，朋溪居士撰。《直斋书录解题》子部小说家类著录，云："序题朋溪居士而不著姓氏。始洪炎玉文集为此书，王铚性之温豫颜几续补，今又因三家而增益之，且为分类，其中多用古字。或云：董彦远家子弟所为也。"《文献通考经籍考》入子部小说家类。《宋史艺文志》同，题洪炎撰，无续。今存，有续百川学海本、说郛本、五朝小说本等。

113.《补侍儿小名录》一卷，王铚撰。见《四库全书总目》子部小说家类。是书前有题词云：以续洪炎之书。今存，有香艳丛书本、丛书集成初编本、稗海本。

114.《张氏可书》一卷，张知甫撰。《四库全书总目》入子部小说家类。原本已佚，今本据《永乐大典》辑出，共编五十条。今存，有函海本、墨海金壶本、守山阁丛书本、十万卷楼丛书本、丛书集成初编本等。

115.《南游记旧》一卷，曾纡撰。《直斋书录解题》子部小说家类著录，云："曾纡公衮撰。"《文献通考经籍考》同。今存，有说郛本。

116.《宣靖妖化录》一卷，孔倜撰。《说郛》卷四十三选录《宣靖妖化录》三事，未注原书卷数，题宋孔倜，注大梁人。今节存。

117.《林灵素传》一卷，耿延禧撰。此传见于赵于时《宾退录》卷一，系全文。

118.《清尊录》一卷，廉布撰。《说郛》卷十一载《清尊录》十条，注一卷，题宋廉布，注字宣仲，射泽人。

119.《陶朱新录》一卷，马纯撰。尤袤《遂初堂书目》小说类著录。《说郛》卷三十九节录八条，注一卷，题宋马纯，注："字子约，号朴嫩翁，单父人，一作单州城父人。"见《宋史艺文志补》子部小说家类。《四库全书总目》子部小说家类曰："所载皆宋时杂事，大抵涉于怪异者十之八九，亦洪迈《夷坚志》之流。"今存，有说郛本、五朝小说本、墨海金壶本、珠丛别录本、广四十家小说本。

120.《罗浮仙人传》一卷，郑总撰。洪迈《夷坚甲志》卷十五载《罗浮仙人》，末注"英州郑总作传"。《夷坚志》采录前人记传，大都加以缩略，此传可能是节文。

121.《海陵三仙传》一卷，王禹锡撰。《宋史艺文志》道家类著录王禹锡《海陵三仙传》一卷。今存，载于《古今说海》说渊部别传家、《丛书集成初编》等。

122.《投辖录》一卷，王明清撰。尤袤《遂初堂书目》小说类著录，无卷数。《直斋书录解题》子部小说家类著录作一卷，云："王明清撰。所记奇闻异事，客所乐听，不待投辖而留也。"《文献通考经籍考》同。

今存，有说郛本、五朝小说本、涵芬楼辑宋人小说本、四库全书本等。

123.《玉照新志》六卷，王明清撰。见《四库全书总目》子部小说家类，云："此书多谈神怪及琐事，亦间及朝野旧闻及前人逸作。"今存，有明沈士龙刊本、山塘汪氏影元抄本、明刊本、宝颜堂秘笈本、说郛本、唐宋丛书本、古今说部丛书本、学津讨原本、涵芬楼辑宋人小说本、丛书集成初编本等。

124.《宣政杂录》一卷，曹勋撰。《说郛》卷二十六节录《宣政杂录》十五条，注一条，题谯郡公。孝宗时曹勋被封谯国公。今节存，收入重编《说郛》卷四十七、《历代小史》和《续百川学海》。

125.《睽车志》六卷，郭彖撰。《直斋书录解题》子部小说家类著录，作五卷，云："知兴军历阳郭彖次象撰。取《睽》上六（按：当作上九）'载鬼一车'之语。"《文献通考经籍考》同。今传者乃六卷本，始刊于《稗海》，后又收入《四库全书》《笔记小说大观》《丛书集成初编》。

126.《绯绿衣人传》一卷，裴端夫撰。南宋沈氏《鬼董》卷五引有此传，为裴端夫自述遇鬼事。

127.《柳胜志》一卷，无名氏撰。本文载于南宋祝穆编《古今事文类聚》别集卷三十二，不著撰人。今存。

128.《鬼董》五卷，沈氏撰。此书宋代曾有刻本，明李诩《戒庵老人漫笔》卷八《论十王荐亡之诞》云："余得宋刻《鬼董》一书。"明《赵定宇书目》所载《稗统续编目录》中有抄本《鬼董》。清钱谦益《绛云楼书目》小说类亦有著录。今存。

129.《异闻》三卷，何光撰。张宗祥校明抄本《说郛》卷三十八节录《异闻》三事，注三卷，题宋何光，注字履谦，四明人。

130.《北窗炙輠录》一卷，施得操撰。《百川书志》《四库全书总目》均入子部小说家类，作一卷。今存，有奇晋斋丛书本、学海类编本、读画斋丛书本、丛书集成初编本等。

131.《纪谈录》十五卷，传密居士撰。《直斋书录解题》子部小说家类著录，云："称传密居士，不著名氏，盖晁公迈伯咎也。"今存，有说郛本一卷，题晁迈撰。

132.《砚冈笔志》一卷，唐稷撰。《直斋书录解题》子部小说家类著录，云："唐稷撰，自号'砚冈居士'。"《文献通考经籍考》同。今存，有说郛本。

133.《步里客谈》一卷，陈长方撰。《宋史艺文志》子类小说类著录。《四库全书总目》同，题陈长方撰，作二卷。今存，有说郛本、墨海金壶本、守山阁丛书本。

134.《谈谐》一卷，陈晔撰。见《四库全书总目》子部小说家类，曰："孝宗时人也。所记皆俳优嘲弄之语。"今存。

135.《搜采异闻录》五卷，永亨撰。《宋史艺文志补》小说家类著录，未题撰人姓名。今存各本均题永亨撰。有稗海本、笔记小说大观本、丛书集成本、敬修堂丛书本。

136.《南野闲居录》一卷，王有大撰。《宋史艺文志补》小说家类著录。今存，说郛本未题撰人姓名，题《南墅闲居录》。

137.《闲窗括异志》一卷，鲁应龙撰。明徐𤊹《红雨楼书目》小说类作一卷，题曾应龙，曾字讹。后又著于《千顷堂书目》《宋史艺文志补》《柬亭书目》《四库全书总目》小说家类存目等，称"宋东湖鲁应龙著"。今存为一卷本，载《稗海》《盐邑志林》《敬业堂丛书》《丛书集成初编》等。还有广百川学海本、说郛本、五朝小说本。

138.《李师师外传》一卷，无名氏撰。清胡珽咸丰中刊于《琳琅秘室丛书》，后又收入《香艳丛书》《旧小说》《唐宋传奇集》等。

139.《峡山神异记》一卷，王辅撰。见《四库全书总目》子部小说家类："是书作于嘉定戊寅，辅时为辟为泷水县令。"今存。

140.《翠屏笔谈》一卷，旧题王应龙撰。《四库全书总目》子部小说家类著录，云："其书多记诗话，见兼及神怪杂事，亦小说家流。"今存。

141.《滑稽小传》二卷，无名氏撰。《四库全书总目》入子部小说家类，曰："……余游士大夫间，街谈巷语，辄取而书之，然所载皆毛颖传、容成侯传之类，大抵寓言，无事实也。"今存。

142.《五色线》二卷，无名氏撰。《四库全书总目》入子部小说家类，今存。

主要参考文献

Main References

一、著作

司马光:《资治通鉴》，胡三省注，中华书局1976年版

李焘:《续资治通鉴长编》，上海古籍出版社1986年影印本

脱脱等:《宋史》，中华书局1985年标点本

陆心源:《宋史翼》，清光绪丙午年归安陆氏刊本

陈邦瞻:《宋史纪事本末》，中华书局1977年版

徐松:《宋会要辑稿》，中华书局1957年影印本

王夫之:《宋论》，中华书局1964年版

尤袤:《遂初堂书目》，海山仙馆丛书本

晁公武:《郡斋读书志》，孙猛校正，上海古籍出版社1990年版

陈振孙:《直斋书录解题》，上海古籍出版社1990年版

马端临:《文献通考》，四库全书本

纪昀等:《四库全书总目提要》，中华书局1965年版

阮元:《四库未收书目类编》，艺文印书馆印行

《明代书目题跋丛刊》，书目文献出版社1994年版

陆心源:《皕宋楼藏书志》，广文书局印行

陈揆:《稽瑞楼书目》，清光绪三年刊本

瞿镛:《铁琴铜剑楼藏书目录》，中华书局1990年影印本

丁丙:《善本书室藏书志》，清光绪丁丑年钱塘丁氏刊本

孙光宪:《北梦琐言》，中华书局1960年版

徐铉:《稽神录》，中华书局1996年版

张师正:《括异志》，中华书局1996年版
刘斧:《青琐高议》，上海古籍出版社1983年版
沈括:《梦溪笔谈》，胡道静校正，上海古籍出版社1987年版
吴处厚:《青箱杂记》，中华书局1985年版
惠洪:《冷斋夜话》，津逮秘书本
方勺:《泊宅编》，读画斋丛书本
陈长方:《步里客谈》，墨海金壶本
何薳:《春渚纪闻》，津逮秘书本
庄季裕:《鸡肋编》，四部丛刊三编本
曾敏行:《独醒杂志》，知不足斋丛书本
费衮:《梁溪漫志》，上海古籍出版社1985年版
张邦基:《墨庄漫录》，稗海本
释文莹:《湘山野录》，中华书局1984年版
洪迈:《容斋随笔》，四部丛刊本
洪迈:《夷坚志》，中华书局1981年版
魏泰:《东轩笔录》，中华书局1983年版
邵博:《邵氏闻见后录》，中华书局1983年版
陈鹄:《西塘集耆旧续闻》，上海古籍出版社1993年版
陆游:《老学庵笔记》，中华书局1979年版
陆游:《家世旧闻》，中华书局1993年版
刘昌诗:《芦浦笔记》，中华书局1986年版
岳珂:《桯史》，中华书局1981年版
周去非:《岭外代答》，四库全书本
朱彧:《萍洲可谈》，四库全书本
《广东新语》卷十五“货语”
王象之:《舆地纪胜》,《明一统志》卷七十九“广东名胜志”
周密:《齐东野语》，中华书局1983年版
周密:《武林旧事》，西湖书社1981年版
周密:《癸辛杂识》,《学津讨源》本

周密：《浩然斋雅谈》，四库全书本
吴自牧：《梦粱录》，浙江人民出版社1984年版
罗大经：《鹤林玉露》，中华书局1981年版
王禹偁：《小畜集》，四部丛刊本
洪适：《盘洲文集》，四库全书本
张端义：《贵耳集》，中华书局1959年版
顾炎武：《日知录》卷十五《宋朝家法》
顾炎武：《日知录》卷十三《宋世风俗》
《永乐大典》卷二八〇九引《摭遗新说》
《历代笔记小说集成》，河北教育出版社1995年版
《笔记小说大观》，台北新兴书局1987年版
《历代史料笔记丛刊 元明史料笔记丛刊》，中华书局1995年至2006年版
沈德符：《万历野获编》,《元明史料笔记丛刊》，中华书局1997年版
纪昀：《阅微草堂笔记》，上海古籍出版社2005年版
《鲁迅全集》，人民文学出版社2005年版
鲁迅：《中国小说史略》，河北教育出版社1996年版
鲁迅：《华盖集》，北京北新书局1926年版
张俊：《清代小说史》，浙江古籍出版社1997年版
启功：《启功丛稿》，中华书局1999年版
聂石樵、邓魁英：《古代小说戏曲论丛》，中华书局1985年版
邓魁英、聂石樵：《古代诗文论丛》，北京师范大学出版社1993年版
程千帆、吴新雷：《两宋文学史》，上海古籍出版社1991年版
周勋初：《文史探微》，上海古籍出版社1987年版
周勋初：《唐人笔记小说考索》，江苏古籍出版社1996年版
周勋初：《当代学术研究思辨》，南京大学出版社1993年版
周勋初：《周勋初文集》，江苏古籍出版社2000年版
莫砺锋：《江西诗派研究》，齐鲁书社1986年版
莫砺锋：《中国文学史 宋代卷》，高等教育出版社1998年版

莫砺锋:《古典诗学的文化观照》，中华书局2005年版
郭英德:《优孟衣冠与酒神祭祀——中西戏剧文化比较研究》，河北人民出版社1994年版
郭英德:《中国古代文人集团与文学风貌》，北京师范大学出版社1998年版
郭英德:《明清传奇史》，江苏古籍出版社1999年版
刘勇:《北京历史文化十五讲》，北京大学出版社2009年版
刘勇:《曹禺评说七十年》，文化艺术出版社2007年版
刘勇等:《北京文化发展报告》，北京出版社（同心出版社）2005年至2015年版
邹红:《焦菊隐戏剧理论研究》，北京师范大学出版社1998年版
张伯伟:《钟嵘诗品研究》，南京大学出版社1993年版
张伯伟:《中国诗学研究》，辽沈出版社1999年版
张宏生:《江湖诗派研究》，中华书局1995年版
张宏生:《中国诗学考索》，江苏教育出版社2005年版
程章灿:《刘克庄年谱》，贵州人民出版社1993年版
程章灿:《程氏汉语文学通史（与程千帆先生合作）》，辽宁古籍出版社1999年版
徐兴无:《谶纬文献与汉代文化构建》，中华书局2003年版
李道英:《唐宋古文研究》，北京师范大学出版社1992年版
赵仁珪:《宋诗纵横》，中华书局1994年版
于天池:《明清小说研究》，北京师范大学出版社1992年版
袁行霈、侯忠义:《中国文言小说书目》，北京大学出版社1981年版
侯忠义:《中国文言小说史稿》，北京大学出版社1990年版
吴志达:《中国文言小说史》，齐鲁书社1994年版
苗壮:《笔记小说史》，浙江古籍出版社1998年版
段启明等:《中国古典小说新论集》，西南师范大学出版社1987年版
段启明:《中国古代小说戏曲述评辑略》，华文出版社2002年版
杨义:《中国古典小说史论》，中国社会科学出版社1995年版

石昌渝：《中国小说源流论》，三联书店1994年版
马振方：《小说艺术论》，北京大学出版社1999年版
程毅中：《宋元小说研究》，江苏古籍出版社1998年版
萧相恺：《宋元小说史》，浙江古籍出版社1997年版
李剑国：《宋代志怪传奇叙录》，南开大学出版社1997年版
胡文楷：《历代妇女著作考》，上海古籍出版社1985年版
刘叶秋：《历代笔记概述》，中华书局1980年版
张晖：《宋代笔记研究》，华中师范大学出版社1993年版
邓小南：《宋代文官选任制度诸层面》，河北教育出版社1993年版
陈高华等编著：《宋元时期的海外贸易》，天津人民出版社1981年版
关履权：《宋代广州的海外贸易》，广东人民出版社1987年版
刘叶秋：《历代笔记概述》，中华书局1980年版
刘仲宇：《中国精怪文化》，上海人民出版社1997年版
丁锡根编著：《中国历代小说序跋集》，人民文学出版社1996年版
宗白华：《美学散步》，上海人民出版社1981年版
童庆炳：《文学理论教程》，高等教育出版社 1998年版
朱良志：《中国艺术的生命精神》，安徽教育出版社1995年版
徐复观：《中国艺术精神》，广西师范大学出版社2007年版
贺志朴、姜敏：《艺术教育学》，人民出版社2001年版
郭声健：《艺术教育》，教育科学出版社2001年版
刘桢：《勾栏人生》，河南人民出版社2000年版
宋宝珍：《中国话剧史》，文化艺术出版社1998年版
陈剑澜：《缺席与偶在》，北京时代华文书局2015年版
黄鸣奋：《数码戏剧学：影视、电玩与智能偶戏研究》，厦门大学出版社2003年版
黄鸣奋：《网络媒体与艺术发展》，厦门大学出版社2004年版
车文明：《20世纪戏曲文物的发现与曲学研究》，文化艺术出版社2001年版
车文明：《中国神庙剧场》，文化艺术出版社2005年版

曹飞：《清代山西神庙戏碑辑考》，三晋出版社2012年版
延保全：《鸣凤记评注〈六十种曲评注〉之一》，吉林人民出版社2001年版
［英］弗雷泽：《金枝》，徐育新等译，大众文艺出版社1998年版
［英］乔·艾略特：《小说的艺术》，社会科学文献出版社1999年版
［法］丹纳：《艺术哲学》，人民文学出版社1963年版
［俄］巴赫金：《小说理论》，白春仁等译，河北教育出版社1998年版
［美］马润潮：《宋代的商业和城市》，马德程译，台湾“中国文化大学出版部”1985年版
［日］藤原佐世：《日本国见在书目》，《古逸丛书》本
［日］桑原骘藏：《蒲寿庚考》，中华书局1954年版
李少白：《影心探赜——电影历史及理论（增订本）》，中国电影出版社2000年版
李少白：《影史榷略——电影历史及理论续集》，文化艺术出版社2003年版
罗慧生：《世界电影美学思潮史纲》，山西人民出版社1985年版
李幼珍：《当代西方电影美学思想》，中国社会科学出版社1986年版
程季华主编：《中国电影发展史》，中国电影出版社1981年版
黄会林：《黄会林影视戏剧艺术论集》，北京师范大学出版社2002年版
黄会林、周星：《中国影视美学丛书》，北京师范大学出版社2000年版
周星：《中国影视艺术理论研究》，中国电影出版社2000年版
周星：《中国电影艺术史》，北京大学出版社2005年版
周星：《跨世纪中国电影艺术传统史评》，北京师范大学出版社2005年版
周星：《新世纪中国电视文艺研究》，北京师范大学出版社2004年版
章柏青、张卫：《电影观众学》，中国电影出版社1994年版
章柏青、陈庐山：《中国大众影评长编》，中国文联出版社2003年版

贾磊磊:《电影语言学导论》，中国电影出版社1996年版
贾磊磊:《中国武侠电影史》，文化艺术出版社2005年版
丁亚平:《艺术文化学》，文化艺术出版社1996年版
丁亚平:《电影的踪迹——中国电影文化史评》，中央编译出版社2005年版
丁亚平:《中国当代电影史》，中国电影出版社2011年版
丁亚平主编:《百年中国电影理论文选》，文化艺术出版社2002年版
丁亚平主编:《大电影时代：异彩纷呈的热播影视》，文化艺术出版社2011年版
仲呈祥:《艺苑问道》，北京广播学院出版社2004年版
饶曙光:《中国喜剧电影史》，中国电影出版社2005年版
饶曙光:《中国电影市场发展史》，中国电影出版社2009年版
饶曙光:《中国（华语）电影发展与对外传播》，中国广播电视出版社2013年版
王一川:《汉语形象美学引论》，广东人民出版社1999年版
王一川:《杂语沟通——世纪转折期中国文艺潮》，河北教育出版社2000年版
王一川:《大众文化导论》，高等教育出版社2004年版
胡智锋:《影视文化论稿》，北京广播学院出版社2001年版
胡智锋:《电视美学大纲》，北京广播学院出版社2003年版
胡智锋:《影视文化前沿——“转型期”大众审美文化透视》，北京广播学院出版社2004年版
冯小刚:《我把青春献给你》，长江文艺出版社2003年版
吴小丽、徐甡民:《九十年代中国电影论》，文化艺术出版社2005年版
吴贻弓、李亦中:《影视艺术鉴赏》，北京大学出版社2004年版
陈墨:《百年电影闪回》，中国经济出版社2000年版
尹鸿:《跨越百年：全球化背景下的中国电影》，清华大学出版社2007年版

陈犀禾：《跨文化视野中的影视艺术》，学林出版社2003年版
胡星亮：《西方电影理论史纲》，中华书局2005年版
王志敏：《现代电影美学基础》，中国电影出版社1996年版
王迪、王志敏：《中国电影与意境》，中国电影出版社2000年版
宋家玲编著：《影视叙事学》，中国传媒大学出版社2007年版
赵卫防：《香港电影史》（1897—2006），中国广播电视出版社2007年版
张会军：《电影摄影画面创作》，中国电影出版社1998年版
张会军：《风格创造——张艺谋电影创作论》，中国电影出版社2010年版
张会军：《脉络的呈现——电影创作及理论研究》，中国电影出版社2008年版
黄英侠：《5.1路多声道立体声录音操作》，中国电影出版社1996年版
姚国强：《影视声音艺术与技术》，中国广播电视出版社2003年版
周安华：《现代影视批评艺术》，中国广播电视出版社1999年版
周安华：《电影艺术理论》，中国广播电视出版社2005年版
尹鸿：《娱乐旋风——认识电视真人秀》，中国广播电视出版社2006年版
尹鸿：《镜像阅读》，海天出版社1998年版
尹鸿：《尹鸿影视时评》，河南大学出版社2002年版
李兴国：《影视艺术与高科技应用》，中国传媒大学出版社2005年版
桂青山：《电影创作类型论》，中国电影出版社2001年版
李稚田：《电影电视制片管理教程》，北京师范大学出版社2002年版
彭吉象：《影视美学》，北京大学出版社2002年版
王志敏：《电影美学形态研究》，江苏教育出版社2011年版
陈旭光：《影像当代中国》，北京大学出版社2011年版
陆绍阳：《中国当代电影史：1977年以来》，北京大学出版社2004年版

李道新:《中国电影批评史》,中国电影出版社2002年版
李道新:《中国电影文化史(1905—2004)》,北京大学出版社2005年版
刘书亮:《中国电影图史1905—2005》,中国传媒大学出版社2006年版
刘书亮:《中国电影意境论》,中国传媒大学出版社2008年版
胡克:《中国电影理论史评》,中国电影出版社2005年版
皇甫宜川:《中国战争电影史》,中国电影出版社2005年版
单万里:《中国纪录电影史》,中国电影出版社2005年版
赵惠康、贾磊磊:《中国科教电影史》,中国电影出版社2005年版
陈墨:《中国武侠电影史》,中国电影出版社2005年版
沈芸:《中国电影产业史》,中国电影出版社2005年版
张之路:《中国少年儿童电影史论》,中国电影出版社2005年版
刘诗兵:《中国电影表演百年史话》,中国电影出版社2005年版
许浅林:《中国电影技术发展简史》,中国电影出版社2005年版
杨远婴:《电影作者与文化再现》,中国电影出版社2005年版
周宁:《想象与权力:戏剧意识形态研究》,厦门大学出版社2003年版
周宁:《异想天开:西洋镜里看中国》,南京大学出版社2007年版
周宁:《跨文化研究:以中国形象为方法》,商务印书馆2011年版
焦雄屏:《台港电影中的作者与类型》,台北远流出版社1991年版
高小健:《新兴电影:一次划时代的运动》,中国电影出版社2005年版
张仲年、赵武:《影视导演》,上海人民出版社2009年版
游飞:《导演艺术观念》,北京大学出版社2011年版
李亦中:《电影四面八方》,上海三联出版社2007年版
金冠军、钟瑾:《电影创意产业》,东方出版中心2009年版
张颐武:《全球化与中国电影的转型》,中国人民大学出版社2006年版

钟大丰:《中国电影:描述与阐释》,中国电影出版社2002年版
吴冠平:《20世纪的电影——世界电影经典》,三联书店2002年版
胡克、李一鸣、李迅:《当代欧美名片评析》,北京广播学院出版社2000年版
周靖波:《中国现代戏剧序跋集(上下)》,北京广播学院出版社2003年版
郦苏元:《中国现代电影理论史》,文化艺术出版社2005年版
戴锦华:《镜与世俗神话》,中国人民大学出版社2004年版
戴锦华:《电影理论与批评》,北京大学出版社2007年版
郝建:《影视类型学》,北京大学出版社2002年版
陈龙:《传媒低俗化对策研究》,江苏教育出版社2011年版
陈龙:《现代派戏剧研究》,新疆大学出版社1996年版
郑树森:《电影类型与类型电影》,江苏教育出版社2006年版
厉震林:《电影的转身——中国电影的现代化运动及其文化阐释》,文汇出版社2010年版
厉震林:《吾心吾论——厉震林电影戏剧文选》,上海书店出版社2014年版
范志忠:《当代电影思潮》,浙江大学出版社2008年版
张阿利:《电影解读与评论》,太白文艺出版社1999年版
于丹:《形象品牌竞争力——电视包装实战攻略》,中国广播电视出版社2006年版
王宜文:《世界电影艺术发展史》,北京师范大学出版社2004年版
虞吉等:《德国电影经典》,对外经济贸易大学出版社2004年版
虞吉等:《日本电影经典》,对外经济贸易大学出版社2004年版
张同道:《多元公共的纪录时空》,北京师范大学出版社2010年版
石川:《踏遍青山人未老——徐桑楚口述自传》,中国电影出版社2006年版
张智华:《影视文化传播》,文化艺术出版社2004年版
张智华等:《多媒体时代中国电影批评及其价值取向》,中国电影出

版社2015年版
张智华:《中国网络电影、网络剧、网络节目初探》,中国电影出版社2017年版
张智华:《网络时代电视剧产业研究》,中国电影出版社2017年版
张智华:《北京文人笔记研究——北京文人笔记与戏剧影视》,文化艺术出版社2017年版
张智华:《电视剧叙事艺术研究》,中国电影出版社2013年版
张智华:《电视剧类型》,北京师范大学出版社2012年版
张智华等编著:《影视文化概论》,国防工业出版社2012年版
张智华、史可扬:《中国电影论辩》,百花洲文艺出版社2007年版
史可扬:《影视批评方法论》,中山大学出版社2009年版
陈晓云:《电影城市:中国电影与城市文化(1990—2007年)》,中国电影出版社2008年版
聂伟:《华语电影与泛亚实践》,复旦大学出版社2010年版
路春艳:《中国电影中的城市想象与文化表达》,北京师范大学出版社2010年版
张爱华:《个性与共性:中美电影文化比较研究》,中国电影出版社2008年版
秦喜清:《西方女性主义电影:理论、批评、实践》,中国电影出版社2008年版
刘藩:《电影产业经济学》,文化艺术出版社2010年版
俞剑红、翁旸:《电影市场营销学》,中国电影出版社2008年版
肖同庆:《影像史记》,南方日报出版社2005年版
聂欣如:《纪录片研究》,复旦大学出版社2010年版
金丹元:《影像审美与文化阐释》,复旦大学出版社2010年版
沈义贞:《现实主义电影美学研究》,南京师范大学出版社2012年版
李希光、赵心树:《媒体的力量》,南方日报出版社2002年版
喻国明:《媒介的市场定位:一个传播学者的实证研究》,北京广播学院出版社2000年版

陈默：《电视文化学》，北京师范大学出版社2001年版
郭镇之：《电视传播史》，北京师范大学出版社2000年版
胡安仁：《电影美学》，陕西师范大学出版社1990年版
胡正荣：《传播学总论》，北京广播学院出版社1997年版
汪文斌、胡正荣：《世界电视前沿》，华艺出版社2001年版
陆地：《中国电视产业的危机与转机》，中国人民大学出版社2002年版
李法宝：《影视受众学》，中山出版社2008年版
苏成雪：《传媒与公民知情权》，新华出版社2005年版
汪凯：《转型中国：媒体、民意与公共政策》，复旦大学出版社2005年版
薛澜、张强、钟开斌：《危机管理：转型期中国面临的挑战》，清华大学出版社2003年版
胡百精：《中国危机管理报告2007》，中国人民大学出版社2008年版
陈默：《刀光侠影蒙太奇——中国武侠电影论》，中国电影出版社1996年版
陈万怀：《当代网络流行文化解析》，中国社会科学出版社2015年版
倪震主编：《改革与中国电影》，中国电影出版社1994年版
罗艺军主编：《中国电影理论文选》，文化艺术出版社1992年版
黄式宪主编：《电影电视走向21世纪》，中国电影出版社1997年版
胡克、张卫、胡智锋主编：《当代电影理论文选》，北京广播学院出版社2000年版
钟大年等主编：《电视跨国传播与民族文化》，北京广播学院出版社1998年版
钟大丰主编：《电影理论：新的话语与诠释》，中国电影出版社2002年版
朱光潜：《西方美学史》，人民文学出版社1982年版
于狄：《当代西方美学》，人民出版社1984年版
周朝琦、侯龙文等编著：《品牌文化》，经济管理出版社2002年版

［法］乔治·萨杜尔:《世界电影史》，中国电影出版社1982年版
［法］安德烈·巴赞:《电影是什么？》，中国电影出版社1987年版
［美］鲁道夫·阿恩海姆:《电影作为艺术》，中国电影出版社1981年版
［匈］贝拉·巴拉兹:《电影美学》，中国电影出版社1978年版
［法］马赛尔·马尔丹:《电影语言》，中国电影出版社1980年版
［美］罗伯特·艾伦等:《电影史：理论与实践》，中国电影出版社1997年版
［法］弗兰西斯·巴尔、杰拉尔·埃梅里:《新媒体》，商务印书馆2005年版
［美］斯蒂文·小约翰:《传播理论》，中国社会科学出版社1999年版
［美］大卫·鲍德韦尔、诺埃尔·卡罗尔:《后理论：重建电影研究》，麦永雄、柏敬泽等译，中国社会科学出版社2000年版
［法］丹纳:《艺术哲学》，人民文学出版社1963年版
［美］大卫·雷·格里芬编:《后现代精神》，王成兵译，中央编译出版社1998年版
［美］大卫·波德维尔、克莉丝汀·汤普森:《电影艺术——形式与风格》，彭吉象等译，北京大学出版社2003年版
［加］安德烈·戈德罗、［法］弗朗索瓦·若斯特:《什么是电影叙事学》，刘云舟译，商务印书馆2005年版
［法］樊尚·阿米埃尔、帕斯卡尔·库泰:《美国电影的形式与观念》，徐晓媛译，文化艺术出版社2005年版
［美］罗伯特·麦基:《故事》，周铁东译，中国电影出版社2001年版
孙自筠:《太平公主（大明宫词）》，四川人民出版社1997年版
《2017中国电影艺术报告》，中国电影出版社2017年版
《2017中国电影产业研究报告》，中国电影出版社2017年版
《联合国教科文组织关于保护语言与文化多样性文件汇编》，民族出版社2006年版

二、论文

刘立滨：《表演观念谈》，《戏剧（中央戏剧学院学报）》1996年第2期

刘桢：《20世纪中国宗教祭祀戏剧研究》，《戏剧文学》1997年第9期

莫砺锋：《论朱熹对作家人品的态度》，《文学遗产》2000年第2期

郭英德：《传奇戏曲的兴起与文化权力的下移》，《中国社会科学》1997年第2期

郭英德：《"中国趣味"与北美地区中国古典戏曲研究》，《戏剧艺术》2010年第1期

张伯伟：《中国文学批评的抒情性传统》，《文学评论》2009年第1期

张宏生：《诗界革命：词体的"缺席"》，《南京大学学报》2006年第2期

方宁：《〈文艺研究〉与当代中国文艺学术史》，《文艺研究》2009年第5期

金宁：《何为"艺术"，怎样"中国"？》，《文艺研究》2005年第7期

王馗：《田野中的演剧艺术空间》，《艺术评论》2007年第6期

车文明：《戏曲小说词语杂释》，《山西师大学报》1994年第3期

曹飞：《略论露台、勾栏与舞楼之关系》，《戏剧》2011年6月

曹飞：《万寿宫历史渊源考——金元真太道教宫观在山西的孤例》，《山西师大学报》2004年第1期

王星荣、王姝：《文化视野中的〈琵琶记〉及其蕴含的孝道——以第四出〈蔡公逼试〉为主要考量对象》，《中华戏曲》2016年第1期

延保全：《戏养神：金代北方民间戏曲观》，《文艺研究》2005年第12期

延保全：《从长子灵湫庙北宋舞楼碑看晋东南宋代神庙剧场》，《中

华戏曲》2016年第1期
倪震:《中国电影伦理片的世纪传承》,《当代电影》2006年第1期
马军骧:《结构与意义——谢晋电影分析》,《当代电影》1989年第4期
任仲伦:《论谢晋电影》,《电影新作》1989年第3期
丁亚平:《道具寓言、明星生产与重思式再出发——评影片〈空天猎〉》,《当代电影》2017年第11期
饶曙光:《电影强国建设的历史进程与中国道路》,《民族艺术研究》2017年第1期
王一川:《中国电影文化生态链及其未来——2016年国产片的文化景观》,《当代电影》2017年第3期
贾磊磊:《媒体时代电影批评的道德失序与话语重构》,《艺术百家》2006年第2期
皇甫宜川:《硝烟中的嬗变——新中国战争片60年》,《当代电影》2009年第12期
皇甫宜川:《电影的一种方向——观王全安电影》,《当代电影》2010年第9期
皇甫宜川:《仅靠3D挽救不了艺术品质》,《中国教育报》2010年4月24日
尹鸿:《在市场考验中集体成长——2010年中国电影创作备忘》,《当代电影》2011年第3期
张文燕:《超以像外 得其圜中——黄健中访谈录》,《当代电影》2001年第5期
张文燕:《浅析中国喜剧电影的形式特征》,《当代电影》2004年第3期
张文燕:《对高科技电影美术的思考》,《美术观察》2012年第2期
戴锦华:《电影创新之我见》,《电影艺术》1986年第12期
胡智锋:《新中国60年电影艺术发展之路与经验启示》,《电影艺术》2009年第6期

陈旭光：《中国电影：创意产业、创意主体与创意人才战略》，《杭州师范大学学报》2008年第4期

张智华：《2003年中国电影期刊扫描》，《当代电影》2004年第1期

张智华：《武侠片观念辨析》，《电影艺术》2004年第1期

张智华：《百年中国民营电影公司的经验与展望》，《电影艺术》2006年第3期

张智华：《新中国伦理片创作60年》，《电影艺术》2009年第6期

张智华：《论科幻片、魔幻片与奇幻片的视听特效》，《现代电影技术》2017年第10期

田卉群：《产业化之路上的创意危机》，《电影艺术》2006年第3期

和群坡：《为手机创作——电影形态的又一次嬗变》，《当代电影》2009年第12期

蒲剑：《新媒体与电影：从观念到实践》，《当代电影》2010年第4期

刘强：《全媒体时代电影批评主体的迷失与重建》，《山东艺术学院学报》2012年第5期

孔祥梅、张圆圆：《"电影后现代艺术"之文化觉醒与多元探索》，《电影文学》2014年第7期

冯小刚：《唐山大地震访谈》，《电影》2010年第7期

张智华：《2004年中国电影品牌分析》，《电影艺术》2005年第2期

卢扬、陈丽君：《"互联网+"的影业是什么样子？》，《北京商报》2015年4月17日

张贺：《"IP"热为何如此流行》，《人民日报》2015年5月21日

刘阳：《电影营销，门道不少》，《人民日报》2015年5月19日

喻国明：《基于互联网逻辑的媒体发展趋势》，《人民日报》2015年4月19日

《文化产业提升为"国家战略"——国务院有关部门负责人就〈文化产业振兴规划〉答记者问》，《人民日报》2009年9月28日

《文化产业振兴规划》，《人民日报》2009年9月27日

［法］皮埃尔·索夫兰：《视听美学新问题》，刘云舟译，《世界电

影》2004年第3期

朱虹：《落实〈文化产业振兴规划〉，发展广播影视产业》，《电影》2009年第10期

尹鸿、詹庆生：《2007年中国电影产业备忘》，《电影艺术》2008年第2期

虞吉：《影像传奇叙事视野里的谢晋电影》，《谢晋电影国际学术研讨会论文集》，上海大学影视学院2009年

虞吉：《早期中国电影：主体性与好莱坞的影响》，《文艺研究》2006年第10期

周星：《略论近期中国电影现实表现的意义》，《当代电影》2006年第5期

桂青山：《现实主义电影与当代中国》，《当代电影》2006年第5期

桂青山：《当代中国需要真正的现实主义电影》，《电影艺术》2006年第3期

聂伟：《从“戏台”到“站台”——读取中国第五代、第六代电影叙事差异的视点之一》，《杭州师范学院学报》2004年第4期

史鸿文：《论“第六代导演”的电影美学风格》，《河南科技大学学报（社会科学版）》2006年第4期

陈犀禾：《虚拟现实主义和后电影理论——数字时代的电影制作和电影观念》，《当代电影》2001年第2期

张卫、张艺谋：《〈我的父亲母亲〉创作谈》，《当代电影》2000年第1期

彭小莲：《关于〈假装没感觉〉的创作》，《电影艺术》2002年第4期

陈旭光、胡云：《文化想象、身份追寻与“差异性”的文化价值取向——论全球化语境下少数民族题材电影的价值与路向》，《上海大学学报》2012年第1期

张智华：《韵味与中韩影视》，黄会林主编：《光影之舞》，文化艺术出版社2008年版

邵牧君：《电影万岁》，《世界电影》1995年第1期

张智华:《我国电影产业与市场发展的良机》,《中国电影市场》2010年第4期

厉无畏:《文化创意，经济寒冬中的一股暖流》，叶朗主编:《北大文化产业评论》，金城出版社2009年版

杨晓茹:《网络电影产业探析》,《当代电影》2011年第7期

陈宇:《网络时代的自由表达——网络电影的美学特征及其价值意义》,《当代电影》2011年第10期

朱旭光:《网络电影的市场发展阶段与行业生态建设》,《浙江传媒学院学报》2011年第4期

张智华:《京味影视特色及其发展趋势》,《北京师范大学学报》2004年第1期

丁亚平:《论互联网语境下电影IP转化的现状、问题与对策》,《当代电影》2015年第9期

胡智锋、刘俊:《何谓传媒艺术》,《现代传播》2014年第1期

尹鸿、梁君健:《“网生代元年”的多元电影文化——2014年中国电影创作备忘》,《当代电影》2015年第3期

周星、高一然:《青春激情，电影盛会——第19届北京大学生电影节综述》,《艺术教育》2012年第7期

张智华:《网络传播与电视剧发展》,《现代传播》2014年第4期

张智华、解春:《中国网络电视台发展现状与思考》,《中国电视》2011年第7期

朱姝、张智华 :《新常态语境下微电影的审美困境研究》,《电影文学》2015年第22期

陆地:《网络自制视频节目发展的特点和空间》,《新闻与写作》2014年第3期

陆地、胡馨木:《中国网络视频行业发展的新视点》,《当代传播》2015年第2期

陈小林:《网络电影：一个全新的视野》,《电影艺术》2001年第2期

徐智鹏、阎亮:《“自拍模式”已启动——从百度爱奇艺看视频网站

的影视发展之路》,《当代电影》2015年第1期

司若、姜鹏亮:《阿里巴巴:用互联网电商基因打造超级娱乐帝国》,《当代电影》2015年第1期

曹慎慎:《“网络自制剧”观念与实践探析》,《现代传播》2011年第10期

吴秋雅、杜桦:《博弈与分化之年——2014 年中国网络自制剧发展综述》,《当代电影》2015年第3期

陶东风:《粉丝文化研究:阅读—接受理论的新拓展》,《社会科学战线》2009年第7期

陈宇:《网络时代的自由表达——网络电影的美学特征及其价值意义》,《当代电影》2011年第10期

张颐武:《网络剧等文创产业要监管也要政策支持》,《新京报》2016年1月26日

刘帆:《“网生代”观众电影消费模式研究——基于重庆地区城市青年社群的调研》,《电影艺术》2015年第5期

中共中央政治局:《关于繁荣发展社会主义文艺的意见》,《人民日报》2015年9月12日

汪佳佳:《浅析网络原创节目〈你正常吗?〉的成功之道》,《新闻世界》2014年第9期

郭景萍 :《情感的互动特质 : 交换 、沟通与平等》,《江汉论坛》2012年第9期

陈衍鸿:《 网络剧的发展现状及其产业化趋势》,《广西大学学报(哲学社会科学版)》2007年增刊

陶建华、黄丽丽:《解析网络剧〈泡芙小姐〉》,《新闻世界》2012年第2期

王梦遥:《中国网民6.88亿 人均每天上网近4小时》,《新京报》2016年1月23日

王漪:《视频网站开辟自制之路》,《投资北京》2015年第9期

刘逍潇:《论网络自制剧的发展历程与特点——以〈盗墓笔记〉为

例》,《西部广播电视》2015年第16期

张欢欢:《网络自制剧中的后现代女性镜像》,《新闻研究导刊》2015年第18期

罗朝辉、李钢:《从〈盗墓笔记〉看视频网站的现实困境和突破可能》,《视听界》2015年第5期

周湘蓉:《论有声语言艺术》,《艺术教育》2010年第1期

匡文波:《 新媒体概念辨析》,《网络传播研究》2008年第6期

陈萍:《影响有声语言传播效果的因素探析》,《新闻传播》2006年第3期

赵宇、张琳:《网络访谈节目的平民化和互动性》,《新闻实践》2008年第8期

黄贺芳:《论web2.0下网络文化的传播》,《科技广场》2008年第12期

王淑兰、王海宁:《浅析网络时代新媒体的品牌建设》,《新闻知识》2008年第6期

《2013中国互联网发展10大动向》,《人民日报》2013年12月26日

童瑶:《传统电视剧如何与网络剧争夺受众——从〈神探夏洛克〉说起》,《南方论坛》2014年第6期

杨柳:《论网络自制剧对传统电视剧行业的影响及其应对》,《当代电视》2014年第12期

常雄飞:《资金、人才、眼球流向网络自制综艺 数亿点击率 动了老“综艺”的奶酪》,《四川日报》2015年4月10日

隗建华:《新媒体自制节目对卫视品牌发展的可行性策略研究》,《西部广播电视》2015年第2期

马苗、李彦:《浅析网络节目的特色——以优酷网〈让梦想飞〉为例》,《新闻传播》2011年第7期

［美］乌尔夫·赫德托夫特:《处于文化全球化和民族诠释之间的当代电影》, 一匡译,《世界电影》2003年第1期

金诤:《文官政治与宋代文化高峰》,《国际宋代文化研讨会论文集》, 四川大学出版社1991年版

三、学术期刊等

《中国社会科学》

《文艺研究》

《文学评论》

《文学遗产》

《当代电影》

《电影艺术》

《现代传播》

《艺术评论》

《戏剧（中央戏剧学院学报）》

《戏剧艺术》

《戏曲艺术》

《中华戏曲》

《艺术百家》

《艺术教育》

《世界电影》

《传媒》

《电影新作》

《中国电影市场》

《电影文学》

《电影评介》

《北京师范大学学报》

《北京电影学院学报》

《网络传播》

《中国文艺评论》

《民族艺术研究》

《中国电视》

《中国广播影视》

法国《电影手册》

《国务院办公厅关于促进电影产业繁荣发展的指导意见》，中国政府网

《第40次中国互联网发展状况统计报告》，2017年8月4日中国互联网络信息中心（CNNIC）发布

《中华人民共和国电影产业促进法》，由全国人民代表大会常务委员会于2016年11月7日发布，自2017年3月1日起施行

后记 / Postscript

1998年6月底我在南京大学中文系获得博士学位，进北京师范大学中文系博士后流动站做博士后，2000年6月底博士后出站，在北京师范大学艺术与传媒学院任教至今。

我对“宋代笔记小说与戏剧影视”很感兴趣。“宋代笔记小说研究”是我在北京师范大学中文系博士后流动站的出站报告，我在此基础上进行拓展。二十年来我搜集了大量的资料，系统地研读了宋代笔记小说及其改编的戏剧影视，写下了较多读书札记。

二十年来我围绕“宋代笔记小说与戏剧影视”写了一系列论文，其中部分论文发表在学术期刊上。

《中国文学中精灵形象的演变与发展》发表在《中国社会科学》2000年第4期。《宋代商业活动与宋代笔记小说中的商人形象》发表在《文学评论》2000年青年学者专号。《宋代笔记小说的结构艺术》收录在《周勋初先生八十寿辰纪念文集》（中华书局2008年版）。《宋代文官政治与宋代笔记小说中的文士形象》收录在《庆祝聂石樵先生九十寿辰文集》（北京师范大学出版社2017年版）。

感谢我的博士后合作导师张俊先生！从选题、搜集材料到写作过程，他都给予精心指导，付出了很多时间和精力。他在治学方法上给我许多有益的启示。从学习、工作到生活等各方面，他都给予无微不至的关怀。

感谢北京师范大学启功先生、聂石樵先生、邓魁英先生、黄会林先生、郭英德老师、李道英老师、赵仁珪老师、于天池老师、刘象愚老师、刘勇老师、邹红老师、周星老师、桂青山老师、王一川老师、胡智锋老师等，他们给我许多关照。感谢北京师范大学！这块神圣的学术园地给我提供了宝贵的机会。

感谢南京大学周勋初先生、莫砺锋先生、吴新雷先生、俞为民老师、张伯伟老师、张宏生老师、程章灿老师，感谢安徽师范大学刘学锴先生、余恕诚先生、赵其钧先生，感谢中国社会科学院陶文鹏先生、胡明先生、竺青先生，感谢北京大学袁行霈先生、叶朗先生、侯忠义先生、朱良志老师，感谢首都师范大学段启明先生、马自力老师，感谢中国艺术研究院丁亚平老师，感谢中国电影家协会饶曙光老师，他们给我提供了许多帮助。

感谢北京师范大学艺术与传媒学院！ 感谢北京师范大学社科处！感谢北京师范大学中华文化交叉平台！ 感谢中国文化网络传播研究会！感谢中国电影出版社！ 感谢我的中学语文老师朱为国先生！感谢我的家人！

感谢一切关心、鼓励我的领导、老师和同学！

张智华

2017年12月

图书在版编目（CIP）数据

宋代笔记小说与戏剧影视 / 张智华著. —北京：中国电影出版社，2018. 4

ISBN 978-7-106-04910-2

Ⅰ. ①宋…　Ⅱ. ①张…　Ⅲ. ①笔记小说—小说研究—中国—宋代 ②笔记小说—改编—戏剧—研究—中国 ③笔记小说—改编—影视艺术—研究—中国　Ⅳ. ①I207. 41 ②J8 ③J9

中国版本图书馆CIP数据核字（2018）第062501号

责任编辑：苗　卉
封面设计：枫林轩
版式设计：人聚悦尚
责任校对：孙　健
责任印制：张玉民

宋代笔记小说与戏剧影视

张智华　著

出版发行　中国电影出版社（北京北三环东路22号）邮编100013
电话：64296664（总编室）　64216278（发行部）
64296742（读者服务部）　Email:cfpygb@126. com
经　　销　新华书店
印　　刷　中国电影出版社印刷厂
版　　次　2018年5月第1版　2018年5月北京第1次印刷
规　　格　开本/710×1000毫米　1/16
印张/16.75　插页/2　字数/280千字

书　　号　ISBN 978-7-106-04910-2/J · 2025
定　　价　56.00元